臺師大圖書館古典閱覽室留影

與母親合影

博士畢業與母親、藹珠合影

北教大語創系辦公室

七十一年攝於師大校門

七十五年結婚照

七十五年結婚照

七十五年結婚照

2014年3月30日

臺師大開放課程合影

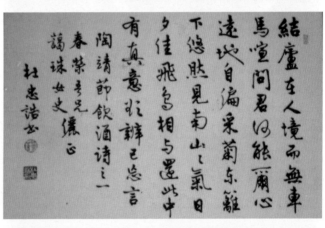

結廬在人境而無車
馬喧問君何能爾心
遠地自偏采菊東籬
下悠然見南山山氣日
夕佳飛鳥相与還此中
有真意欲辨已忘言
陶靖節飲酒詩之一
杜忠誥書

春榮老兄儷正
藹珠姪女

杜忠誥先生於結婚時所贈

語文教育暨第八屆辭章章法學學
臺灣師範大學國文學系 會閱讀未來學習與評量 中國語文學會

第八屆辭章章法學研討會與
陳滿銘教授合影

第八屆辭章章法學研討會合影

語創系所同事

《臺灣當代作家研究資料彙編》
新書發表會

師生合影

師生合影

師生合影

師生合影

師生合影

師生合影

師生合影

北教大捐款

家扶基金會永久認養人

小寶與我著作合影

臺師大開放課程錄影

與小寶攝於大安森林公園

臺師大開放課程錄影

語文教學叢書

文心交響
語文教學與文學論集

張春榮
顏藹珠　主編

目次

第三輯

第四輯

第五輯

附錄

自序
天地沙鷗，江上峰青

　　天光雲影，長溝流月去無聲，教書、讀書、寫書、論文指導，成為生活的主軸，生命的寄託。益覺天風海湧，沒有人是一座孤島，自成書寫因緣；尤其深識家人、師生當是團隊，調解和諧，不能沒有誰；因果流轉中，文心競秀，多元交響，共構人文心靈的圖貌。

　　本書《文心交響》第一輯，由我和藹珠合撰。自《英語修辭學》以來，長期聚焦中西醒世豁達的智慧語；力求文學與文化條貫，鍊意與鍊人同步，語言之姿與生命之姿合拍，下學上達，直指「以真為基石，以善美為上揚」的生命情調。於是，自意象中湧現音響，自音響中得見中西交會，體現哲理的最深處，情感的最高音。

　　第二輯攸關我作品的研究。極短篇、散文、修辭、作文一直是多年來持續研究的領域，而短篇、散文，亦為我創作的文類。居今觀之，時移事異，感慨漸深，值得再加開拓；讓感性文字得以性感組合，讓反諷人生得以悖論透視，力求「感覺經驗的陌生化」與「表現手法的陌生化」，無疑為日後努力的目標所在。

　　第三輯係我指導學生的教學論述。大抵由主觀的想法、看法，提升至客觀的方法、辦法；跨越常識的「想當然」，建構知識的「事之實然」、「理之必然」的系統；分別在修辭教學、成語教學、作文教學、看圖說話、童詩教學、繪本教學、極短篇教學、創思教學上細加探究，均能展現其論文「小題大作」、「窄題深作」的明確特色。以上大都刊載於《國文天地》，今調整體例，每篇以五千字為限。

　　第四輯為我指導學生的文學論述，包括大學部「讀書指導」的學

生（時稱「國北」）。其中論述以散文、電影、古典小說為場域，主要以「作品論」（文本分析法）為主、「作者論」（文獻分析法）為輔，藉由「以意逆志」的演繹歸納、「知人論世」的傳記考證，揭示作品的藝術經營，進而考察「作者創作觀」與「作品實踐」間的應然與實然。文章亦多披露於《國文天地》，今略加更動，篇幅亦限五千字上下。

第五輯由學生作為發光體，敘述師生因緣，鏡照其間的灩灩波光；自參差顯影中，交織互補，折射出一段段生命的成長身影，搖曳著書香與情意交會時互放的光輝。輯中由相識二十多年的資深高足打開一九九一年回憶的相簿，逝者如斯，意象紛飛，蒼蒼翠微，彷彿目睹自己在學術路上的步履，共構「既是職業也是志業」的蜿蜒歷程。

本書得以問世，淵源於陳秀娟等提議：「聚餐祝壽」，而後我和藹珠覺得能合出一本「語文教學與文學」饗宴的智慧結晶，更具意義。因此，本書得以完成，首當感謝二十九位碩博士的共襄盛舉，尤其第五輯撰文者，讓師生情誼，不只是「論文指導一覽表」的隸屬關係，而有實質的溫度，互動的回流。在在印證教學相長，學術接力；善歌者繼聲，善教者繼志，各顯精采；進而自薪火相傳中，綻放「一樣的長度，兩倍的光度」，展現青藍冰水的格局。其次，藹珠隨順因緣，參與聯絡，催生書中的第二輯、第五輯，打破祝壽文集的板重形式，讓全書充滿知性與感性的親切對話，增姿添彩。最後，萬卷樓編輯部的全力支援，特此一併致謝。

張春榮
謹誌於春華秋實齋
二〇一四年七月二十一日

第一輯

釋迦牟尼佛的慈悲菩提

一　生平

釋迦牟尼（Sakyamuni，西元前五六六年－西元前四八六年），俗名喬達摩‧悉達多，又稱佛陀（覺悟者），為迦毗羅衛城（尼泊爾境內）淨飯王之子。天資聰穎，十二歲時，已深知印度學術。然而在多次宮外出遊中，眼見世間生老病死，萌生出家修行之念。十六歲時，依父親安排，娶表妹為妻，於宮中優渥度日。但歡愉生活，未能阻止他對世事無常的思索。二十九歲，毅然捨棄王位，追求「究竟」的真理。

他出外修道，拜師研習六年，但覺得苦行雖有益筋骨，仍無法求得解脫之道。三十五歲時，他放棄苦行，重新進食、恢復體力，到菩提樹下盤腿趺坐，端身正念，禪定觀想。經過七天七夜，悟得「四諦」、「十二因緣」為佛法精義所在。從此，在印度北部弘法傳教，達四十五年。八十歲時，於傳教途中染病，後兼食物中毒，在拘尸那迦城（印度迦夏）附近圓寂。遺體火化，舍利子分給八國，建塔供養。釋迦牟尼創立佛教，力主眾生平等，解放眾生脫離慾望苦海，頗能發揮安定人心的功能。後經由佛門弟子不斷宣揚，佛法傳播遍及中國、日本，以及南亞、東南亞各國，影響深遠，已成為世界性的宗教之一。

二 諸善奉行，覺世護生

佛陀透視宇宙人生的實相，東西一切事物都是組合關係的變化，掌握整體宏觀的高度，照見生命「成、住、壞、空」的流轉，揭示「生、住、異、滅」的無常：

> 假使妙高山，劫盡皆敗壞。大海深無底，亦復有枯竭。大地及日月，時至皆歸盡。未曾有一法，不被無常吞。（《無常經》）

山河大地，星羅棋布，無不待緣而起，因緣而滅，組合幻化，由有常至無常，歷歷在目。由此觀之：

> 一切有為法，如夢幻泡影，如露亦如電，應作如是觀。（《金剛經》）

人生百年，彈指瞬間，繁華經眼，終歸塵土。務必體悟世事無常，深識生命無常，以「六如」（夢、幻、泡、影、露、電）的清澈覺醒，走向無執真實的人生。

因此，面對人生暫時的存有，要能深刻覺察，覺察因緣流轉的本質，看清生生死死的必然：

> 第一勝念，所謂念死。以常念死，則懷怖畏。以怖畏故，不造惡業。（《正法念處經》）

當生命被逼到死亡邊界，當生命明白所剩無幾，必將有更深刻的體會；當一切歸零，必將幡然警惕，進而小心翼翼，珍惜有限時光，不再盲目追求，而能體會「一個人最重要的是什麼？」、「生命的真諦是什麼？」正視人生痛苦的根源：

多欲為苦。生死疲勞，從貪欲起。少欲無為，身心自在。
（《八大人覺經》）

所有痛苦的根源，均來自「多欲」，來自痴心妄想，無明造作，自尋
煩惱。所謂「苦海無涯，回頭是岸」，要自多欲的無限追逐中抽離；
所謂「欲海無涯，知足是岸」，只有降低欲望，減少欲望，才能跳出
陷溺的羈絆，贏得一身逍遙自在，往「無欲則剛」的修行上邁進。

　　無可置疑，在修行的路上，務必覺察自身的執著，洞悉自我的迷
失，修正以往過錯，才能刮垢磨光，日漸精進：

智者有二：一者不造諸惡，二者作已懺悔。
愚者亦二：一者作罪，二者覆藏。（《涅槃經》）

只有持戒修定，懺悔返正，方能轉迷為悟，轉染為淨，轉危為安，化
邪念偏見為正知正見，成為真正智者。反觀凡夫愚者，執迷不悔，倒
行逆施，過而不改，狂妄胡為，自將活在情緒的深淵，墜入魔障的黑
洞，不見天日，自取滅亡。可見持戒修定，斷惡修善的重要：

若離慚愧，則失諸功德。有愧之人，則有善法。若無愧者，
與諸禽獸，無相異也。（《大智度論》）

心中有愧，行為有失，念茲在茲，修正以往的行為，去瑕為瑜，去汙
返潔，自能發揮正念的力量，綻放德行的光輝。反之，傲慢自大，悖
理忘義，目中無人，胸中無佛法，則一步一步走入黑暗的角落，日趨
下流，喪失「人之所以為人」的可貴品質。

　　由個人持戒修行，奉行五戒（不殺生、不偷盜、不邪淫、不妄
語、不飲酒）；同時至改善人際關係，親近眾生，利益眾生；佛陀注
重「布施」：

> 施為妙聚，受報無窮。諸天世人，因施得立。是故智者，應
> 行修施。（《佛說千佛因緣經》）

真正的智者，慈悲喜捨，發願護生，創造因緣。以「布施」而言，包括「財施、法施、無畏施」，在「有財出財，有力出力，有心發心，有願發願」中，展現慈悲的精神，綻放善行善言的能量，讓世態炎涼的冰河化為暖流：

> 布施者得福，慈心者無怨，為善者銷惡，離欲者無惱。
> （《長阿含經》）

布施是有益眾生，植福造福；慈心是善言親近，同苦同樂；為善是斷惡修善，化染為淨；離欲是去除五欲（財、色、名、食、睡），去除煩惱，擦拭無明，清淨自在。至於佛法自覺覺人，自救救人，最重實踐二字：

> 佛法貴行，不貴不行。但能勤行，縱寡聞，亦先入道。
> （《大智度論》）

化佛法為能力，化靜態為動能；自具體實踐中體現佛法的精義，自具體運用中領悟佛法的力量；只有勇銳奉行，真正落實生活上，才能真正打開佛學大門，能解能行。須知學佛的重點，不在於「知道」，不在於「懂得」，不在於「會說」，而在於「會做」；只有真正的身體力行，親力親為，才能由用顯體，彰顯佛陀的智慧之光。

三　結語

佛陀是人類精神的導師，以自身感性、知性、悟性的修行，聞聲

救苦，救世人於苦海，拯眾生出迷妄，揭示宇宙人生的實相，尋求解脫：

> 凡所有相，皆是虛妄。若見諸相非相，即見如來。（《金剛經》）

如此一來，破除表相的執著，破除虛妄的造作，破除不實的顛倒夢想；由入乎其內的陷溺，至出乎其外的超越，由著境的煩惱，至離境的菩提，即是佛陀智慧的關鍵與進路。

其次，作為佛法智慧的活水源頭，開枝散葉，源遠流傳，廣昭天下。由古至今，各宗各派，不管各道場如何林立，不管各家如何解說，仍應以佛法為主，以佛經為據：

> 依法不依人，依義不依語，依智不依識，依了義經，不依不了義經。（《涅槃經》）

弘法度眾，不因各家說法不同而改變；慈心悲願，不因今昔用語不同而改異；凡事以佛法智慧為最高指導原則，絕非一般常識，亦非相對知識；而以真正究竟、絕對了悟的佛法為標準，拒絕不徹底、不通透的一知半解；由此修行證道，發願力行，展開「六度」（布施、持戒、忍辱、精進、禪定、般若）的修行境界。

無可置疑，藉由佛陀智慧的揭示，高度掌握宇宙變化的本質（「緣起性空」），深度剖析人心根源的癥結（「無明」）；正可以由破而立，去迷妄為正念，化慈悲為智慧，化無常照見為有常定見，珍視當下；種植愛心善念的種子，點亮人間溫馨暖目的燈火，發揮向上向善的力量，宣揚人間淨土的理念，影響至今。

禪詩的閱讀欣賞

一　前言

　　禪詩，又名哲理詩、勸世歌、詠史詩、悟道曲。在古典詩的國度，禪詩是山野間的潺潺清流，湧現詩性智慧，引人佇足靜觀；是雨後天空的彩虹，激發美感與神思，召喚更寬更高的視野。尤其月迷津渡，站在生命的十字路口，面對人生的熙熙攘攘，禪詩更是一劑清涼散，讓讀者由美感的詩歌饗宴中，重新凝視生命應有的質感。所謂禪詩，並非狹義的參禪之詩，玄奧難解；而是廣義的生活之詩，身有所感，心有所悟。在詩心與道心的交會光輝中，迸發靈思妙語的禪趣，照見醒心豁目的禪理。

二　內省智能的透視

　　禪詩始於形象思維，由象而意，由景而心，由事而理，覺察更深層的自性；於是自詩歌的聲情之美中，無不由表層至深層，正本清源，振葉尋根，有所省思。懺雲法師〈掃地歌〉謂：

　　　掃地掃地掃心地，不掃心地空掃地；
　　　人人若能勤掃地，人間何處非淨地。

　　只有將心地的塵埃清除，才能去垢為淨，去蕪存菁，朗現內心自

性的清明與純真。

其次，在提升心性的「淨化」之餘，當學會「轉化」，由「心隨境轉」提高至「境隨心轉」，力求轉心化境，得以一念超拔，開拓新境。因此，白居易〈對酒〉詩唱道：

> 蝸牛角上爭何事？石火光中寄此身；
>
> 隨富隨貧且隨喜，不開口笑是癡人。

洞悉內心尋虛逐微的無明，回歸隨順因緣的清明；自可轉迷為悟，轉苦為樂。如此一來，繁華寂寞，各自有致；榮枯盛衰，各有滋味；人生處處皆可法喜充滿，充滿正向能量的笑聲。原來人生中只要能真正放下，快樂就在你腳下。面對深層的自性，只要「淨化」、「轉化」，必能在「清醒」、「清晰」的喜悅裡，圓融成長，轉識成智，增智增慧。

三　人際智能的化解

禪詩中的人際智能，力求人際關係的改善；由意氣走向和氣，由情緒走向情操，由感性走向德性；化打擊為撞擊，化壓力為動力，展現高度的情緒管理，彰顯寬度的包容化解。

大抵化解的方式有二：第一、活化認知，第二、進化修養。首先在活化認知上，打破自我極大化的「鬥」、「爭」、「強」、「狠」等負面破壞，改以「退」、「讓」、「忍」、「柔」的正念心量。此即憨山大師〈醒世歌〉一開始即唱：

> 紅塵白浪兩茫茫，忍辱柔和是妙方；
>
> 到處隨緣延歲月，終身安分度時光。

讓衝突轉個彎，讓對抗只剩對方的劍拔弩張，終至化難受為忍受，化忍受為享受的積極心態。

其次，在進化修養上，與其要別人改變，不如自己改變，開拓心量，方能心寬理寬。因此，石天基〈忍耐歌〉讚嘆：

> 忍耐好，忍耐好，忍耐二字當奇寶。一朝之憤不能忍，鬥勝
> 爭強禍不小。身家由此破，性命多難保。休逞財勢結怨仇，
> 後來要了不得了。讓人一步有何妨，量大福大無煩惱。

分析「忍耐」的積極功能，歌中道出「能忍能耐，才有能耐；不忍不讓，事情常壞」的利弊得失，強烈對比，可說判若雲泥。須知改善人際關係，一定心寬路寬，才能跨越一己狹隘的觀點，才能擴大深化，跨出新境界。

四　存在智能的體現

存在智能是歷史興亡的宏觀，宇宙實相的洞悉；凝視「成住壞空」的無常發展，領悟「緣起緣滅」的自然流轉，深識「因果循環」的理則變化。

面對人生的片刻須臾，歷來解決之道有二：第一、出乎其外，照見空性；第二、入乎其內，掌握自性。如明代代空和尚在〈萬空歌〉一開始即明白揭示宇宙實相：

> 天也空，地也空，人生渺渺在其中；
> 日也空，月也空，東升西墜為誰功？

只有站在更高更大的視野，才能體悟人生是「寄蜉蝣於天地，渺滄海之一粟」，也才能自「空性」的角度，破除執著虛妄。同樣楊慎〈臨

江仙〉自歷史興亡抒懷：

> 滾滾長江東逝水，浪花淘盡英雄。是非成敗轉頭空，青山依
> 舊在，幾度夕陽紅？
> 白髮漁樵江渚上，慣看秋月春風。一壺濁酒喜相逢，古今多
> 少事，都付笑談中。

在「空性」的領悟中，因面對而接受，視無常為正常，終能化悲情為
歡情，自限制的超越中，撥雲見日，回歸當下的隨喜。

　　事實上，禪詩在存在智能的觀照之餘，並非冷眼冷心的枯槁，而
是冷眼熱心的統一；在「豪華落盡見真淳」中，由消極走向「消極的
積極」，展現「一語天然萬古新」的深刻內蘊。因此，寒山〈自敘
詩〉：

> 一住寒山萬事休，更無雜念掛心頭；
> 閒書石壁題詩句，任運還同不繫舟。

任運任命，隨緣隨喜，身無所繫。自「空性」中觀賞因果法則，自動
態觀點中掌握「個人存在與廣宇悠宙」的相攝關係；正是天心月圓，
華枝春滿，在互動變化中，相反相成；生死相續，生生不息。

五　結語

　　歷來禪詩，心作良田，善為至寶，真為清流；三管齊下，轉染為
淨，轉迷為悟；自深入淺出的韻文中，召喚正念的生活、空性的覺
察、轉化的妙用；而歸根究柢，亦即心靈的安頓。至於論及心靈的安
頓，當以無際大師〈心藥方〉最能治病強身。大師的醫心藥方，共有
十味：

好肚腸一條、慈悲心一片、溫柔半兩、道理三分、信行五錢、忠直一塊、孝順十分、老實一個、陰騭全用、方便不拘多少。

十味妙藥，旨在去惡存善，因慈而悲，理直氣和，真知篤行，知恩報恩，老實行事。看似老生常談，卻能由奇返正，揮別「參禪不在嘴」的玩弄光景，展現「極高明而道中庸」的具體實踐，當是欣賞禪詩，閱讀前人智慧結晶的重點所在。

張春榮、顏藹珠編著：《英美文學
名著賞析》（臺北市：文鶴出版
社，2007年10月初版）。

點燈照亮，薪火相傳
——世界名人教育智慧語賞析

一　前言

　　教育是百年大計，國家競爭力的根本。重視生育，國家的人口會增加；但只有重視教育，一個國家才能人才輩出，厚植實力；向上提升，屹立茁壯，開創更光輝燦爛的世局。論及教育，迄今強調「以教師為主尊，學生為主體，學習為主線」的系統活動。在整個系統活動中，教師是火把，學生是火種，學習引導是燃料；教師是園丁，學生是花草樹木，學習引導是灌溉施肥；希望莘莘學子能夠「確立知識，培養能力，激發智力，形塑人格」，多元發展；更希望國家未來的主人翁，能夠「有常識，有知識，有通識」，由課本上的認知，走向生活的技能，更走向生命的情意；讓教育的火把，照徹黑夜，一路上溫暖人心；讓教育的園林，百花齊放，生機蓬勃，一片青綠，一片亮麗。

二　熱情引導，豐富成長

　　英國小說家與政治家狄斯累利（Benjamin Disraeli）謂：

　　老百姓的教育是這個國家命運之所繫。

(Upon the education of the people of this country the fate of this country depends.)

指出人民教育的水準正決定國家未來的命運。蓋有怎麼樣的人民，便會有怎麼樣的政府。可見正本清源，莫不以教育為基石。只有教出有理想有正義有為有守的老百姓，才能風起雲湧，蔚為風氣，造就一個廉能公正造福人民的政府。其次，英國名作家羅斯金(John Ruskin)認為：

讓我們改革學校教育，那麼我們將來便不須大幅改革監獄。
(Let us reform our schools, and we shall find little reform needed in our prisons.)

強調正本清源的重要。如果學校教育能夠真正落實，行政人員提供良好的學校設施，教師用心改善對學生有益的教材，有光有熱，充滿人性關懷，學生得以因材施教，獲得一技之長。如此，踏入社會，較不會成為問題青少年，不會成為社會的負擔，便不須為以治標為主的監獄問題大費周章，事倍功半。因此，美國十九世紀政治家(Robert G. Ingersoll)強調一個好老師的影響力極其可觀：

一個好老師的價值等同一千個牧師。
(One good school master is worth a thousand priests.)

「師者，所以傳道、授業、解惑也」，一個真正好的老師，有身教、有言教，擴增學子知識領域，打開智慧軒窗，春風桃李，蔚為一片雲蒸霞蔚，充份發揮人類靈魂工程師的最大功效。是故，美國大企業家福特(Henry Ford)指出良好的教育特質：

一個受良好教育的人應每事皆通一點，而有一事十分精通。

(A well-educated man should know something of everything and everything of something.)

有通識的基本素養，也有專業的高度水準，如此相輔相成，有廣闊的視野，也有深入的專精，可避免「樣樣通，樣樣鬆」或「見樹不見林」的流弊。尤其在快樂學習上，美國教育家齊佛(E. J. Kiefer)有深刻的洞悉：

使小孩快樂，並不能使他們變好，但使他們變好，便可使他們快樂。

(Children cannot be made good by making them happy, but they can be made happy by making them good.)

指出「快樂」和「好」之間的理則變化，畢竟順從小孩心意，取悅他們，並不能使他們心智成長，反而導致他們自私、任性；反觀匡正小孩缺失，教導他們，使他們認真、懂事，將導致他們獲得充實、努力的快樂。

三　宏觀省思，批判修正

優質教師應為學問的達人，生活的達人，英國小說家與政治家狄斯累利(Benjamin Disraeli)指出：

看多，磨多，讀多乃學問之三大支柱。

(Seeing much, suffering much, and studying much, are the three pillars of learning.)

首先，看遍世態，閱歷豐富，世事洞明。其次，鑽研深究，痛下苦

功；開闢領域，學有專精。最後，廣泛閱讀，博覽群籍；左右逢源，觸類旁通。可見教學，毫無捷徑取巧；唯有真正下功夫，發揮「三多」的精神，不停積學酌理，不斷沉潛探索，整合貫通；博大與精深並進，高明與縝密並呈；假以時日，學問必有可觀焉。同時，法國大作家伏爾泰（Voltaire）指出道德、知識、心靈狀態，三者宜密切相連：

> 美德、學習和開朗是不應分割的三姊妹。
>
> (Virtue, study, and gaiety are three sisters who should not be separated.)

有道德的期許，才不會誤用知識，使學習能產生正面效益，內心樂觀取進。有求知的動力，才能掌握德行的時代意義，突顯開放心靈的視野。由健全明朗的心靈出發，才能養成優美德行，豐富學習向度。也只有三者動態和諧的交相配合，才能塑造出德、智、群統一的豐美人格。同時現代教師應能宏觀照見，知所警惕。美國名作家愛默生(R. W. Emerson)指出教育的盲點在於過於強調「競爭」：

> 每一個撒克遜族小孩所受的教育教他要爭取第一名。這是我們的制度，促使一個人以他對手懊惱、嫉妒和痛恨的程度來衡量自己的成就。
>
> (Every child of the Saxon race is educated to wish to be first. It is our system; and a man comes to measure his greatness by the regrets, envies and hatreds of his competitors.)

殊不知一味教導小孩處處爭第一名，長此以往，每每養成「別人的成功，就是我的失敗」的偏狹心態。事實上，教育不應處處強調爭第一，而應培養小孩將來能全方位開展，讓他有知識的宏觀，有人格的

修養，成為活潑健全的現代人；絕非只會背書考試的機器，與生活脫節的兩腳書櫥，自我膨脹的傲慢知識份子。而教育不當之種種流弊，亦由此可見。因此，美國歷史學家亞當斯(Henry Adams) 認為一個優秀的教師，不應變成冬烘的老學究：

> 沒有什麼比一個落伍的學究更令人厭煩。
>
> (Nothing is more tiresome than a superannuated pedagogue.)

由原本產量豐沛的知識寶庫，退化成礦脈枯竭的廢坑，無疑是教師最大悲哀。因此，身為「人類靈魂的工程師」，每位教師應隨時汲取新知，充實自我，不斷求新求變。只有與時俱進、學有專精的教師，才能贏得學生敬重。

　　同樣美國教育家何瑞斯曼(Horace Mann)強調真正熱心的教師，一定要熱力四射，引起學習動機：

> 無法喚起學生求知慾望，而想授業的老師，如同在敲打冷鐵。
>
> (A teacher who is attempting to teach without inspiring the pupil with a desire to learn is hammering on cold iron.)

讓學生能化被動成主動，積極投入，樂在其中，如此打鐵趁熱，必能發覺知識的樂趣，必能由簡入難，循序漸進，大有收穫。反觀學生若興致缺缺，消極應付，一曝十寒，相信教學一定失敗，形成「上下交相敷衍」的惡性情境。

四　結語

　　綜上所述，可見教育不是越教越憂鬱，越教越沒力；而是春風化

雨，雲霞郁郁，越教越有活力。藉由教育，為孩子點一盞燈，找一條
路，開一扇窗，打造他釋放能量的舞台。藉由教育這條繩子，可以讓
井底的人爬出井來，藉由教育這盞探照燈，讓摸索前進的小孩看清方
向，看見未來，看見希望。英國名作家李利(John Lyly)指出孩子的可
塑性極高，及早確立根基，日後必定受用無窮：

> 孩子年輕時，讓他接受品德和文學上的教導。
>
> (Whilst that the child is young, let him be instructed in virtue
> and literature.)

因此趁早讓他接受德育，建立行為應有的道德規範，趁早接受文學
薰陶，豐富精神食糧，建立生活應有的品味與寄託；如此一來，在
「善」與「美」的根基上，小孩必能得到健全發展，成為國家的棟
樑，社會中堅穩定的力量。其次美國政治家哈理斯(Townsend Harris)
強調教師要有寬朗的心態：

> 讓富人和窮人家的小孩並肩而坐，不因家世而有所分別，只
> 在勤奮、行為優良與智力方面區分高下。
>
> (Let the children of the rich and poor take their seats together
> and know of no distinction save that of industry, good conduct,
> and intellect.)

人與人的優劣判別，不宜根據家世不同。教師不應現實功利，厚此薄
彼，對所有學生應同等愛護教導。真正立足點的平等，在於比較彼此
的處世態度、人格修養和聰明才智，比較彼此所下的功夫如何。此後
天的努力成就，並非依賴先人的遺澤福蔭，才是個人真正價值之所
在。因此，美國當代名詩人福洛斯特（Robert Frost）強調教育旨在於
養成更寬闊的視野，更恢宏的胸襟：

> 教育是有能力聽到任何言論而不失掉脾氣和自信。
>
> (Education is the ability to listen to almost anything without losing your temper or your self-confidence.)

能化意（異）見為溝通，攝對立於統一；不流於唯我獨尊的傲慢，亦不陷入人云亦云的附和；在知性理性的基礎上，開展出知識的成長及人格的成長。尤其佛教教主釋迦牟尼佛更明確揭示：

> 教師在講解以前，應該先研究學生的心理傾向。教育應配合受教者的根器和適當的時機。一位好教師講話應中肯而避免談論不相干的事物。一個人應使用懇切而富有同情心的話語。

認為教育應因材施教，適時引導。上課前以學生特質為主，適切把握；進行時，言談要能設身處地，細心貼心；上課中，要言之有物，言之有理，避免游談無根，言不及義，展開有效度有意義的教學。事實上，只有在充滿熱情、專業的老師耐心引導下，化僵化制度的盲點，為活化思維的亮點；化「教育是涼心的職業」為「良心的志業」；秉持「天下沒有不能教的學生，只有不會教的老師」的信念，則教育是化朽木為英才的創意改造工程，在沙漠裡種玫瑰，在頑石裡琢美玉，讓每一個小孩在不同的領域成為有用之才，發光發熱。

決決風範，朗朗胸懷
——西洋名人政治智慧語賞析

　　他山之石，足以攻錯，文化結晶正足以觀摩相善，撞擊智慧火花。探究歷來西洋名人政治智慧語，在人與自我，人與社會，人與國家上，多所論述，尤其要言深刻，提出諸多真知灼見，義正詞嚴，醒心豁目，足為當今臺灣紛擾政局借鏡參考。美國民權領袖馬丁·路德·金(Martin Luther King, Jr.,1929-1968)即呼籲：

> 我們必須學習如兄弟共同生存或如傻子共同滅亡。
>
> (We must learn to live together as brothers or perish together as fools.)

指出各種族群團體，若能以「四海之內，皆兄弟也」相待，摒除種族歧視，同氣連枝，相互合作；必能眾志成城，共締美好遠景。反之，彼此排擠對立，相殘互虐，勇於內鬥；必兩敗俱傷，同赴死亡幽谷。而不同族群政黨相處的模式，正是文明與野蠻的鮮明標幟，值得吾輩深思。因此美國十九世紀著名思想家愛默生(R. W. Emerson, 1803-1882)便提出警示：

> 一個國家若不是自殺絕不會滅亡。
>
> (A nation never falls but by suicide.)

所謂「人必自侮，然後人侮之」，一個國家也和人一樣，若非內部不和，自亂陣腳，何懼強敵來犯，外侮來侵？因此，一國若終年內

閱，爭戰攻伐，耗費國力於相殘上，猶如自斷筋脈，必將衰敗不振，終至滅亡。只有上下一心，莊敬自強，共同面對橫阻外患，才能屹立不搖，永存世上。復次，美國第三十一任總統胡佛(Herbert Hoover, 1874-1964)強調政府的影響，非同小可：

> 政府若缺乏榮譽，全國百姓的道德亦受毒害。
> (When there is a lack of honor in government, the morals of the whole people are poisoned.)

政府廉能，公而忘私，愛民如子，處處抱持使命感，時時胸懷責任心，力爭上游，造福大眾，流風所及，上行下效，整個國家政通人和，整個社會必定朝氣蓬勃，清明有序。反觀，政府無能，貪贓枉法，罔顧道義，朝令夕改；甚而官商勾結，但侔一己私利，導至社會動盪，公權力不彰，處處充斥敗德不倫，百姓耳儒目染，必深受不良示範波及，於是人心渙散，終至社會風氣頹唐敗壞。影響之大，不可小覷，正所謂「風俗之厚薄奚自乎？自乎『政府』心之所向而已」。同樣，美國第二十八任總統威爾森(Woodrow Wilson,1856-1924)也認為：

> 每個在華盛頓就職的官員不是成長便是膨脹。我每任命一個官員，便仔細觀察他開始膨脹或成長。
> (Every man who takes office in Washington either grows or swells, and when I give a man an office, I watch him carefully to see whether he is swelling or growing.)

官場是人性最佳的試芯紙。在權力名位的洶湧風暴中，在傾軋排擠的鬥爭裡，有的人攀炎附勢，平步青雲，炙手可熱，終至名不符實的高位；有人立志做事，愈挫愈勇，雖運途多舛，逐漸世事洞明，練達睿

智。大抵，膨脹是墮落的前兆，成長才能開啟智慧的契機。在華府每位官員的身上，無不上演著睿智與沉淪的戲碼。而美國十九世紀名作家克拉克(James Freeman Clarke, 1810-1888)則精闢剖析：

> 政客想到下一次選舉；政治家想到下一代。
>
> (A politician thinks of the next election; a statesman, of the next generation.)

透過「下一次選舉」(the next election)與「下一代」(the next generation)的大小對比，辨析「政客」與「政治家」的不同。前者注重下一次選舉能否當選，後者注重為下一代的福祉著想，胸襟眼界可說天壤之別。其中關鍵，在於能否深刻體會「選舉是一時的，政治名聲是永久的」。英國十八世紀名政論家柏克(Edmund Burke, 1729-1797)剴切揭示：

> 壞人結集時，好人要合作，否則好人會一個一個倒下，
>
> 在令人鄙視的戰鬥中，成為無人同情的犧牲者。
>
> (When bad men combine, the good must associate; else they will fall one by one, an unpitied sacrifice in a contemptible struggle.)

強調好人應發揮集體豐沛之戰鬥力，對抗所有不公不義，捐棄成見，團結一致，為社會安康、國家福祉而努力。只有結合成群體，只有凝聚的人性光輝，才能產生導正人心的感召力量。否則單靠個人，對抗惡質結構，以一己之力，企圖逆挽腐敗狂瀾；無異以卵擊石，非但白白犧牲，於事無補，甚而反蒙螳臂當車之譏。因此美國開國元勳傑佛遜總統(Thomas Jefferson,1743-1826)曾語重心長道：

> 啟迪教育所有大眾，那麼暴政和迫害將如惡靈見曙光而消

逝。

(Enlighten the people generally, and tyranny and oppressions of body and mind will vanish like evil spirits at the dawn of day.)

翻開人類歷史，有怎樣的老百姓，便有怎樣的政府。而釜底抽薪之計，當從民主教育著手。只有當全民教育普及，知識提升，民主素養成熟，整個政府才有可能步上軌道，廉能清明。只有當民智全開，在全民雪亮眼睛的監督下，所有政治的惡靈魅影才會消失無形。

英國二十世紀風雲首相邱吉爾(Winston Churchill, 1874-1965)強調政治人物的格局，任重道遠，不可罔顧人民託付的神聖責任。須知：

收入可供養生命，付出可成就生命。

(We make a living by what we get; we make a life by what we give.)

收入是利己營生，付出是關懷利他，休戚與共；除了照顧自己，也要照顧別人；成就一己，也成就大眾；關心生命，更關注生命的意義。而美國第三十五任總統甘迺迪(John Kennedy, 1917-1963)則強調老百姓應有的民主素養：

我的美國同胞：不要問國家能為你們做什麼，要問你們能為國家做什麼。

我的世界公民：不要問美國能為你們做什麼，而要問我們能共同為人類自由做什麼。

(My fellow Americans: ask not what your country can do for you, ask what you can do for your country.

My fellow citizens of the world: ask not what America will do for you, but what together we can do for the freedom of man.)

　　藉由「先後反正」的鮮明對比，透過自我與國家關係的互動省思，揭示每一個現代公民應有的責任與擔當。要化被動為主動，化消極為積極，除了關心自己，更關心國家，進而關心全世界；形塑現代公民的朗朗胸懷，勇銳而自重，宏觀而堅持理想，可說發聾振瞶，召喚人心，當為迄今口維心誦，琅琅上口的政治名言。

張春榮、顏藹珠編著：《英美文學名著選讀》（臺北市：文鶴出版社，2007年10月初版）。

始於趣味，終於成長
——西洋動畫電影智慧語賞析

一　體驗與成長

　　動畫是現今電影的重要類型，映射豐贍視角與繽紛創意，令人刮目相看。藉由與時俱進的精緻，探討題材的多元多樣，如今動畫電影不再只適合小孩觀賞，而一躍為連大人也看得津津有味的異想世界，闔家相激相盪，共同邁向動畫電影中「真善美」的深度人文之旅。

　　動畫電影是小孩與大人的夢想天堂，精神樂土的美好召喚，靈魂悸動的最佳按摩。當面對困境，歷經劫難時，動畫電影永遠在求新求變求好中，加深加廣，照見人性的真實，展現人性的可貴光輝，湧現溫馨的畫面；永遠在「山窮水盡疑無路」中，開創「柳暗花明又一村」的體驗與成長，永遠在烏雲旁鑲著金邊，化悲歌為超越的歡唱，自絕望中點燃希望的火把，照向「人與自我」、「人與社會」、「人與自然」、「人與文化」的多元議題，呈現不同向度的內省智能、人際智能與存在智能，親切有味，發人深醒。

二　熱力四射，珍惜擁有

　　動畫中的角色人物，不僅有一顆溫暖的心，洋溢成長的喜悅，擁抱相濡以沫的溫暖；更有一個冷靜的腦，體驗客觀世界的變化，領悟

生命的真諦。

　　以《天外奇蹟》（*Up*）為例，一位八歲童子軍小羅，為了收集幫助老人的最後一枚勳章，意外搭上卡爾掛滿氣球的飛行屋，前往南美洲探險。卡爾此行，純粹為了實現已逝妻子艾利的夢想。一老一小從此踏上荒野的叢林路上，巧遇彩色巨鳥凱文，會說話的狗小逗。孰料卡爾小時候崇拜的冒險家蒙茲出現，一心一意欲捕捉彩色巨鳥。幸賴小羅、卡爾、小逗的通力合作，分別闖入蒙茲的飛行船，救出凱文，蒙茲在打鬥中自高空摔墜叢林深處。結尾凱文和她的小孩在一起。同時在徽章頒獎典禮上，卡爾親自為小羅別上專屬勳章。影片中一開始，小羅充滿童子軍的助人熱情，主動向卡爾示好：

> 午安！你今天需要任何服務嗎？先生。
>
> (Good afternoon! Are you in need of any assistance today, sir？)
>
> 一個荒野探險員是萬物之友，不管是植物、魚或小鼴鼠。
>
> (A wilderness explorer is friend to all, be a plant or fish or tiny mole!)

似此開朗的心胸，積極的關懷，真誠的幫助，是人與人之間最珍貴的資源，讓需要服務的人不會孤單，讓孤單的心靈重新沐浴在溫暖的光輝中。而《天外奇蹟》中的一少一老，便在「天真無知」與「世故老成」的搭配組合中，碰撞出相互提攜的火花，完成不可能的南美洲冒險之旅。

　　以《玩具總動員3》（*Toy Story 3*）為例，玩具們的主人安弟已長大成人，即將離家展開大學生涯。伍迪和巴斯等玩具人心惶惶，深恐遭棄置。安弟將玩具整理收藏，陰差陽錯被媽媽誤以為垃圾丟棄，玩具們逃到「捐贈給陽光托兒所的玩具」紙箱。孰料托兒所幼稚園的低齡小朋友是破壞王，玩具們人人自危。安弟發現玩具們不見踪影，心

急如焚尋找。而玩具們通力合作，展開最大規模的逃亡行動，最後歷盡艱辛，重回小主人安弟身邊。影片中，安弟對他最喜歡的玩具伍迪深情款款道：

> 伍迪，就我記憶所及，一直是我的麻吉。
>
> 他英勇，正符合牛仔身份，親切又聰明。
>
> 但伍迪特殊之處在於他絕不會棄你而去。
>
> 無論如何，他總陪在你左右。
>
> (Now Woody, he's been my pal for as long as I can remember.
>
> He's brave, like a cowboy should be. And kind, and smart.
>
> But the thing that makes Woody special is he'll never give up on you......ever.
>
> He'll be there for you, no matter what.)

正道出安弟與伍迪等玩具間珍貴的情誼。十一年來，伍迪陪伴安弟的成長，相知相守，不離不棄，成為安弟生命中最穩定的力量。而牛仔模樣的伍迪，不管碰到任何挑戰，面對任何困境，都能展現「總在你身邊」的溫暖性格，關懷照顧，令人動容。

以《加菲貓1》（*Garfield*1）為例，加菲是一隻橙色的胖貓，喜歡大吃大睡，看電視，在籬笆上跳舞，捉弄迪歐和老姜。迪歐是老姜所養的米格魯，雖被加菲惡整，但毫無怨言，自得其樂；整天以追車、散步、撿棍子與夢想飛行為樂。至於主人老姜，以漫畫為業，穿著打扮十足老土，又不擅於言談交際，和女生約會交往，往往碰一鼻子灰。而一貓一狗一人就如此冤家相聚，共譜生命交響曲。老姜與加菲最經典的對話：

> 老姜：我該對你怎樣？

加菲：愛我，餵我，永不離開我。

(Jon Arbuckle: What am I gonna do with you?

Garfield: Love me, feed me, never leave me.)

加菲貓雖是「另類寵物」，注重生活慵懶享受，但卻一語中的，說出所有寵物的心聲。所有寵物對主人的心聲無非「愛我，餵我，永不離開我」，這輩子得以和主人和樂融融，高枕無憂，便是今生最大的願望，夫復何求？

以《功夫熊貓1》（*Kung Fu Panda*1）為例，圓滾滾的熊貓阿波，熱愛中國功夫，崇拜玉皇宮「蓋世五俠」（悍嬌虎、靈鶴、快螳螂、俏小龍、猴王），一日他前往參觀玉皇宮舉辦的武林盛會，竟意外被選為傳說中的「神龍大俠」。阿波笨手笨腳，習武過程，諸多不順。幸賴師父善用他「貪吃」特性，轉化成武功上的極致，成為真正武藝出神入化的「神龍大俠」，打敗萬惡不赦的殘豹，讓和平谷免受浩劫，重回安康快樂。影片中，龜大仙幻化仙逝，對阿波的師父開示道：

你太在乎過去與未來。有一句諺語說：昨天是歷史，明天是祕史，今天是禮物，因此才被稱為「現在」。

(You are too concerned about what was and what will be.

There is a saying: yesterday is a history, tomorrow is a mystery,

but today is a gift. That is why it is called the "present".)

強調往者已矣，休戀逝水；來者未知，不要想太多想太遠；需知真正能發光發熱的，只有眼前時光。英文present在此是雙關語妙用，既表「現在」又代表「禮物」。是故，只有把握當下，全神貫注，全力以赴，才能釋放生命的最大能量，發揮劍及履及的功能，開創真正豐美

的人生。而龜大仙這一段話，語淺意深，點出一般人對「昨天、今天、明天」的迷思，醒心豁目，精采可誦。

《功夫熊貓》DVD封面。

《天外奇蹟》DVD封面。

《玩具總動員》DVD封面。

召喚童心，珍惜感恩

——中外動畫電影智慧語賞析

一　自我實現，開創新境

　　動畫電影中的角色人物積極投入生活情境，無不面對困境，創造性解決問題。尤其在身陷重重危機中，修正以往錯誤，勇於承擔，終能化險為夷；並在批判性抗議與創造性轉化中，深刻察覺癥結所在，就事論事，打破迷思，超越自我，開拓嶄新的格局。

　　以《史瑞克快樂4神仙》（*Shrek Forever After*）為例，史瑞克娶了公主，結婚生子，成為居家好男人，卻嚮往以往單身自由的快樂生活。結果遭魔術師精心設計，以「史瑞克出生的那一日」作交換。結果，重回單身的史瑞克，發覺整個世界全變了，被魔術師陰狠統治。在驢子幫忙下，發現破解契約的關鍵，即獲得費歐娜「真愛之吻」。然而，費歐娜如今已成聖戰家園的首領，對史瑞克不復記憶。史瑞克毫不氣餒，和費歐娜陣營並肩作戰，甚而不惜犧牲生命，讓費歐娜漸生好感。結尾，正當史瑞克的身體隨著日出逐漸消失，終於打動費歐娜芳心，得到真愛之吻，恢復原先熱鬧的家居生活，史瑞克備感珍惜。影片中，驢子、史瑞克來到反抗軍的基地：

　　驢子：我的小孩可愛嗎？還是讓人很頭大？

　　(Donkey: Are my kids cute or do they make people

uncomfortable?)

怪物：歡迎來到反抗軍，兄弟。

史瑞克：反抗?

怪物：我們為正義，為四方受壓迫的怪物而戰。

史瑞克：我不知道我們可以幹這種事！

(Brogan: Welcom to the Resistance, brother.

Shrek: Resistance?

Brogan: We fight for justice, and for oppressed ogres everywhere!

Shrek: I didn't know we could do that.)

驢子的問話是「人際智能」的省思，知道小孩是天使也是魔鬼；而史瑞克的對話則是「存在智能」的醒悟，體悟到個人存在的價值，即為了人間正義，為了同胞福祉。生命的意義因承擔而深刻，因關懷而擴大，因飽滿而充實。

以《蜂電影》（*The Bee Movie*）為例，貝瑞是一隻剛自大學畢業的蜜蜂，不想以採花蜜過一生。離開紐約市，他無意間和曼哈頓花市女老闆凡妮莎相識，結為好友，並驚愕發現人類數百年來一直盜取、食用蜂蜜。他義憤填膺，上法庭控告，贏得勝訴，蜜蜂們從此不再辛勤工作，以蜂蜜度日。孰料沒有蜜蜂採蜜，傳播花粉，許多花根本無法開出艷麗花朵，凡妮莎花店也面臨歇業危機。貝瑞眼見大事不妙，呼籲蜜蜂們起來工作，挽救大自然生態的危機。影片中，貝瑞接受電視名嘴賴瑞訪問，理直氣壯：

賴瑞，蜜蜂從不畏懼改變世界。就像哥倫布蜜蜂，甘地蜜蜂，耶穌蜜蜂。

(Larry, bees have never been afraid to change the world, I mean, what about Bee Columbus, Bee Ghandi, Bee Jesus.)

蜜蜂世界不乏「以天下興亡為己任」的偉人。貝瑞見賢思齊，初生之犢洋溢著胸懷世界的使命感，自然對不公不義的事件大加撻伐，希望能力挽狂瀾，為蜜蜂權益發聲，彰顯熱血青年的非凡抱負。

　　以《瓦力》（ *WALL-E* ）為例，瓦力是地球上清掃型機器人。有一天，人類派新型探測女機器人「伊芙」，考察地球現況，瓦力一見鍾情。後「伊芙」探測儀發現植物後休眠，太空艦收回，瓦力追隨進入人類所居住的太空船「艾森號」。在艦長、伊芙、瓦力的互助合作，打敗邪惡份子「柯圖」，太空船重返可以居住的地球。但瓦力受損修復後，失去記憶。伊芙一直在旁照顧，從不放棄。最後，以牽手、哼歌、輕碰頭的接觸，喚回瓦力記憶，和人類共同生活。影片中，柯圖一再反對回到惡化的地球，艦長堅決認為只要有植物，地球就充滿生命力，可以永續經營。艦長道：

> 這叫耕種！你們要種各種植物，蔬菜、比薩。噢，回家真好。
>
> (This is called farming! You kids are going to grow all kinds of plants! Vegetable plants, pizza plants. Oh, it's good to be home.)

這是痛定思痛的思維，淚中帶笑的呼籲，呼籲人類、機器人共同打造綠色的地球，生於斯，長於斯，要共同耕耘，和諧共處，才是長治久安之道，真正用心用力守護我們的地球。

　　以《鑑真大和尚》為例，唐玄宗天寶元年，日本僧人榮叡、普照等人，久仰鑑真和尚大名，前往揚州大明寺謁見，並力邀赴日傳法。鑑真和尚發願東渡弘揚佛法，歷經五次失敗與阻撓，仍不改其志。甚至後來雙目失明，仍突破艱難，經由水路長途奔波，終於將大唐佛法與文化傳至日本，開創日本律宗一派，被譽為日本「天平文化的巨人」。影片中，出海東渡受挫，鑑真和尚神色自若道：

天下的事，很少有一次就能完成的。所以儘管無常來臨，對
的事，做就對了。

並以五言絕句表明心迹：

皎月知我願，傳燈去他鄉，波折不能阻，心淨傳馨香。

似此任重道遠的堅忍不拔，正是一代文化巨人的崇高身影，立定志
向，矢志不移，勇往向前，終底於成。朗朗此心，如明月高懸；無懼
人世無常，亦無懼風波險惡；跨越一己的小得失，提升至佛法傳承的
文化格局，自然能看得遠，看得透，展現飽滿弘願的定力與光輝。

二　結語

美國動畫巨匠華德‧迪士尼（Walt Disney）坦承：

我熱愛米老鼠超過任何我所認識的女人。

(I love Mickey Mouse more than any woman I've ever known.)

動畫電影中米老鼠的詼諧逗趣，最能化愁解憂，堪稱是童心的活水，
生活的開心果。因此縱橫動畫電影國度，他主張要能召喚童心，散播
歡樂，把生活轉換成藝術。他指出：

歡笑是美國最重要的出口品。

(Laughter is America's most important export.)

電影是美國最重要的出口產業，在這個全球性的電影市場裡，美國電
影首在散播歡笑，帶給人們生活的愉悅，夢想的趣味。

事實上，動畫電影除了帶給人們愉悅趣味外，更帶給小孩大人深

刻的體驗與成長的智慧。在自我內省上，要保有生命源源不絕的熱
力，把握當下，清醒充實的迎接每一天。在人與寵物相處上，洞悉寵
物默默付出的真愛，感念一路上有對方相知相守；唯有不離不棄的珍
惜照顧，才是生命互動中的溫馨光輝。其次，面對家園、國土、地球
上，要勇於承擔。人生除了追求一己快樂外，更要有積極性格，扛起
責任，避免重踏「擁有時不關心，關心時不再擁有」的悲劇；至於在
文化的傳承上，薪火相傳，要能永懷使命感，百折不回，朗照乾坤，
展現綿綿不絕的無比宏願，呈現豁達寬廣的格局。凡此，均是中外動
畫電影中的歡笑寶藏，始於夢想的有趣，終於智慧啟迪的有味，讓人
觀之不厭，愛不釋手。

《史瑞克》DVD封面。

《蜂電影》DVD封面。

《瓦力》DVD封面。

慈濟靜思語的寫作教學

一 前言

　　慈濟證嚴法師的靜思語，平白如話，深入淺出，顯豁易懂；充滿清晰的認知，展現語言的藝術，綻放人間佛教的親切智慧。藉由靜思語的閱讀，有助美感的涵養，質感的提升，進而激發活化，心寬念柔，形塑人格；蔚為人間清流，同耕心靈淨土。

　　靜思語運用在寫作教學上，可以在欣賞、體驗之外，進而藉由「仿寫」、「改寫」、「擴寫」、「續寫」的題型引導；讓閱讀帶動寫作，讓寫作深化閱讀。藉由讀寫結合，雙管齊下；靜思語可以轉化成「帶得走的能力」，學用合一，直指「愛心變清流，清流繞地球」的情意涵養與具體實踐。

二 仿寫

　　靜思語主張人與人間的「說話」，不僅要有「說話的藝術」，更要有「說話的智慧」：

> 口說一句好話，如口出蓮花；口說一句壞話，如口吐毒蛇。

可見「對人要寬心，講話要細心」。同樣一句話，好話可以使人笑起來，壞話只會讓人跳起來，真是要「修口」，留點口德。對於好話，

佛陀最早即以「美麗的花」來譬喻，靜思語由此引申，鮮明道出兩者效果的差異，和諺語中的「良言一句三冬暖，惡語傷人六月寒」可相互呼應。而運用在仿寫上，可自「替換字詞」、「換個譬喻」入手，仿寫為：

> 口說一句好話，如添一道陽光；口說一句壞話，如植一片荊棘。（筆者）

藉由「替換字詞」的仿寫，可訓練「替代性思考」的寫作。

其次，對於「說話」的層次，靜思語中有深刻的比較剖析指出：

> 話多不如話少，話少不如話好。

說話的藝術，始出於「多」（躁人之辭多），次於「少」（吉人之辭寡），終於「好」（善人之辭暖）。似此說話境界的提升，亦即心量的擴大，意顯理豁。運用在仿寫上，可以藉由「形式繼承，內容革新」加以類比造句。如：

> 1. 命好不如運好，運好不如心好。（諺語）
> 2. 藥補不如食補，食補不如睡補。（琦君）
> 3. 高官不如高薪，高薪不如高壽，高壽不如高興。（臉書·財務管家）

藉由「情境類比」、「層層比較」的開展，可以訓練學生「相關性思考」；同時自一再比較的推論中，進而掌握「層遞」的思維遞進與表現手法。

三 改寫

　　針對有些司空見慣的成語，老生常談的句子，靜思語中往往有所改動，有所修正，讓習焉不察的成語再顯新的光采，老生常談的句子重現活力。如：

　　　　得理要饒人，理直要氣和。

照一般的說法是「得理不饒人，理直要氣壯」，一副咄咄逼人、盛氣凌人的模樣，結果造成反目為仇。因此，真正的涵養是「得理要饒人」，要多一分寬容；真正的大量是「理直氣和」，多一分溫和；如此才能化干戈為玉帛。由此觀之，「忠言逆耳」這句成語，即可再求新意，改成「要說不逆耳的忠言」，展現溫柔的堅持，說中聽的真話，和顏悅色，順口順耳。又如：

　　　　慈悲沒有敵人，智慧不起煩惱。

一般人往往是「對敵人沒有慈悲，每天煩惱不起智慧」，只知對立，不知對立的超越；只知煩惱，不知動腦。針對一般人常犯的通病，靜思語化感性為悟性，化常識為見識，將「慈悲」、「智慧」形象化，揭示「慈悲」、「智慧」的境界，成為精闢入裡的金句，用語極淺，用意極深。

四 擴寫

　　擴寫，力求平行開展，演繹鋪展；自「量的擴充」上，掌握部分和整體的關係。靜思語中有些即為擴寫的示範佳例。如修行「四要」：

　　　　願要大，志要堅，氣要柔，心要細。

分述修行中「願」、「志」、「氣」、「心」四者的並列關係，各有
各不同的標準。又如處事「三好」：

　　　　口說好話，心想好意，身行好事。

述說「口」、「心」、「身」的相關開展，自「好話」、「好意」、
「好事」徹內徹外的實踐中，形塑求真求善求美的圓融。

　　靜思語中擅長藉由排比方式，鋪陳增廣擴大，由線而面，照見
「多樣的統一」。如對人生應有的正知正見：

　　　　所謂看開人生，不是悲觀，而是積極樂觀；不是看破，而是
　　　　看透；並非什麼都不做，而是能及時行善；也不是什麼都沒
　　　　有，而是什麼都知足！

藉由四個向度的排比，擴而充之，述說「看開」、「看透」、「行
善」、「知足」四者相輔相成，並行不悖。

五　續寫

　　續寫，聚焦前後組合，注重語意的搭配變化，讓語意更深刻。靜
思語中不少佳句，可以透過續寫引導，讓遣詞造句更加精確。如：

　　　　一個人的快樂，不是因為他擁有得多，而是因為他計較得少。

快樂並不是建立在物質上，而是建立在精神上；快樂絕非不滿足，而
是知足。一旦少計較，知足感恩，自然笑逐顏開。因此，可以將「計
較得少」空出，試著讓學生接龍完成。又如：

為人處世要小心、細心，但不要「小心眼」。

強調「小心」、「細心」沒錯，但不要過度鑽牛角尖，變成負面的「小心眼」。兩相比較，「小心」和「小心眼」只差一個字，但意思差很多。又如：

要用心，不要操心、煩心。

凡事要想，要「用心」，但不要想太多，自尋煩惱，結果變成不必要的「操心」，自亂陣腳的「煩心」。似此精確分析的佳句，均可預先把答案（「小心眼」、「操心」、「煩心」）空出，讓學生在接龍完成時，觀摩比較，腦力激盪，深刻體會其中的差異。

六　結語

綜上所述，可見慈濟靜思語除了認知、情意的培養薰陶外，可以藉由仿寫的「類比」、改寫的「精進」、擴寫的「量的擴大」、續寫的「質的提升」，強化各級學校的寫作教學。

高信疆編：《證嚴法師靜思語》（臺北市：九歌出版社，1989年11月初版）。

華人電影口語的情意教學

一 前言

　　華人電影的口語，以淺顯易曉，活潑生動為主，表現在人物的獨白和對話上。藉由獨白的傾訴反思和對話的機智火花，往往用語極淺，用情極真，用意極深，湧現「言之有理，言之有味」的精采口語，理顯意豁，引發共鳴。

　　就情意教學而言，凡此世事洞明的獨白，人情練達的對話，無不在電影的故事情節中如一道閃電，畫過黑沉沉的夜空，讓人在悲喜入戲中眼睛為之一亮，喟然有所感覺，豁然有所感動。可以自「人與自己」、「人與社會」、「人與自然」加以掌握。

二 人與自己的成長

　　面對自己，接受自己；發揮潛能，超越自己；展現向上向善的力量，是生命成長的進路，也是內省智能的優質光輝。大凡生活中所有的挫折，都是成長的契機，所有的困境，都是跨越的助力，因此，在人物對話中往往出現耳目一新的警句。如：

　　1.年輕或許只有一次，可是夢想卻可以一輩子。（《混混天團》）

2. 「有一條路一定不能走？」「哪一條？」「放棄啦！」
（《陣頭》）

3. 我是個瞎子，不是眼睛瞎，而是心裡瞎。（《八星報
喜》）

4. 錯過了的，不要再缺席。（《新天生一對》）

第一例中強調「夢想」之重要，人生因夢想而偉大，夢想有多大，世界就有多大。第二例指出做人最重要的，要懂得堅持，拒絕放棄。人生因堅持而築夢踏實，因放棄而畫地自限。第三例反省人最容易犯的毛病「視而不見」、「傲慢偏見」，千萬不要變成「有眼睛的瞎子」，明明有一對好眼睛，卻老是看不清。第四例指出人不可一錯再錯，要勇於改過，從錯誤中記取教訓，重新站起來，勇敢出席，擁抱親人；進而綻放光熱，讓生活更積極，讓生命更有意義。

三　人與社會的互動

面對人與人之間的磨合相處，面對人在社會中多重角色的扮演，如何人情練達，如何世事洞明，無不訴諸生活教育的顯影，人格特質的形塑，在在考驗人際智能的清明成熟。藉由電影故事的開展，人物對話的機鋒，獨白的別有感觸，往往靈光乍顯，一句一精采。如：

1. 為什麼心裡最重要的話，反而要藏在心裡最深的地方，都要讓它變成一種遺憾？為什麼要這樣？（《人間條件》）

2. 「你的夢想是我的夢想。」「你為什麼偷我的夢想？」「偷？」「你是你，我是我，你為什麼要把我的夢想放在你身上？」（《聽說》）

3. 十三歲的我們，其實十分脆弱，十三歲的我們，其實也十

分堅強,在獨自面對這殘酷的世界前,請大人溫柔的對待
我們。(《星空》)

第一例中特別提出人與人之間,一定要有互動才有感動。尤其親人,
大家都三緘其口,變成絕緣體,等到「最重要的話」要說時,對方已
不在人間,空留遺憾,徒留「沒來得及說」的後悔。第二例強調各
人有各人的夢想,各人的天空。即使再親的姊妹,也要尊重彼此的
選擇,展翅高飛,各自把夢打造成黃金。畢竟親人是「互相隸屬,而
各自獨立」,不宜只用自己的角度去想對方,要求對方,進而委屈自
己。第三例是十三歲小美的心聲,這樣的心聲道出國中生內心世界是
「既脆弱又堅強」,誠摯的呼籲大人要真正瞭解青少年內心的幽微複
雜,不要輕率處置,粗暴對待;宜溫柔呵護,細心照顧,貼心引導。

四　人與自然的體悟

仰觀天文,俯察地理,立足大自然,置身歷史文化;無不念天地
之悠悠,觸及人文的終極關懷,照見更宏觀的普遍價值,洞悉人與自
然和諧相處的精義,展現存在智能的高度。電影中如:

1. 秀蓮,我們能觸摸的東西沒有「永遠」。師父一再的說,
   把手握緊,裡面甚麼也沒有,把手鬆開,你會擁有一切。
   (《臥虎藏龍》)
2. 聖經說:「天下萬物皆有定時,笑有時,哭有時,生有
   時,死有時。」「通血管有時,割膽石有時。」「吃奶嘴
   有時,賣鹹鴨蛋有時。」(《桃姐》)
3. 但我身上流的是先祖的血,我絕不負祖、負國、負民。
   (《江山‧美女》)

第一例中強調是世上沒有「永遠」，每一個人也不能永遠有明天。在大自然的流轉變化中，吾輩要打破執著，體會「變易」的真諦，掌握「放開才是成全」的更高境界。第二例中牧師對桃姐引用聖經的話，指出每個人都有「定時」，每個人都是暫時的存在。桃姐順著牧師的話接下去推衍，展現自我調侃的幽默。第三例是巾幗英雄的慷慨陳言，繼承祖訓，捍衛國家，保護人民，守護這一片土地。因此，在不辜負的心態下，擴而充之，除了守護這一片好家園外，更應好好保護人間淨土，終至「不負大自然」。

五　結語

大抵華人電影口語的「情意」，主要環繞在「人與自己」、「人與社會」、「人與自然」的經驗與感悟上。藉由生活困境的揭示、反思，生命形態的比較、抉擇，生命真相的洞悉、透視；輻射最具人間煙火的亮點，綻放「世事洞明，人情練達」的光芒，展現電影口語藝術的親切與深刻，堪稱語文教學上的另一座寶庫，值得在「情意」教學上善加運用。

《陣頭》DVD封面。

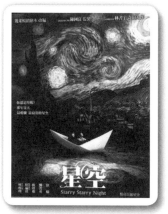

《星空》DVD封面。

博深雅健
——王鼎鈞散文的閱讀欣賞

一　前言

　　王鼎鈞（1925-）是現代散文的大家，與余光中並稱為「臺灣散文天宇上的雙子星座」，以跨越半世紀的筆耕，自民國五十二年迄今，展開四十四冊的厚重書寫；照見「七個國家，五種文化，三種制度」，凝視「時代的亂離，戰爭的殘酷，飄泊的滄桑」，他沽心煮字，植樹成林，自成一片鬱蒼廣闊的長青林，蔚為源泉活水的亮麗風景，召喚莘莘學子的眼睛。

　　閱讀欣賞王鼎鈞，最主要的進路有三：第一、自形音義的感知上，體現他靈光乍顯的趣味；第二、自意象的感染上，領會他「景語、情語、理語」的豐富美感；第三、自人生的感悟上，洞悉他「人與社會、人與自然、人與宗教」的深刻質感。

二　形音義的多元感知

　　王鼎鈞是巨大的發光體，任何事物在他的腕底筆端，無不折射出更明亮更清晰的光點；大凡常見的一字一詞，在他凝定透視中，閃現新的詮釋，超常的見解。如：

1. 靠山靠水都靠不住，只有自己的本領最真實。你看，「靠」這個字的結構已經明明白白「告」訴你依賴他人的念頭殊屬「非」是。（《人生試金石・靠不住》）

2. 對於各地惠然肯來的名醫，這裡奉上幾句話，是祝詞，也是箴言：「醫者一也，惟精惟一；醫者義也，必有仁義；醫者宜也，因病制宜；醫者藝也，神乎其藝。」（《滄海幾顆珠・東方與西方》）

3. 我是異鄉養大的孤兒，我懷念故鄉，但是感激我居過住過的每一個地方。啊，故鄉，故鄉是什麼，所有的故鄉都從異鄉演變而來，故鄉是祖先流浪的最後一站！（《左心房漩渦・水心》）

第一例中自「靠」字形加以解析，指出「靠人為非」的聯想深義。不管如何「靠山靠水」也要「靠自己雙手」，再怎麼「靠父靠母」終究要「靠自己扛起」，只有「自助」才能有人助、天助。第二例對於「醫生」，高階「醫者箴言」，主張真正名醫當「惟精惟一」、「必有仁義」、「因病制宜」、「神乎其藝」的理想，杏林揚芳，救人濟世，展現「現代華陀」的格局與高度，絕非拿人命開玩笑。

至於第三例，針對「故鄉」，在自問自答中，提出自己深刻的解釋、判斷：「故鄉是祖先流浪的最後一站」，充滿動態的辯證剖析。「故鄉」是祖先流浪的「終點」，卻是我流浪的「起點」；在離散飄泊中，當年的「故鄉」是回不去了，回得去的是「心」的懷念與示現。如今只剩「異鄉的腳，故鄉的心」，如今只能落地生根；腳在哪裡，故鄉就在哪裡；心在哪裡，家就在哪裡。值此亂離的無奈，只能唱出變動世代中悲涼深沉的歌聲。

三　意象顯影的感染

　　意象是作家「畫面情境」的魔法棒。藉由具象畫境，作家由情生文，由理生事，形塑充滿活力的語言建構，讓讀者悠遊其中，深有所感。因此，大凡抽象概念在王鼎鈞筆下均成為繽紛生動的意象。如：

1. 如果成功是一把梯子，運氣是梯子兩邊的直柱，才能便是中間的橫木。（《開放的人生·才命》）

2. 初戀如麻醉劑，戀愛如興奮劑，婚姻如鎮定劑。鎮定劑使人由非常狀態回到平常狀態，麻醉劑與興奮劑使人由平常狀態進入非常狀態。非常狀態不能持久。（《意識流》）

3. 命運給我們一顆球根，我們使它成為一粒種子；命運給我們一堆落葉，我們使它成為肥料；命運讓我們做破銅爛鐵，我們偏要化為一件古董。（《葡萄熟了·百感交集》）

第一例中藉由相關聯想，藉由梯子的架構，強調「成功是運氣加能力」。只有靠能力，才能一步一步踏向成功的頂端；但仍要靠運氣，才能在「天時、地利、人和」中呈現最佳的狀態，因緣俱足，水到渠成。第二例藉由「麻醉劑」、「興奮劑」、「鎮定劑」的譬喻比較，強調「初戀」、「戀愛」的激情浪漫，忽忽如狂；而婚姻是由雲端走下人間，由浪漫走回現實；懂得三者之間的異同，才是感情生活的達人。

　　反觀第三例，將「命運」形象化，在轉化與排比的敘述中，點出面對命運的積極意義。所謂「命是老天給的，運是自己給的」，真正的「生活智慧王」，要能隨順因緣，創造機會。是故，一旦積極面對，轉念造境，善用活化，所有危機都成轉機，所有壓力均成動力；縱然跌落谷底，可以觸底反彈，終能開低走高，止跌反升，開拓新

局。王鼎鈞似此書寫，適可和西方諺語：「當命運遞給我們一顆檸檬時，讓我們設法做出一杯檸檬汁」相互輝映。

四 人生哲理的感悟

王鼎鈞人生哲理的感悟，立足於弔詭的深度透視與宗教情懷的高度堅持；面對生命中相反相成的深刻真實，王鼎鈞堅持向上向善的力量，既抒寫困境，更上揚紓解，直指真善的境界。他指出：

1. 生命就是上帝派遣一個靈魂到世上來受苦，然後死亡。可是由於這個人的努力，他所受過苦，後人不必再受。（《開放人生·考證》）

2. 上帝派了多少使者來，反覆不斷的幫助我們，教我們如何面對失去，甚至如何主動的勇於失去。失去是另一種形式的獲得，上帝使信他的人「得」也有福，「失」也有福。這的確是「福音」。（《桃花流水杳然去·宗教與人生》）

第一例強調「鐵肩擔道義」的宗教情懷，燃燒自己，照亮別人，也照亮後人；這是「鞠躬盡瘁，死而後已」的人格典範，朗照歷史時空。第二例剖析「福音」的真諦，在於勇於獲得，展現勇銳面對、毅然承擔的強度。由其需知「得失之間，弔詭變化」，禍福相倚，因果相成；王鼎鈞進一步詮釋道：「『外在』的失可以是『內在』的得，『明在』的失可以是『暗在』的得」，宜自宏觀視野，加以全面照見，整體把握「福音」的積極之音。

由此出發，面對人生不可測的未來，每個人均應臨深履薄，謹慎抉擇；對於別人，要由知性而悟性，多加開導，寬容照顧。如：

3. 我常說，每一層地獄裡都有一個天使，問題是你如何遇見他。每一層天堂上都有一個魔鬼，問題是你如何躲開他。（《心靈與宗教信仰‧感恩見證》）

4. 先賢又說，你與其送他一條魚，不如告訴他怎樣釣魚。也許我們可以補充，他有了魚以後，你還得告訴他烹調的方法，他有了方法以後，你還得告訴他更好的方法。如果他學不會，你就做給他吃。（《桃花流水沓然去‧從飲食到文學》）

因此，第三例中強調無時無刻要能睿智處置，「親天使，遠魔鬼」；修善斷惡，讓生命得以向上向善，充滿法喜。第四例中強調「知性助人」，貴在讓對方成長，獨當一面。如果對方真的「力有所未逮」，則不必再苛責，應幫他一把，拉他一把，綻放愛的光輝。

五　結語

　　王鼎鈞以文學為志業，主張「文學四願」：「文心無語誓願通，文路無盡誓願行，文境無上誓願登，文運無常誓願興」，自文字的探索上，取精用宏，開拓形音義的彈性空間，豐富書寫的藝術性；自文體、文化的跨越中，會通並蓄，展現「寓言散文」、「歷史散文」、「自傳散文」、「宗教散文」、「兼類散文」等優質書寫，備受好評。

　　作家是文字的魔法師，善於化虛為實，形塑情境，渲染細節，引起讀者共鳴。王鼎鈞謂：

　　作家所追求的成就，是以最具體的事件給讀者感性上最大的滿足，再引起讀者理性的活動，作高度抽象的思考。（《文學種籽‧小說》）

同樣在散文上，王鼎鈞往往在「感知、感染、感悟」的遞進書寫中，藉由意象、象徵，由景言情，由事說理，發揮精絕的想像力與發人深省的思維力。例如：

1. 時代像篩子，篩得每一個人流離失所，篩得少數人出類拔萃。（《碎琉璃·一方陽光》）
2. 做得早是馬背上的皇上，做得好是龍椅上的皇上，馬背上到底風險大，風霜多。（《文學江湖·霓虹燈下的讀者》）

第一例可說是「時代考驗青年，青年創造時代」的意象版。藉由譬喻，道出時代的雙重特性，既是打擊，也是撞擊；在打擊中磨碎，在撞擊中磨亮。第二例對「馬背上治天下」提出「亂世」、「治世」的建言。凡事「做得早」只是起點，「做得好」才是康莊大道的終點，這是處世的正軌，也是政治應有的格局。凡此「啟發性的語言」、「動態觀點的鏡照」，即為王鼎鈞散文的魅力所在，曖曖含光，嘉惠讀者。

張春榮：《文心萬彩：王鼎鈞的書寫藝術》（臺北市：爾雅出版社，2001年6月初版）。

第二輯

巧婦妙炊
——張春榮《作文新饗宴》初論

林于弘*

　　文字是人類用來傳情達意的基本工具，流暢的文字就相當於精巧的工具，除了具備媒介的功能之外，甚至能曲盡其妙、餘音繞樑，達到藝術的境界。

　　未加組織的文字，猶如未經調理烹煮的食材，尚待巧手慧心，方能搖身化為餐桌上引人入勝的佳餚。是以一場能令人感到驚奇的文字饗宴，也必得以各種的書寫技巧來共襄盛舉。《作文新饗宴》一書即以喻寫、擴寫、縮寫、仿寫、文類改寫和故事續寫等寫作方法，示範如何應變活潑的作文題型，以增進寫作能力，提供語文教學與文藝創作者另一方寬闊的思考空間。

　　作者透過理論闡述、題目試寫及例題分析，依次漸進，讓讀者從古今中外的雋語佳篇，汲取靈感，體會文字的奧妙。如「喻寫」一章，說明的雖然是頗為基本的寫作方法，然作者不厭其煩地旁徵博引，深入探討譬喻修辭的多樣變化與繁複層次。而「擴寫」技巧在「喻寫」的基礎之上，別於展衍情節的「故事續寫」，較偏重細節部分的描摹，故「擴寫」又與截彎取直、提綱挈領的「縮寫」技巧相反，前者有豐贍富饒之美；後者則強調簡約短捷。「仿寫」和「改

---

* 現任國立臺北教育大學語文與創作學系所教授。

寫」則是在原創文章之外，提出另一種翻新前作的寫作方法，其中對於形式、內容的承襲與創新，更可以來往古今、跨越文類，屬於多面向的「再創作」手法。

除上述可鍛鍊各種思維能力的寫作方法外，作者對於遣詞造句、具象描寫、事件描述及情境設定等書寫技巧，也都提出具體的見解，不僅為莘莘學子指點迷津，也為教學研究者開展視野。此外，書中各章不僅援例豐富，尚詳列相關書目，提供讀者更為廣泛的參考資料。

隨著教改腳步的向前邁進，各級考試的作文類型也日新月異。迥異於傳統作文的洋洋灑灑，著重「文學性」、「實用性」的新式作文，呈現出短小精悍與多元變化的精緻格局，尤其是知性、感性與悟性的激盪挑戰，更足以在有限的篇幅內分別高下。正所謂：「將在謀而不在勇，兵在精而不在眾。」考驗廚工優劣未必動輒以滿漢全席相詢，三、兩道家常小菜往往就能一窺其經營用心。《作文新饗宴》一書主要聚焦於欣賞、表現與創新等寫作基本能力，引證舉例亦以現實面居多，不論是針對寫作測驗或文筆鍛鍊的入門進階，都能有豐碩的日起之效。

珍饈美味除了先天食材的比較之外，掌鑊功力的高低更是決勝的要素。寫作稟賦各人與生不同，然而後天的努力卻能化平凡為優異，於一般展驚奇。是以巧婦妙炊之能，更在山珍海味之上，賴其用心故能青出於藍。而烹飪如此，寫作亦然。

張春榮珠璣語的簡潔雅正

顏藹珠*

一　前言

　　張春榮創作，喜好統一意象，變化意義；統一聲音，變化意旨。散文書寫，多以新化風土人情為主，尤好手記體短句，隨性隨意，靈光乍顯，多為生活感知，生命感悟。他強調創作與學術可並行不悖，技藝相濟，學用合一，當為「有想法，有方法，有辦法」的具體實踐。迄今著作，均收入新化「楊逵文學館」。張春榮散文，葉慶炳針對〈陪你一段〉、林文月剖析〈畫樹〉、顏崑陽點評〈武安春秋〉，分述其散文特色。本文則擬藉由歸納分析，照見其行文簡潔，綻放珠璣語的光輝。

二　春華秋實，向上向善

　　張春榮散文，講究層次分明，力求「言之有物」、「言之有序」，進而擴大深化，冀能「言之有理」、「言之有味」，展現思辨的清晰與認知的遞進，貴於勇銳突破，轉化上揚。面對人生，他打破兩層的反差，直指三層的省思。如：

---

* 國立臺灣師範大學英語系退休講師。

1. 學會照顧自己叫成長，

   學會照顧別人叫成熟，

   學會照顧眾人叫成就。（〈秋實手記〉）

2. 面臨悲哀，有三種途徑可以柳暗花明：

   第一，由悲轉喜，心量更廣大；

   第二，由悲轉智，心量更清明；

   第三，由悲轉慈，心量更寬柔。（〈微言集〉）

3. 留戀天地窄，

   留白天地寬，

   留恨天地裂。（〈生活小唱〉）

第一例謂「人生進化三部曲」，正是「成長、成熟、成就」的己立立人，而非「成名、成家、成功」的光鮮亮麗而已。畢竟人生的下半場，不再追求成功，而是追求成就，追求有意義的開拓。第二例指出人生的三種「轉化」。第一種是幽默，化哭點為笑點；第二種是智者，化主觀為客觀；第三種是大師，拔眾生憂苦，與眾生安樂，為宗教情懷。第三例排比三種「留」的生命情調，留戀是向後看，讓痴心羈絆，留白是留下空間，也留下餘味；留恨是留一把刀傷別人，也傷自己。

其次，面對兩性關係，他認為男女大不同，男女同形異構，如何能合則雙美，對立而統一，實是一門學問。他剖析道：

男女之情，若以德行為喻，男子常認為「大德不踰閑，小德出入可也」；逢場做戲，有何不可？女子則認為：「小德不立，大德焉立？」理當防微杜漸，有所不為。（〈愛情小語〉）

面對「愛」和「我」的英文字「I」讀音近似，「夫」「妻」的音

義，他別有會心：

> 有的人把「我」寫得很大，張牙舞爪，到處鉤人傷人；於是和「愛」的世界，距離越來越遠。（〈生活小唱〉）
>
> 夫者，扶也，丈夫應有扶持的擔當與溫暖；妻者，齊也，妻子應有齊家的成全與溫婉。（〈十句話〉）

第一例謂男人往往「大而化之」，流於「大而腐化之」；女人「小心翼翼」，卻是「小心駛得萬年船」。男人暢言興利，女人暢言防弊，各有限度。第二例指出大寫的「I」，是自我的極大化，猶如「我」字形（「手」、「戈」），持戈相向，勢將永無寧日。只有縮小自己，柔和自己，有妥協才有和諧。第三例謂男女決定結婚，要能真正體會「夫妻」二字真諦，體現「愛的積極性格」，建構「照顧、責任、尊重、了解」美好的共生關係，形塑太極的完形組合。

繼而，針對愛情，他認為男女對愛情的「認知」、「態度」，至關重要。如：

1. 「愛」，是用「心」去感「受」，忌諱熟極無感。
   「情」，是讓「心」如朗朗「青」天，總要光明正大。
   （〈秋日手記〉）
2. 浪漫之愛，多求「強度」「濃度」，但期天崩地裂，驚心動魄；古典之情，則多求「深度」「廣度」，唯期天長地久，溫柔敦厚。（〈愛情小語〉）
3. 「牽手」有重於泰山，有輕於鴻毛。有人慎於牽手，一牽手便永結同心；有人隨牽隨放，只是玩弄光景。（〈愛情小語〉）

第一例揭示「愛情」貴於真心美好。只有莫忘初衷，念念不忘，從

「心」出發，才是愛的源泉活水；揮別激情，愛上該愛的人；開大門，走大路，才是愛的康莊坦途。第二例謂愛情的進境，自當始於浪漫，終於古典；始於喜悅，終於智慧；由真心震撼，走向美善溫暖。第三例明白指出，對有些人而言，「牽手」是愛的宣言，情的鄭重，婚姻的期許；正所謂「執子之手，以你為首；與子偕老，有你真好」，牽手牽手，一牽成永遠。反觀有些人的牽手，只有生理觸感，即使牽到脫皮生繭，也沒牽到心坎裡。

至於針對師生關係，知識傳承，薪火相續，身為教師，他多所覺察與省思。如：

1. 「誤人子弟」與「子弟誤人」是老師與學生的惡性循環，離則兩傷的殘缺；「悟人子弟」（使學生領悟）與「子弟悟人」（使老師領悟）是師生間的良性循環，合則雙美的圓滿。（〈教師手記〉）

2. 春風可以化雨，
   秋霜可以凝志，
   身為人師，宜善用春風與秋霜。（〈教師手記〉）

第一例藉由「務」與「悟」的辨析，剖析師生的兩種模式。惡性循環為「上樑不正下樑歪」，向下沉淪；良性循環則「良師出高徒」，與時俱進，各顯精湛。第二例點出教學是互動變化的溝通藝術，該鼓勵時鼓勵，該嚴厲時嚴厲；有慈眉善目，亦有怒目金剛；讓人親近，也讓人尊敬；於是，師嚴而道尊，師溫而學成，雙管齊下，相信一樹蓓蕾，滿園桃李，必能逢春開花，經霜彌茂。

三　結語

　　大抵張春榮散文簡潔雅正，統一中求變化，比較中見立意；頗受古典詩文與《菜根譚》等小品影響，注重行文音義延展的歸納與演繹。如：

> 1. 婚姻以「狂」「狷」為喻，婚前是「狂」者，進取；婚後是「狷」者，有所不為。（〈愛情小語〉）
> 2. 不要因為不快樂，便認為世上缺少快樂；
>   不要因為快樂，便認為世上到處都是快樂。（〈生活小唱〉）
> 3. 幽默如麗日，幽怨如冷月；宜多幽默，少幽怨。（〈生活小唱〉）

似此幽微省思，照見事理的動態變化。如第一例面對「愛情」、「親情」，應有「狂」、「狷」之別；第二例面對「不快樂」要有正向能量，面對「快樂」要有冷靜思維；第三例強調生命要學會幽默，對荒謬微笑，揚棄幽怨，不宜只會暗角哭泣。凡此一線之間的釐清，一念之間的覺察，無不源自傳統文化中詩性智慧的洗禮。

　　至於其談吐中的趣味，造句中的機智，則受其長期修辭學的浸染所致。諸如「人類」、「型男」、「戒指」新解：

> 1. 人類，人類，做人很累。
> 2. 型男，型男，行動困難。
> 3. 戒指，戒指，戒掉舊情人到此為止。（〈秋實手記〉）

無不自雙關的引申上，發揮巧思，述說別有會心的新解；自琅琅上口的節奏中，洞見生活的真諦，饒富趣味。

張春榮的修辭學與修辭教學

陳麗雲　陳秀娟*

一　晨鐘

　　修辭立足於認知論的思維與表現論的美學，是文字的美容師，修辭教學更是讓文章增分加彩的重要指標，它具有神奇魔力，能讓文章由平淡無奇邁向絢麗多姿，臻至文學的美感與質感，讓我們更具體欣賞文學的感染與穿透，感受語文的魅力。

　　然而，近年來多位知名人士，針對國小國語文教學中的修辭教學，提出嚴厲的批判，認為「國小學生不需學中文系專業科目的修辭學」，認為這些教學內容已超過學生理解範圍，無益於對文學作品賞析，更無法提升學生寫作能力。身為第一線的教師，我們深知這樣的批評有失公允，失之過當，甚至可說是門裡門外的誤解。

　　當然，修辭教學之所以受誤解，其來有自。首先，教師將修辭學與修辭教學混淆，模糊了修辭教學的概念。其實，「修辭教學」源於「修辭學」，然「修辭教學」不等於「修辭學」，各有其訴求與目標；前者重實務，貴活用；後者重理論，講系統。如下圖：

　　再者，部分老師過於強調辭格的專業術語，將辭格的辨識列為評

---

*　陳麗雲：現任新北市修德國小教師。

*　陳秀娟：現任臺北市玉成國小教師。

量項目，使修辭教學流於專有名詞的制式背誦強記，忽略其應有的詩性智慧與藝術美感，深陷修辭教學的誤區。

張春榮長期專攻修辭學，在他廣博研究領域中，修辭教學一直是他關注議題。他認為歷來修辭教學的誤區有三：學用分離、重點偏頗及精密不足。於此他對症下藥，指出教師應朝「擴大材料」、「藝道雙進」、「多元設計」的方向修正。[1]這一針見血，切中時弊的良方，實為我中小學語文教師在實施修辭教學時的圭臬。

同時，他認為現行國小語文教學中，修辭教學缺乏序列性與系統性，造成教學現場混亂與失序。他主張修辭教學宜「抓重點」，「學精采」，把握重要修辭知識，確實運用，並善用修辭教學於國中、小作文教學中，將修辭理論（修辭學）應用於實際教學實踐（修辭教學），讓深奧的修辭理論化為簡易的修辭藝術，修辭能力與創作接軌，將語文教學帶入更創新、更恢弘的視野中。

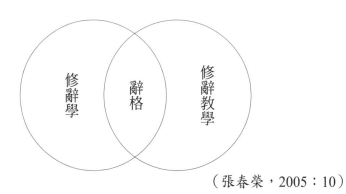

（張春榮，2005：10）

1　張春榮：《現代修辭學》（臺北市：萬卷樓圖書公司，2013年），頁13-15。

二　蹊徑

　　張春榮著作等身，專精散文、極短篇創作與教學，對修辭學投入更多心力，以其「求變、求新、求好」的專業與深入淺出的方式，開拓修辭教學的新視野，嘉惠眾多教師與莘莘學子。他能在同一學科不斷出版著作，除了說明作者積學儲寶，勤奮用功之外，更見他猛志精進，漸成系統。歷年來有關修辭的專書，表列如下：

書名	出版資訊	內容大要
修辭散步	臺北 東大圖書 公司 1991.09初版	談「虛實、描寫、博喻、析詞、轉品、夸飾、借代、頂真、疊字、類字、回文、音節、鎔成」等十三修辭格，附錄為「情景相對」、「否定句」等六種寫作技巧的論述。
一把文學的梯子	臺北 爾雅出版社 1993.07初版	包含基本常識的「文學語言、二分法」，靈動變化字句的「同異詞、矛盾詞、名詞、動詞、析詞」，馳騁想像的「比喻、相對的聯想、比擬」，兼顧形式設計的「疊字、重出、頂真、回文」，及謀章裁篇的「分寫、色彩、細節、示現、移覺、婉曲、反諷、層遞」共二十二篇。

一扇文學的新窗	臺北 爾雅出版社 1995.03初版	配合文法觀念，論述「複詞、詞組、詞聯、詞結、補詞、相關詞」，輔以「敘事句、有無句、表態句、判斷句、準判斷句、把字句、被動句」做結。
修辭行旅	臺北 東大圖書 公司 1996.01初版	廣收現代文學例句，談「二分法、轉折、比喻類型、嘲諷與修辭、反襯、對偶、排比、錯覺、雙關、析詞、一字之差、析字」。
修辭萬花筒	臺北 駱駝出版社 1996.09初版	書分三輯：第一輯以修辭為主，含博喻、夸飾、移覺、聲音、旁觀、雙襯、借代等，強調辭格之活用，注重修辭觀念的整合與提升。第二輯以文法為主，談複詞、詞組、詞聯、相近詞彙及句型。第三輯以書評為主，經由主題內涵與藝術經營的考察，剖析作者構思及行文特色。

修辭 新思維	臺北 萬卷樓圖書 公司 2001.09初版	書分五輯：輯一「修辭新向度」，旨在爬梳修辭理論，化繁為簡，掌握運用的原則，避免支離破碎之弊。輯二「辭格辨析」，以高中國文課本為主，整理歸納，釐清辭格間的異同。輯三「修辭與創作」，闡述綜合運用辭格於抒情、議論等創作，期能於構思、想像有所挹注。輯四「文法與修辭」，從較大的角度解析消極修辭與積極修辭相縮互涉的面貌。輯五「修辭的開拓」，運用修辭理論於書評寫作，評析名家之作。
國中國文 修辭教學	臺北 萬卷樓圖書 公司 2005.04初版	分為教學篇與題型篇。教學篇中指出國中辭格教學最重要的有十五個，並統一辭格術名，示範教學設計，強調創思教學的重要。題型篇以仿寫、續寫、擴寫、改寫、廣告文案、選擇各題型為例，提供參考作品及其分析。
修辭散步 增訂二版	臺北 東大圖書 公司 2006.09	修辭材料的探索更為豐富，以立足文法，胸懷修辭的角度更新修辭的觀念，兼及篇章修辭的探討。

實用修辭寫作學	臺北萬卷樓圖書公司2009.09初版	書分八章：第一章修辭寫作，重申「形音義」的綜合美感；第二章修辭三原則，指出「有意外、有意義、有意思」的檢視三原則；第三章修辭的思考帽，強調「立意取材」的思維走向與開展變化；第四章修辭的想像力，注重「接近、相似、對比、因果」聯想的指標與兼用；第五章修辭的創造力，正視修辭在認知上不同向度的能量，掌握「定質、定量」的書寫進境；第六章修辭的重點，揭示運思鍛鍊的要領，強調「立意取材」、「結構組織」的重要；第七章修辭的會通，從文本互涉的角度切入，談「意義繼承，語言革新」、「語言繼承，意義革新」的會通；第八章修辭教學，從設計理念、教學實施、實作分析到教學省思，示範如何進行修辭教學。

現代修辭學	臺北 萬卷樓圖書公司 2013.09初版	全書共分三篇：理論篇闡述修辭的繪畫性、音樂性、意義性，強調此三性的靈活運用。會通篇打破字句修辭的藻飾，擴及篇章修辭的結構安排，將描寫、敘述、譬喻、轉化、示現、象徵、反諷、層遞、悖論等列為教學核心。運用篇則採用跨領域的材料，結合靜態作品與動態文本，將世界名人、佛學大師智慧語，中外電影口語藝術，諺語、簡訊文學作品蒐羅，以修辭三性為根基，加以分析解說。

藉由整理比較，可看出張春榮在修辭學研究的改變，主要有四：

1 格局更為閎大

由早期對辭格的定義、正名、演繹，過渡到「立足文法，胸懷修辭」[2]，最後融會貫通篇章架構、立意取材，打通寫作的任督二脈。從古典修辭邁向現代修辭，落實「語用」精神，是他一向努力的目標。

其次，作者走出傳統「辭格中心」的侷限，以「辭趣」統領「辭格」，力求「言之有趣」、「言之有味」，認為要形塑充滿活力的語言建構，是以由鍊字、鍊句、鍊意，擴大至鍊人的生命書寫。[3]

2　張春榮：《修辭散步（增訂二版）》增訂版序（臺北市：東大圖書公司，2006年），頁2。

3　張春榮：〈自序〉，《實用修辭寫作學》（臺北市：萬卷樓圖書公司，2009年），頁4。

2 論述更為完備

　　作者由立足於文字、文學、文化的書寫脈絡出發，攬彎索源，主張現代修辭學宜回歸文字的形音義，文學的藝術性。由此探驪得珠，點出修辭的繪畫性、音樂性、意義性，並歸納修辭三性靈活運用的三種模式：

> 第一、由形而義，藉由繪畫性，展開「形文」與「情文」的連結，形塑想像力與思維力的變化之美。
>
> 第二、由音而義，藉由音樂性，展開「聲文」與「情文」的連結，形塑音感與質感的精緻之美。
>
> 第三、由義兼形、由義兼音，藉由意義性，展開「情文」與「形文」、「情文」與「聲文」的連結，共構娛心娛目、悅心悅耳的穿透力與感染力。[4]

由此三模式統攝，形塑周延的理論架構，擺脫修辭界的餖飣紛擾，走向「認知論」與「表現論」的系統。

3 取材更為多元

　　作者筆耕不輟，與時俱進，書中於舉例解說處，除取材古詩詞文、現代文學名家作品外，於晚近簡訊文學亦多有採用。此外，對中外電影口語藝術、廣告文案，也取精用宏，證實修辭是存在生活周遭，活潑湧動的藝術。例如：

> 1. 昨天是歷史，明天是秘史，今天是禮物，因此才被稱為「現在」。

4　張春榮：《現代修辭學》（臺北市：萬卷樓圖書公司，2013年），頁11。

2. 如果你們的文明是叫我們卑躬屈膝，那我就帶你們看見野蠻的驕傲。

3. 如果我們的愛情總是有插播，那就別再打來了。[5]

第一例出自《功夫熊貓》，第二例引自《賽德克巴萊》，第三例為簡訊文學，無不與現代生活接軌，揭示現代語感的「用語極淺，用意極深」。

4 教學更見整合

修辭既是充滿活力的語言建構，提高語言表達效果，更應在教學中實踐。張春榮認為：修辭重點不在於修飾，而在於認知；應是「有形象、有思維、有意義」。他指出目前並無具體明文規定中、小學生必須學會哪些基本修辭格，於是依照理論與實務統計出常用辭格，提出第一階段應以「比喻」為核心，教導相似聯想的相關修辭格教學（比喻、擬人、誇張、雙關、類疊），第二階段應以「映襯」為核心，開拓「相對聯想」的相關辭格教學（對偶、映襯、排比、層遞、頂真），第三階段則可進入借代、回文、轉品、設問、反諷、婉曲等教學。

至此，修辭教學更見序列的組織性，讓教學者有所依歸，以此為鷹架，在教學時可加上學生較常使用的，如摹寫、呼告、感嘆、引用、示現等，加強學生使用修辭美化作文的功力，最後應是「感性文字，性感組合」的綜合運用，讓修辭真正走入語用，活化教學課堂。

5　分見張春榮：《現代修辭學》（臺北市：萬卷樓圖書公司，2013年），頁197、221、237。

三　點燈

綜觀張春榮在修辭學理論、會通、教學方面的研究，貢獻有三：

1　活化修辭學科

當研究修辭的諸多學者仍在計較辭格的數量，以量多為傲時，張春榮反能由涵攝關係，化繁為簡，於陳陳相因、疊床架屋的弊病中，另闢一條修辭的康莊大道。

此外，他力主修辭教學要始於「語言文學的探索」，終於「生命世界的追尋」，更將修辭從「認知」、「技能」的學習，提升到藝術、哲學中的「情意」探究。

2　引導「三主」教學

在傳道授業之餘，張春榮也關注教育改革的議題，對於新課綱的內容極為重視，身居學術殿堂，卻能感受中小學教師在修辭教學上的迷惘及困境。因此，他根據課程綱要開發題型，主張「以教師為主導，以學生為主體，以設計為主線」。潛心設計教材，從設計理念、教學實施、實作分析到教學省思，鉅細靡遺的示範，給了第一線教師堅實穩定的支持。

3　激發學生能力

面對眾多的辭格，張春榮提醒教師「抓重點、玩深刻、學精采」，聚焦於常用重要的辭格，設計活潑的教學，讓學生在生活化、遊戲化的課程中，得到「有意外、有意義、有意思」的學習成果，達到「寓教於樂，寓智於美」的教學成效。十二年國教的實施，鬆綁了國中的教學，教師同仁若能根據此原則，持續研發，設計教學，那將

是莘莘學子之福。

綜上所論，張春榮以創作者的高度，重新定義修辭學，既拉高修辭學的層次，並導正修辭教學的走向，開闢修辭教學的進路，更將修辭的藝術往下扎根，自成系統，值得探究。

張春榮：《現代修辭學》（臺北市：萬卷樓圖書公司，2013年9月初版）。

顏藹珠、張春榮：《英語修辭學（一）》（臺北市：文鶴出版公司，1992年12月初版）。

張春榮散文的語言藝術

林雪香*

一　前言

　　張春榮與現代散文結緣近四十載，長期的書寫與研究，有不同的
觀察及見解；根據其創作理念及寫作美學（見《一把文學的梯子》，
《修辭新思維》），張春榮力求「真心話，一句千金」，講究語言之
姿能與生命之姿同步拍合，由感性之真至性感之美，開啟其心畫心聲
的書寫。

　　張春榮敏於行文善於覺察，其一再探索的「三性」、「四言」
中，不管析辭或述情或立意；其中要領，正本清源，即為四大規律[1]
（四大規律：統一、秩序、聯貫、變化）中同異詞的活用，以展現批
判性及創造性。綜觀張春榮的書寫世界，正可由同異詞不同層次的運
用，一窺其意義，追查其覺察與觀照。

　　張春榮在語意的開展上，往往善用兩個同異詞，形成兩種不同向
度的覺察：[2]

---

*　臺北市民生國小退休教師。

1　張春榮：《修辭新思維》（臺北市：萬卷樓圖書公司，2001年），頁41。

2　張春榮：《文心萬彩・王鼎鈞的書寫藝術》〉（臺北市：爾雅出版社，2011
　年），頁114。

    1. 著眼共通性，藉由一字相同，形成內在聯繫。

    2. 著眼差異性，藉由一字相異，形成對比變化。

藉由同異詞書寫的運用，正可一窺張春榮鍊字、鍊句、鍊意的進路。充分發揮「統一中求變化」、「變化中求統一」的互動原則。讓通篇行文在一放一拉、一擒一縱間，相互包孕，相互抗衡；自相激相盪間，撞擊出文心的火花，形塑語意的清晰與飽滿，呈現由物入理，由景入情，由事入妙的深刻覺察與觀照。

本文將針對其遣詞造句的變異求同的斟酌中，援例說明剖析闡發張春榮書寫的特色。

二　同中求異，異中求同

所謂同異詞，是「同中有異」「異中有同」的語詞。立足於意義及差異的語言認知，形成不同向度的察覺。其中「一字相同的共通性」以短句為例，有第一字同，第二字異，如：

    1. 幽默如麗日，幽怨如冷月；宜多幽默，少幽怨。（〈生活小唱〉）

    2. 留戀天地窄，留白天地寬，留恨天地裂。（〈生活小唱〉）

第一例中，藉由譬喻的對比，映襯出「幽默有光有熱，幽怨有光無熱」，推展出「少幽怨多幽默」的正面的思考。第二例中，同樣是「留」，因時空程度依賴的不同：留「戀」，因過度迷戀，令人困頓其中；留「恨」，因過度憎惡，使人理智盡失，天崩地裂；唯有放空留「白」，胸襟開放後，天地自然寬闊。第二例除因排比，同中有

異，更有力量，更具美感。

其次，第一字異，第二字同者，有：

> 1. 教書，是一種職業，一種專業，更是一種事業，絕非副業
>   而已。（〈教師手記〉）
> 2. 「毀人不倦」易，「誨人不倦」難。（〈教師手記〉）

第一例藉由職業、專業、志業、事業、副業的層遞，慢慢推論，直接擴大，逐漸深化。使句子神韻清新，語氣協調，文義明暢，躍然紙上。第二例中，藉由「毀人不倦」與「誨人不倦」的雙關。用語極淺，用意極深。一字相異，彰顯前者旨在快意破壞，後者注重用心建設。

另有字數相等，一字見異。以短語為例，如：

> 1. 為人貴磨鍊，貴改過；為文貴鍛鍊，貴修改。（〈文與
>   人〉）
> 2. 為文宜冷筆寫深情，為人宜深情傳暖意。（〈文與人〉）

第一例將人生之與創作作比較，為人、為文，貴「磨」練「鍛」鍊，貴「改過」「修改」。相輔相成，言簡意賅。第二例從「冷筆」至「深情」；由「深情」到「暖意」；形成層遞的推論，逼顯「為文」「為人」的使命與意義。

大抵張春榮注重情文與形文、情文與聲文的連結，共構娛心娛目、悅心悅耳聲律之美的穿透力與感染力。如：

> 1. 當我們唱：「獻盡愛，竟是哀！」應想想：我們往往未獻
>   盡愛，便提早擁抱悲哀。（〈生活小唱〉）
> 2. 「繁華落盡見真淳」是人格的上揚，「真淳流露有繁華」
>   是文章的妙趣。（〈文與人〉）

第一例自「愛」與「哀」的雙關中，體會「情」之一字，不外乎「悲」。第二例援「回文」格式，深刻分析人格與文章的「高度」。自一順一逆、一正向一逆向的往返中，展現聲音的回環和諧與意義的嶄新視野。又如：

1. 不問值不值得就愛，這是愛的宿命；問值不值得才愛，這是愛的清明；愛的弔詭就在於有時不問，有時不能不問。（〈微言集〉）[3]
2. 時代沒有對錯，只有辯證；人生沒有如果，只有因果。（〈黃金想念礦石，也想念熔爐〉）[4]

第一例運用悖論中對立的統一，照見愛的複雜性，縱然「宿命」、「清明」兩者相互排斥，而愛的弔詭，即在「問」與「不問」的抉擇間。第二例揭示時代與人生的反諷，充滿表裡不一的矛盾，流動事與願違的悲，其中交織著「時代沒有對錯」、「人生沒有如果」的接納與消解。

三　結語

綜上觀之，張春榮以一字之別，由物入理，由景入情，力求簡潔敘事；尤其短句應用上，能自平常的遣詞造句中，呈現不平常的分析比較；自深入淺出的取材立意中，呈現最奇崛的歸納會通；無不在關鍵字，關鍵句上精準拿捏，醒心豁目，理愜意顯；一掃讀者渾沌的思

3　張春榮：〈文與人〉、〈生活小唱〉〈教師手記〉、〈微言集〉，收入《青鳥蓮花》（臺北市：爾雅出版社，1992年）。

4　張春榮：〈黃金想念礦石，也想念熔爐〉代序，《文心萬彩·王鼎鈞的書寫藝術》（臺北市：爾雅出版社，2011年）。

緒，按摩讀者鬆散的靈魂，照亮讀者掩捲會心時更高更新的視野。並以反諷立足於二元對立，由形式邏輯出發，提出個人對世界「不和諧」的體認與掌握，由近而遠，層次分明。

其次，張春榮注重「有意義」「有意思」的書寫，力求由統一至變化，「統一」中經由點的撞擊，線的延伸至面的撞擊，來呈現「言之有物，言之有序」異中求同（一致性）的理想風格。「變化」中貴於「言之有趣，言之有味」，以同中求異（不測變化）為上；職是之故，由「有話可說」的「講清楚，說明白」；到「有話好說」的「講得好，說得妙」，形塑其書寫進路。

張春榮文如其人，誠如他講課時常說：「人生追求的不是價格，是價值」，自其同異詞的充分運用，可以一窺其熱心冷筆中的「感性、知性、悟性」，言淺意深，於限制的自由、高明的精微中，發揮文學創作的無限魅力，耐人尋味。

張春榮：《青鳥蓮花》（臺北市：爾雅出版社，1992年11月初版）。

張春榮、顏荷郁《世界名人智慧語》的修辭與應用

張文霜*

一　前言

　　任教國中多年，經歷最早的聯考，把六冊課本視為聖經，強調考場上競爭較輸贏；進而免試入學，強調德、智、體、群、美五育並重，以在校成績做為入學依據；而後九年一貫，培養帶得走的能力，談教育的鬆綁，但還是有基測；一直到現在談「教師專業的發展」、「十二年國教」，卻又怕學生像免試入學時一樣程度往下滑，為免重蹈覆轍，因而有會考。基測時代題目「中間偏易」，會考來臨題目「中間偏難」，現今強調PISA閱讀。無論時代怎麼推，考試方向怎麼變，唯一不變的就是「能力」的培養，因此大家都在談「閱讀素養」。

　　方此之際，萬變不離其宗，筆者發現：一、學生閱讀素養有待提升；二、學生語言文字能力有待加強；三、同學之間溝通有待強化；四、同學之間情意關懷有待培養。職是之故選擇《世界名人智慧語》作為班書，企圖提升學生閱讀的語文能力，由閱讀中發現從修辭切入，會是一個訓練學生語文能力很好的方式，從「點的撞擊」上，可

---

*　現任臺北市明湖國中教師。

以訓練學生文意的理解及表達，賞析世界名人的修辭；進而在「線的延伸」上，可以學習這些名人的言行風範，達到品德陶冶，從古今中外不同領域的傑出名人風範中，開拓學生視野。

二　修辭的分析

《世界名人智慧語》中，自繪畫性而言，有譬喻、轉化、誇飾等；自音樂性而言，有類疊、雙關、回文等；自意義性而言，有映襯、反諷、悖論、層遞等。今自意義性而言的反諷、悖論、層遞與意義性的回文加以分析。

（一）映襯

「映襯」是在語文中，把兩種不同的，特別是相反的觀念或事實，貫串或對列起來，兩相比較互為襯托，從而使語氣增強，使意義更明顯。藉由相反的觀念或事實對列起來，兩相比較襯托，使主題更為明確，在《世界名人智慧語》中，不乏佳例，如：

1. 我的美國同胞：「不要問國家能為你們做什麼，要問你們能為國家做什麼，我的世界公民：不要問美國能為你們做什麼，而要問我們共同能為人類自由做什麼。」（美國甘迺迪總統）

2. 憤世嫉俗者知道一切事物之價格，而不知道任何事物之價值。（王爾德）

3. 對你最不滿意的客戶，是你最大的學習資源。[1]（比爾·

1　分見張春榮·顏荷郁：《世界名人智慧語》（臺北市：爾雅出版社，2006年），頁179、136、167。

蓋茲）

　　第一例是由「先反後正」的對比，引起讀者雙向互動思考，藉由映襯揭示每一位現代公民應有的責任與擔當，一個人除了獨善其身外，還要兼善天下，筆者也從此仿擬延伸出這樣的作文題目「不要問班上能為你做什麼？而要問你能為班上做什麼？」。第二例是採「先正後反」的說法，先肯定「知道一切事物之價格」，後否定「不知道任何事物之價值」，一般世俗的想法只知追求「價格」，先追求利，有利之後又追求名，跳脫不了名利權勢的枷鎖，殊不知人生到達一定境界後應該追求「價值」，唯有「價值」是不因時間、空間改變而改變，句中藉由「價格」與「價值」的對比彰顯兩者的質感與品味。第三例是由「先反後正」的對比，凸顯一個人要能接受批評，不斷改良，技術革新，讓客戶滿意成為使你成功的動力。

（二）反諷

　　何謂「反諷」？反諷是表像與事實相反，基本性質是假相與事實的對立相反，造成一種口是心非，表面上說假相，骨子裡卻是暗示真相。在《世界名人智慧語》中，不乏佳例，如：

> 1. 我必須遺憾的指出下面這句俏皮話可不能當笑話：其他星球的生物會絕種，是因為他們的科學家比我們進步。（約翰甘迺迪總統）
> 2. 為了懲罰我對權威的藐視，命運把我變成一個權威。[2]（愛因斯坦）

2　分見張春榮‧顏荷郁：《世界名人智慧語》（臺北市：爾雅出版社，2006年），頁48、158。

在第一例中以「正言若反」的方式指出環保的重要，說明任由科學文明發展而忽視環境問題，必將遭受禍害，人類終將自食惡果。第二例中的愛因斯坦自述以前瞧不起權威，鳴鼓攻之，如今事與願違，自己成了權威，成為別人批判的目標，誠始料所未及。

（三）悖論

　　悖論強調「對立的統一」、「相反相成」，照見似非而是深刻內蘊，對動態變化，提出更全面的透視，如：

> 1. 蕭伯納是個大好人，普天之下毫無敵人，但也沒有一個朋友喜歡他。（王爾德）
> 2. 世上悲劇有兩種，一種是失去所愛，另一種是得到所愛。[3]（蕭伯納）

　　第一例自「對立的統一」的角度，剖析蕭伯納無敵人，也無好友。而王爾德自似褒實貶中，展現他詼諧的機智，有所批評。
　　第二例子亦自「對立的統一」的角度，指出「悲劇」的雙刃，有兩種。一種「求不得」的苦，但既求得，又常常陷入「患得患失」另一種苦；人類在感情上，經常如此不斷重演著，因此「得到」與「失去」都是悲劇。

（四）層遞

　　「層遞」是說話或行文時，運用三個以上結構相同或相似的語句、將事物連接按照大小輕重等順序依次排列，表達層層遞進或遞降

3　分見張春榮・顏荷郁：《世界名人智慧語》（臺北市：爾雅出版社，2006年），頁136、143。

的意思。這種修辭在使原本一層的立意，分成三層的推論，原本兩層的立意，可以有再深一層的擴大。如：

1. 老年人無所不信，中年人無所不疑，年輕人無所不知。（王爾德）

2. 少之時，血氣未定，戒之在色；及其壯也，血氣方剛，戒之在鬥；及其老也，血氣既衰，戒之在得。[4]（孔子）

第一例中說明老年人世故老沉，見怪不怪，中年人對人性質疑，凡事都抱著懷疑態度，年輕人如出生之犢不畏虎，什麼都不怕而過於自信。第二例是孔子認為：君子應當有三戒：少年時，血氣未穩定，發育尚未完全，應當戒好色；壯年時，血氣正剛強，應當戒好勇鬥狠；等到老年，血氣衰頹，應當戒貪求務得。第三例是說大海寬廣無邊無際，然而天空無垠無涯更勝於大海，而渺小如滄海一粟之人的心卻可以超越前兩樣，可見人心是「至大無外」，可以有無限包容，無比的容量，以及無限可能。以上二個例子都是使用層遞修辭，讓人覺得由淺入深，由近而遠，由輕而重，讀來層次分明，層層深入。

（五）回文

「回文」是上下兩個句子詞彙大都相同，而詞序排列恰好相反，成為回環往復的形式。這種修辭在於打破單向思維，走向雙向思考的互動觀照與體會，使人產生會心一笑的效果。在《世界名人智慧語》中，不乏佳例，如：

1. 壞人活著為了吃喝，好人吃喝為了活著。（蘇格拉底）

4　分見張春榮・顏荷郁：《世界名人智慧語》（臺北市：爾雅出版社，2008年），頁131、179。

2. 人類必須結束戰爭，否則戰爭將結束人類。（美國甘迺迪
   總統）

3. 科學缺乏宗教是殘缺的，宗教缺乏科學是盲目。[5]（愛因
   斯坦）

　　第一例中說明「壞人」和「好人」差別，壞人渾渾噩噩過日子，只知填飽肚子，是被日子推著走，好人正好相反是有理想有抱負，創造每一個日子。第二例則是有中國墨家思想「非攻」的觀念，認為戰爭是百害而無一益，因此人類應該停止戰爭，否則人類將自食其果被戰爭給結束。第三例是愛因斯坦對宗教的看法，研究科學的人通常是有幾分證據講幾分話，但愛因斯坦也相信宗教的善，對人類是有正面價值，因此他認為兩者可以相輔相成相得益彰。以上三例利用回文修辭，讓人口誦心維，低迴不已。

三　書本的導讀

　　自國一以來選擇這本書為班書，每週閱讀課都會與學生一起唸，並設計學習單讓他們回去寫，為了鼓勵他們，只要有寫通常分數都很高，而且寫得好的會被貼在後面佈告欄上，因此班上的閱讀成績都很高。除了段考以外，讓學生知道這是一本會陪他們三年的書，發現學生很喜歡起來唸給大家聽，藉由朗讀可以增添閱讀樂趣，這是始料所未及。

　　去年暑假我請了一位「ABC」到班上唸「莎士比亞」，當他一開口《馬克白》「To-morrow, and to-morrow, and to-morrow......」所

5　分見張春榮‧顏荷郁：《世界名人智慧語》（臺北市：爾雅出版社，2008年），頁
　48、141、158。

有人瞪大眼睛安靜聆聽，這是班上空前未有的專注，接著又唸《哈姆雷特》「To be or not to be, that is the question」雖然這段譯文為「生？或死？這是問題所在」我常會仿擬延伸為「做？或不做？這是問題所在！」來鼓勵同學多做事，老師總是會這樣問他們「To be or not to be？」雖然他們常回答我「I choose not to be」但這是只有我們班才知道的獨特密碼，凡走過必留下痕跡。我跟孩子們說：「多年後你們可能會忘記老師在課本上所教的東西，但讀《世界名人智慧語》的記憶，會是我們之間最難忘一件事。這也是一本可以傳給你們小孩的書，要把它當作傳家寶。」

在帶同學讀這本書的過程中也歸納出一些心得，本書作者選擇素材不分古今中外，男女老少，學識淵博，腳踏中西文化，足見共同信念，絕大部分取材自品德高尚、思想純正、或在某一個領域中有傑出成就的名人言談，足以為楷模典範，唯一可商榷是「柯林頓」，然就治理國家，改善美國經濟而言，仍瑕不掩瑜。不過這個例子也可成為讓學生警惕教材。筆者也將書中的一些人物故事做成PPT，以演講方式再一次回顧書中內容，讓思想找到情感（情文），情感找到聲音（聲文），聲音找到畫面（形文）。

四　結語

好書讓人百讀不厭，熟讀深思子自知。而《世界名人智慧語》就讓人覺得「讀你千遍也不厭倦」，所謂「是鳳凰就不怕火燎，是真金就不怕火煉」，在反覆的誦讀中，它不僅只是一本散文閱讀書，每當老師談到一些名人軼聞瑣事，同學第一個反應就是《世界名人智慧語》有沒有？他們會去查，也變成一本工具書，這也是一種活讀書表現。綜合所述，這本書達到下列目地：一、從閱讀中培養語言文字的

美感；二、從潛移默化中培養高尚的文化情操；三、從世界名人智慧
語中開拓寬廣視野；四、培養英文閱讀的興趣與能力。如果你也是一
位老師，看了這篇文章有些心動，那就趕快行動；讓莘莘學子在中西文
會綠意盎然的原野裡，徜徉奔馳，享受「真 善 美」的文學饗宴與文化
的洗禮。

張春榮、顏荷郁編著：《世界名人智慧
語》（臺北市：爾雅出版社，2008年9月
初版）。

張春榮極短篇的反諷藝術

凌明玉[*]

一　前言

　　臺灣學界專精研究極短篇翹楚，首屬張春榮，他《極短篇的理論與創作》一書對極短篇的內涵、特色、創作手法、藝術性表現，及極短篇的流變與發展，詳加爬梳。渡也曾謂此專論是臺灣學者中研究用功最深：「洋洋灑灑，約十五萬言，誠非『極短篇』。他心思細密，所論面面俱到……」，《極短篇的理論與創作》一書，多有創見，是開疆闢土的歷史性著作。[1]

　　作為臺灣極短篇理論研究的先驅，張春榮著作等身，同時也多有極短篇創作，目前有《含羞草的歲月》[2]、《狂鞋》[3]兩本極短篇作品集，以及散見報刊尚未結集出版者；就筆者觀察其極短篇書寫風格，敘事重鋪陳，不論是單線或複線情節多有指涉，實則達到言辭或情境的反諷意味，通常結尾翻轉具耐人尋味的意境，傳遞批判思維的多重反諷。[4]

---

[*]　國立臺北教育大學語文與創作所碩士生，耕莘寫作班專任導師。

[1]　渡也：〈張春榮《極短篇的理論與創作》〉。渡也本名陳啟佑，為育達科技大學華文傳播與創意系教授。

[2]　張春榮：《含羞草的歲月》（臺北市：師大書苑，1987年）。

[3]　張春榮：《狂鞋》（臺北市：聯經出版公司，1994年）。

[4]　張春榮：《現代修辭學》（臺北市：萬卷樓圖書公司，2013年），頁145。

對於極短篇反諷，張春榮提到：「反諷，是小說中常見的技巧，建立在主客統一的『真實性』上，要求表裡一致」[5]，而歷來可分為「言辭的反諷」、「情境的反諷」。[6]極短篇在極少字數和有限的情節佐以反諷的手法，張春榮認為皆是「在表裡不一、事與願違的落差中，呈現『似貶實褒』的肯定，以『似褒實貶』的否定；洋溢著幽默趣味的自嘲，以及尖銳批判的譏刺。」[7]

筆者於此文將進一步引用《極短篇的理論與創作》和《現代修辭學》的反諷論點，就極短篇的視角、情節、內涵逐一分析。

二　視角：統一與變化

張春榮《狂鞋》自序表示：「歷來極短篇寫作，特重謀篇。其中構思，有以『意之不測』見巧者，有以『情之幽微』取勝者，有以『理之深入』醒人耳目者。『意之不測』偏重事件安排，聯絡照應，而後情境逆轉，形成反諷。」認為「意之不測」、「情之幽微」、「理之深入」是極短篇三個重要特色；一篇好的極短篇如能兼具此三要素，加上反諷的藝術呈現，交織成多音妙肴的佳作。

論及極短篇視角的變化，張春榮認為在最短篇中常見模式有三：「第一、自視角的並置和共構，呈現情境的反諷；第二、自視角的移位轉換，兜出表裡不一的真實；第三、自視角的超常意外，呈現悲劇或喜劇的反諷敘述。」[8]字數精簡的極短篇與最短篇視角的表現形式大

5　張春榮：〈序〉，《現代修辭學》（臺北市：萬卷樓圖書公司，2013年），頁2-3。

6　沈謙：《修辭學》（臺北縣：空中大學，1995年）。

7　渡也：〈張春榮《極短篇的理論與創作》〉，《文訊》180期（2000年10月）。

8　張春榮：〈最短篇的反諷藝術〉，「2013第三屆敘事文學與文化國際學術研討會」，頁1。

致相同，巧妙處理敘事觀點，可將故事翻轉出另一層意境，亦能傳達
給讀者多層次想像空間。

　　論及視角的超常意外，張春榮認為：「以死者超常的視點，最
能建立『真』與『幻』的衝突與迷離，最能出實入虛，跨越生死玄
關……」。同書〈沉〉以女鬼的視角來開展，當女鬼再度抱著來世輪
迴的殘念沉入廣寒水底，女鬼忽然觸景生情因而靜默下沉，出乎讀者
意外，恰恰符合了作者所言「出實入虛，跨越生死玄關」之際，人鬼
殊途、情感力道貫徹陰陽兩界。

　　而作者新作〈助念〉[9]同樣是「非人」的視角呈現敘事，亦充分表
現情節交錯於「真」與「幻」的衝突與迷離；此文以雙重視角交錯敘
事的流動，當他看見助念室悄無聲息飄進一陌生男子，隨後這名陌生
男子居然在助念聲中伸手敲擊死者頭顱，開頭陌生男子的言行舉止，
於助念室內呈現一種氣勢萬鈞且驚悚的氛圍，當他氣憤的說：「跟你
講都不聽，你抽的每一根菸，現在就是釘你棺材的釘子！老是跟我頂
嘴，說什麼飯後一根菸，快活似神仙！你根本不鳥我。」故事中段以
人物的激問表達反諷的語氣；也揭露「非人」對於躺在棺材的「自
我」控訴，但如今皆枉然，再回頭已百年身；這一切發生在旁知觀點
「他」的眼底，直至陌生男子消失，彷彿人生浮世繪，亦符合張春榮
所說：「反諷凝視人與自己、人與社會、人與自然、人與文化的『不
一致』，照見命運的無奈、天真無知的可憫、自我欺瞞的可悲。」[10]

　　再以《狂鞋》的〈狂〉為例，三段式敘事構成並置視角著實巧
妙，鎮上有三位狂人對同一事件分別展現不同的因應方式，題目謂之
「狂」，指涉故事內容必有其瘋顛痴狂的情節發展，而隨著三段敘事

9　張春榮：〈助念〉，《聯合報副刊》，2011年12月1日。

10　張春榮、顏藹珠：〈西洋電影的反諷修辭〉（第八屆中國修辭國際學術研討會，
　　2007年），頁193。

轉換，「兜出表裡不一的真實」，充分傳達人性獨善其身或趨吉避凶
的本能反應，亦呈現情境的反諷。當狂人A冷眼看待：

> 鎮長規定全鎮大大小小都要飲用廣場前聖水。從此，鎮民思
> 維日趨一致，
> 眼神日漸呆滯，閒暇時以狂拳互毆及觀賞笑鬧劇取樂。
> 只有他，偷偷在山區挖口井，汲冰涼井水而飲。
> 冷眼觀察鎮民的舉止，他深覺廣場那聖水一定有問題。

　　狂人A是獨善其身的假狂人，內心有狂亂卻不外顯，待他抽離現
實冷眼看待同鎮居民心志逐漸迷失；他決定採取具體行動，在廣場靜
坐舉布條抗議，喪失心神的鎮民譏笑他才是瘋子和神經病，當他決定
取水去化驗，「走近水邊，準備採樣。白花花水光映睫時，他看見一
隻槍管冒出白煙。」狂人意欲實踐正義之際，也是生命終止之時；隨
後他的屍體被迅速移走，鎮長還頒發獎牌給開槍的警衛，這情境反諷
狂人A有勇無謀，直接推翻領導者謊言，換來的是一條死路。

　　狂人B則堅持不與時人彈同調，不論是走路或生活，他執意按照
日常行事，絲毫不妥協的結果更是突顯自己的荒謬，最後「在鎮民喧
嘩鼓譟中，他被綑綁送至精神治療中心。」在那裡他固定被打針、強
迫吞藥、針灸、電擊……躺在病床被折磨得不成人形時，「他大喊：
『水！水！給我聖水！』」當治療中心宣布治癒這個頑劣份子，鎮民
居然開心的互毆狂拳來慶祝，還送給醫療單位「妙手回春」的匾額；
結尾擴大分析了「共犯結構」，進一步諷刺粉飾太平的不只是領導
者，也包括相關單位，乃至人民的盲從一氣，上下交相賊，從水源的
控制逐步腐化這塊人們賴以維生的土地。

　　狂人C算是識時務者，「他知道鎮上沒人會相信他所說『聖水即
狂泉』……為了避免被視為異類，他開始裝瘋。」他更刻意模仿其他

人的舉止，喝水、互毆，笑鬧尖叫，只有在夜深人靜才放聲嘶吼，一吐鬱悶。但他終究無法長此以往自欺欺人，他害怕自己弄假成真，有朝一日真正瘋狂。直到他靈機一動在笑鬧劇中加入「狂人」角色，並極力爭取演出機會，從角色扮演中他得到情緒釋放：「因為這片刻的演出，正是他最真實的生存空間……」反諷的是當他找回生而為人真正的尊嚴，居然是在扮演真實的自己。他過世時，劇團同事送的輓聯寫著「演技精湛」、「千古奇才」，他的遺言卻只有一個累字，十足諷諭了外表可以喬裝靈魂卻無法偽裝，苟延殘喘的混雜在瘋狂人群，裝瘋賣傻過日，也唏哩糊塗過完自己受人擺布的一生。

　　三段並置視角的敘事，人物形塑和情節發展各有擅長；張春榮認為極短篇就視角的並置和共構表現：「往往採取排比敘述，突顯其間的轉折或類化」[11]，由此來印證三段結尾「共時性」翻轉，殊途同歸，自成因果。

三　情節：意之不測

　　張春榮《極短篇的理論與創作》中「情節設計的意外」一節提到：「小說的敘述結構，正是事件間由破壞至均衡新關係的建立。自情節發展而言，無非由「上升」（Rising action），至高潮、頂點（Climax），再至「下降」（Falling action），形成固定的『三段』基本模式，即成『懸念』至『驚奇』。」從故事開頭的懸念製造閱讀的謎團，再加入細節和情節的烘托，建構出完整事件，此時讀者期待揭曉的答案也呼之欲出。而好的極短篇不僅要有引人懸盪意念，故事末了的驚嘆或錯愕，閒淡幾筆往往勾勒人性閃動的剎那，出人意表的

11　渡也：〈張春榮《極短篇的理論與創作》〉，《文訊》180期（2000年10月）。

結尾顯現綿長餘韻。

　　以張春榮《含羞草的歲月》的〈光頭〉和〈期盼〉為例，均採取單線敘事的結構，篇幅精巧，節奏明朗，可讀性甚高。〈光頭〉以家人之間簡潔對話描摹出罹癌妻子心境的變化，因為化療慢慢掉髮，往昔一頭烏絲不再，她非常惆悵丈夫的手不能再次於「波濤起伏間游移」。丈夫為撫慰妻子，他竟然和兩個兒子一起理光頭。「望著先生可笑的光頭，她突然鼻頭一陣酸。『你又何苦』四個字再也說不下去，眼淚便嗚咽奪眶而出。」結尾乍然翻轉，作者非常節制的語言，簡單描寫妻子的情緒，那未曾吐露的話語令人動容，笑中有淚的一家人光頭模樣，表現出最好的悲劇往往是笑著流淚的高度藝術。

　　而〈期盼〉以第一人稱觀點敘事，敘述者主觀認為自己所看見的鄰居李先生是內外兼修的翩翩君子，見他遛狗時掏出衛生紙不是處理狗兒的排泄物，居然只是擦拭狗兒屁股，隨即頭也不回離開滿是狗屎的街道；結尾毋須描寫「我」的錯愕，簡要交代狗兒安妮拖著李先生快步離開的背影，讀者應可猜測「我」的識人不清，她的眼完全被自己的一廂情願所蒙蔽，李先生並非是她所期待的超凡入聖，這個男人不過也是凡夫俗子，他甚至連自掃門前雪都做不到。從期盼到落空，這則極短篇簡潔且精準表現出城市中人際關係的疏離與冷漠，亦反諷每個人不都處在狹小的眼界之中，即便觀看他人缺乏公德心，僅是冷漠的看待這一切。

　　此外，極短篇最重要的情節，張春榮認為在於：

　　　　懸念（Suspense）和「驚奇」（Surprise），雖前後組合，
　　　　相伴而生，卻有明顯差異。就心理效果而言，懸念是長久、
　　　　期待的心理壓力，懸而未決預知後事的緊張情緒。驚奇是瞬
　　　　間、急促的刺激，滿足期待又引發新認知的心理感受。就暗

示手法而言，懸念訴諸讀者和小說人物『知識的差別』，讀者所知大於小說人物，人物一直被蒙在鼓裡。[12]

以此書〈盼〉為例，以一位沉浸文學書藉的女孩和拿著醫師名鑑用書的陌生男子共同搭乘電梯的過程，從十層樓的高度逐一下降至一樓，在極短的時間遇見的人和事，建構精巧的情節，展開女孩一路狂想的嗔癡愛戀。電梯作為密閉空間指涉著女孩已將現實移植到異質時空，而她投射的無限幻想隨著樓層的下降慢慢膨脹，當女孩自以為眼波暗示鼓舞了對方採取主動，出乎讀者意料那陌生男子竟是給予女孩忠告：「小姐！你眼白有些黃。要小心，肝功能不太好。」故事於此嘎然而止，女孩一片浪漫懷想換來書呆子的職業反應，樓層逐一下降推進情節所進行的時間，亦隱喻她的幻想不過是妄想，這些奇想終究將如吹漲的氣球緊繃破裂。結尾的突然翻轉將讀者期待的懸念和驚奇，收束在書呆子一句「意之不測」的話語；讀者亦能感受到電梯由高自低的下降，亦彷彿載著女孩的玻璃心，最終墜落片片的悵然之感。

再則，以張春榮《狂鞋》的〈沉〉為例，屬於「情境的反諷」；沉在水中準備抓替死鬼的女鬼，揹負不幸的愛情而死，但她遇上一對沉浸愛河的情侶，女鬼在即將輪迴來世之前，此情此景不停召喚她往日回憶；情節雖荒謬，卻表現出人鬼殊途女鬼亦能昇華其情感深度，成全他人未來美好婚姻的胸懷。

題目「沉」實則指涉這則穿越異次元的愛情故事之輕與重，女鬼在施展魅術之際，想起了自己盲目的狂亂之愛，「兩人同居而離心。而後，她投水……。望著舟中男女此時無聲勝有聲，她幽幽嘆口氣。緩緩，沉入水裡。」若往下墜落的是鬼魅「沉重」的殘念，浮在水面

---

12 張春榮：〈最短篇的反諷藝術〉，「2013第三屆敘事文學與文化國際學術研討會」，頁3。

上這對遵循禮節、謹守分際的男女,則「輕巧」越過了死神的衣袖,
女鬼下沉的身影與歎息,將水面下沉後掀起的漣漪擴散為了愛與情的
對立面;鬼性不見得低於人性,人性卻永遠不足以盡信的諷刺。狂亂
之愛終究不如細水長流之情,人性不如鬼性,最後女鬼將自己斷裂的
夢想寄託於湖中泛舟謹守分際的情侶,而抱著歎息與下一世的執念幽
幽沉入水中;結尾出人意外的翻轉,亦呼應了作者對於情節設計的主
張:「驚奇訴諸故事『轉折』的意外,讀者和小說人物同時面對不測
結局。而這兩種手法的靈活安排,高度妙用,正是極短篇敘事本領之
所在。」

四　內涵:情之幽微與理之乍顯

關於極短篇的主題內涵,張春榮《極短篇的理論與創作》曾表示
可包括「意之不測」、「情之幽微」、「理之乍顯」三部分:

> 「意之不測」,包括立意新穎、結尾新奇,來自作者機智;
> 「情之幽微」、「理之乍顯」,兩者相互交融,來自作者靈
> 犀慧心。如果就「必要」「充分」條件而言,「意之不測」
> 是極短篇內涵的必要條件,「情之幽微」、「理之乍顯」是
> 其充分條件。[13]

以《狂鞋》中的〈新衣〉為例,兒子初次為母親挑選衣服,心緒
隨記憶翻攪,望著「床頭縫衣機上凌亂掛放的衣服,重讀媽凌亂的心
情,他胸中一片黯然。」令兒子更為難過的是翻揀衣櫃,單親撫育他
成長的母親,窮其一生竟沒幾件像樣的服飾,只有三件兒子似曾相識

---

13 張春榮:《極短篇的理論與創作》(臺北市:爾雅出版社,1999年),頁160。

的套裝。曾經特別裁製的新衣，是母親出席生命中重要場合的裝扮；「想到媽唸女子家政學校，在撫養獨子成長的悠悠歲月裡，忘了裝扮自己……」思及母親不論價格經常買衣給他，回溯往昔，手撫三件曾穿在母親身上的套裝，記憶排山倒海而來。遺忘如何裝扮自己的母親，將一生慈愛裝扮了這個單親的家與兒子，「身為人子，他根本不會照顧媽」，就連母親人生中最後的重要時刻，終於輪到兒子來為她挑選一襲新衣，諷刺的卻是「第一次幫媽挑衣服」，要怎麼挑呢？子欲養而親不待，最後的挑選讓天人兩隔的情感徒留遺憾。從起始句的懸念，逐漸累積母子相處的細節，最終在兒子北上夜行火車的玻璃窗上重疊了兩人的面容，也讓所有離別愁緒決堤：

> 在北上的火車裡，注視以夜色為襯底的長窗映著他的臉。媽說：「你的鼻、嘴、下額，長得最像我。」他仔細端詳自己的鼻、嘴、下額。瞳孔內靜靜浮起媽臨終的臉。
> 想到第一次幫媽挑衣服是挑媽在陰間要換穿的，想到媽的臉後天早上將在火葬中化為灰燼，他眼前逐漸模糊。

結尾非常蒙太奇的將鏡頭靜置於玻璃窗上，冷靜自抑的口吻將澎湃情感收束於兩張相似的容顏，母親的臉最終將要化為灰燼，但往後只要兒子凝視鏡中自己，化不開的是永恆的思親愁緒。結尾翻轉力道，停在從兩張肖似的臉，「情之幽微」的是更多紛然湧至的情感，餘韻不絕。

而同書〈鞋〉，敘述場景和時間壓縮得非常精巧，聚焦於弟弟錦池在精神養護所看見的姊姊阿貞，她的日常生活，一個下午的時光。以弟弟的敘述視角開展精神養護所這異質空間的侷促緊繃氛圍，運用空間的轉換指涉心境翻轉，從弟弟帶著新鞋和食物點心前來探望姊姊，交錯片段母親離世前叮囑照顧姐姐的回憶為全文架構；姊姊小時

候「發燒熱過頭才變得瘋瘋呆呆。連話都不會講」，住在病所的姊姊毫無能力守護自己所有的物品，當錦池看見上次為姊姊帶來的新鞋套在他人腳上，應允母親的話語言猶在耳，他氣姊姊的憨傻瘋呆，也氣自己無法時時刻刻保護姊姊。

當他見到病友任意搶食姊姊的蛋糕，他皺眉、驚嚇，並斥喝姊姊要顧好自己的東西；錦池不自覺將一般人的價值觀過渡到姊姊身上，但姊姊終究無力守護自身所有物，像是指控弟弟終究也無法分秒守護姊姊一樣，整則故事於弟弟的凝視間進行，漸進加強了情感力道。直至錦池離開養護所時，望見遠方群山雲霧間的幾許殘陽，他終於暫時拋卻之前無力守護姊姊的情緒，他想：「至少，姊可以快樂地穿幾天新鞋」；一念三千，心隨境轉，空間轉換之際也讓錦池的心念輪轉，如山峰中透出的陽光溫柔可感，如今姊姊一如當初母親所言「一個憨憨的，什麼都不懂」，直至結尾錦池心境的翻轉；全文情節的發展從錦池從百般擔憂她不懂守護所有之物，進而體悟到這些不過是自己多餘的妄想。〈鞋〉所投射出的「情之幽微」交融「理之乍顯」，結尾情節陡然收束簡潔富有佛學意涵，令讀者「意之不測」的是弟弟不再執著原先設想，覺得什麼都不懂的姊姊只要擁有幾天的快樂，不奢求的快樂，就是姊姊不同凡人、絕無僅有最單純的快樂。

張春榮認為巧妙統一「情之幽微」、「理之乍顯」和「意之不測」：「才能在『出人意外』之餘擁有『言外之意』，呈現情意與哲思的凝蘊與雋永；在講究『情節』懸疑驚異之餘，兼及『情境』的幽邈深遠，引人回味醒思。」[14]

收錄於此書〈接力〉也充分展現上述所言極短篇應具備的三種要素。台灣大百科評析中提到：「作者巧妙地在極短的篇幅當中，以鏡

---

14 張春榮：《極短篇的理論與創作》（臺北市：爾雅出版社，1999年），頁160。

框式的寫作手法，敘述一則孤女受到愛心認養繼而奮發向上、勇敢面
對人生挑戰的成長故事。」[15]這裡提及的「鏡框式」手法，正是張春
榮認為在極短篇情節設計的意外表現上，「情節設計的意外屬於多線
結構的「變化中求統一」，藉由「複合線索的統攝，形成多面向的立
意」[16]的手法，在多線結構中的達到內涵的深度統一；〈接力〉情節
發展有如攬鏡對照的人性展示，每一段情節宛如定格在鏡框的畫面，
每段情節鋪陳著一位接棒愛心認養的有心人，而有心傳承愛心之舉的
幾個大哥們，都在小妹妹心裡留下不可抹滅的泱泱風範。

　　小妹妹對笑口常開的林大哥喜愛的孫悟空哲學印象深刻，林大哥
說「孫悟空在西遊記每次遭到挫折，都說：『哭不得，只好笑了。』
這句話一直印在她心田，成為寂寞受傷時的座右銘。」彷彿散發人性
真善美的愛心接力賽於焉成形，小妹妹將感受到的幸福美好，再次由
自身開始傳給下一棒：「再來第四棒，由我自己跑。我將成為另一個
起點。」結尾將愛心接力的規模層層擴展，每一棒都來自於曾被幫助
的弱勢族群，愛的力量如漣漪慢慢漾開。故事至結尾小妹妹的決心成
為接力賽的其中一棒，敘事脈絡再次反推至開頭：「她看見自己的名
字在公費大學榜單出現，歡喜的掉下淚……」看到自己苦讀成功的瞬
間，受人點滴的萬般情緒也翻騰為助人的熱血，這篇作品最可貴的是
以淡然筆觸寫出愛的續航力，餘韻不絕。

　　張教授、顏藹珠在〈佛學大師智慧語〉的反諷運用上提到：「在
反諷上，立足正知正見高度，對一般人汲汲營營追逐權勢諄諄告誡，
進而自『表裡不一』、『事與願違』上鮮明指出，大加批判，盼能點

15　廖淑晴撰寫，台灣大百科網站，http://taiwanpedia.culture.tw/web/content?ID=14795
16　張春榮：《極短篇的理論與創作》（臺北市：爾雅出版社，1999年），頁128。

醒慾海浮沉的芸芸眾生。」[17]

　　張春榮有幾則極短篇在內涵上別具風格，除了發散人生頓悟的寫照，更揭示佛學所云：「生、老、病、死、愛別離、怨憎會、求不得、五蘊熾盛」的寓意，尤其在故事結尾簡要點出人性之盲點與茫然，人物困鎖的思維如走出迷霧望見曙光。以收錄於《狂鞋》中的〈剪〉為例，妻子勘不破人生在世，最後的終點不過是先後順序而已；夫妻相守一生，丈夫若先離世斷然是看不見妻子的悲傷，留下妻子信守這個傳說便是徒留傷感，結尾翻轉了妻子始終相信的「主從關係」，全文巧妙調動三組情境，亦指涉丈夫希望妻子能領悟生死關頭的迷思。

　　佛家所說的「我執」，又如「過去心不可得，現在心不可得，未來心不可得」，紅塵俗世一向是執念與妄想的考驗道場；以張春榮〈如果〉[18]這則極短篇而言，敘寫一位在課堂上專事語文教學的教授，視角由妄想一路轉入現實，時空錯置交織兩段迥然相異的人生，別出心裁：

> 如果沒有北上進修，他將換至市區明星高中教書，練就高明解題技巧，在車站前補習班兼差，展開「補教花系列」的戀情，同時試試水溫，轉戰股海，抱住績優股，讓戶頭的存款，水漲船高，一路向上攀升。
>
> 以「五子登科，萬年富貴」為目標，他發揮歷史上「少康中興」、「光武中興」的精神，讓斑駁老家煥然一新，平地起高樓，變成五樓透天厝；交通工具由「肉包皮」的機車，升級成「皮包肉」休旅車，以「時間就是金錢」為原則，早晚

17　張春榮：〈反諷的綜合運用〉，《現代修辭學》（臺北市：萬卷樓圖書公司，2013年），頁183。
18　張春榮：〈如果〉，《中國時報·人間副刊》，2011年8月19日。

多吞幾顆健康食品，馬不停蹄，奔馳於範圍越來越大的投資據點，精神奕奕，越夜越美麗。

接著成家立業，和附近小學年輕的女老師相親，以結婚為前題，以簡訊為觸媒，燒出青春火燄，照亮紅毯的那一端。大女兒、小兒子相繼出世，母親含飴弄孫。他休閒娛樂，也由乒乓球換成高爾夫的小白球。在打小白球的果嶺上，認識各方士紳名流，杯酒應酬中，他自我感覺良好，開始熱衷選舉，轉換跑道，由里長、鎮長、縣議員、議會主席，一路長紅，成為「走路有風」、「喊水會堅凍」的重量級人物。

每天西裝畢挺，挺著啤酒肚，推出「米老鼠」笑臉，周旋於黑白兩道之間，掌握「有容乃大」的精義，隻手遮天，包攬工程。後因挪用公款，東窗事發，遭檢察官起訴，三審定讞，啷噹入獄。在獄中，因室友機緣，慢慢看清賀客盈門，人前風光，就像一場煙火秀，看似璀璨亮麗，瞬間消失，重回黑沉沉的夜色。他漸漸喜歡研讀《金剛經》……

「然後，他變成一燈大師！」

「不，裘千仞！」兩個金庸武俠迷突然接腔，一搭一唱，全班笑成一團。

講台上，他現身說法，演練自己另一個人生。

他收起感染的笑意：「七分真實，三分想像；三分真實，七分想像。」接著正色道：「想像無罪，創意有理。要特別注意每一環節的關聯。」

教室內，頓時哀聲一片。

由「真實人生」映照「不存在的人生」，從「夢想的事」落實到「真實的事」，雙重敘事的並置視角，敘述者的思維轉換和時空跳躍無

縫接軌，作者鋪陳細節渲染情節的功力了得；而虛構是空想，真正
「有前途的人生」居然是建立在憑空妄想，結尾教授故事講完情節忽
而陡轉，對著學生說「想像無罪，創意有理。要特別注意每一環節的
關聯」；指涉「魔鬼藏在細節裡」，人生每個階段都是環環相扣的因
果關係，諷喻文學的虛構與真實人生的交互影響，實不是作夢就等於
擁有真實。「真實」如「過去心不可得，現在心不可得，未來心不可
得」的說法，唯有一步一腳印，步步踏實，走向理想康莊大道。

五　結語

張春榮謂極短篇的基本精神是反諷：

> 反諷立足於二元對立，以一雙會看的眼睛，會聽的耳朵，檢
> 驗表層和裡層是否一致，名實是否相符，針對其中矛盾提出
> 清晰的批判；自衝突拉扯的張力中，進而以輕鬆自嘲的口
> 吻，道出深刻沉重的主題。[19]

指出反諷的藝術性聚焦在「二元對立」的觀點，以及事件表層與裡層
能否呈現出批判性；他進一步引申：「反諷是媚俗的解毒劑，人類靈
魂的哈哈鏡，反諷亦是清醒的先知」；所以極短篇若能運用反諷的方
式敘事，以幽默敘述語言為輕，深刻主題為重，在拉扯張力中自然能
達到反諷的高度，提升了作品的意涵。

　　無庸置疑，由多層次的反諷，邁向複雜性的悖論；由辨認真實出
發，進而以整理觀點看待人生，具體解決人生困境，勇銳超越，則為

19　張春榮：〈反諷的綜合運用〉，《現代修辭學》（臺北市：萬卷樓圖書公司，
　　2013年），頁151。

任何有志於極短篇書寫的目標。事實上，始於喜悅，始於智慧，湧現詩意的飽滿，揭示哲理的高度，無疑是極短篇真正的魅力所在。

張春榮：《狂鞋》（臺北市：聯經出版公司，1990年3月初版）。

第三輯

臺灣國小修辭教學的設計與運用
——以類疊為例

陳麗雲*

一　前言

　　修辭本身就是充滿創意語言的表達方式，修辭教學更是充滿創意的教學。文章始於意而成於辭，要充分表達作品思想情意，必須重視語言錘鍊、辭采藝術加工；換言之，修辭教學是教導學生傳情達意的優質方式。張春泉（2007）亦道：「修辭是一種『達』和『傳』。」意即修辭是「傳達」的努力和過程，是以語言為媒介建構有效話語為宗旨的廣義對話。

　　修辭教學在小學中是讓許多老師重視卻頭痛的問題，近年更是引起軒然大波。前一、二年，由於一份國小四年級的考卷出現映襯、遞進複句等混雜文法與修辭的艱澀考題，李家同教授發文批評，引發各界關注國民中小學現行修辭教學的諸多問題。教育部相當重視此事，重新檢討課綱並由國家教育研究院「國民中小學課程綱要語文學習領域（國語文）研修小組」組成「修辭教學示例工作小組」，開會研修編寫課程設計，完成修辭教學示例報告，俾供廣大中小學老師為此依據。

＊　現任新北市修德國小教師。

其實，「修辭」是語言、文章、文化的化妝師，適當的運用「修辭」，除了讓語文更具美感之外，也能使所要傳達的情意更加得體。學生學習基本的簡易修辭，可以使語文的表達更適切，在欣賞文章時，也能感受文章的美感與情意。職是之故，筆者期許教導學生從修辭入門，以閱讀欣賞、活絡寫作為目標，讓學生從中習得語文之奧妙，陶醉於語文之馨香，提升語文能力，體現審美生活。

二　修辭教學

語文教學應是語言智能與非智力的涵養藝術，修辭教學是創造美感、提高語言教學效果的上課藝術。「語文教學的進一步發展，就要走上修辭學、風格學的道路。」[1]是故，國小修辭教學絕不能輕忽，亟須正視與努力。

（一）國小修辭教學的新向度

國小國語教學的主要任務，是培養學生實際使用語言、文字的能力。修辭教學，從提高語文教學質量來看，它直接關係到閱讀、寫作能力的提高；從培養學生語言美來看，它是提高學生精神文明和語言修養的重要課題；從時代的要求來看，它與提升國家競爭力需要菁英優秀人才有著密切的關係。因此，在小學中實施修辭教學，其重要性自不待言。

目前許多國小學童，即使到了五、六年級，他們對於句子的結構，乃至修辭的認識，依然薄弱。若干程度較佳的學生能寫出好文章，但缺乏修辭觀念，總令人惋惜。「修辭」就好像文章的衣服，什

1　呂叔湘：《呂叔湘語文論集》（臺北市：商務印書館，1983年）。

麼時候要舒緩雅致，什麼時候要排比有力，什麼時候要對稱工整，什麼時候要呼告哀矜，要讓學生明白，要使文句華美或遒勁，就要適當運用哪一種修辭。

無可置疑，欲提升學生語文質量，加強美的語言欣賞，即從修辭教學開始。筆者認為修辭教學，能欣賞、運用修辭之美，淨化心靈，拓廣胸襟，提升精神生活美境，享受無窮的美感經驗，進而開創健康、快樂、幸福的人生。國小高年級學生正處於創造力發展關鍵時期，筆者希望能以修辭為基石，加強國小學生靈活應用語文能力，發揮語文創思藝術。「九年一貫」的語文學習領域中，基本理念敘述得很清楚明白：「語文是學習及建構知識的根柢，語文學習應培養學生靈活應用語文的基本能力，為終身學習奠定良好基礎。」、「語文是溝通情意、傳遞思想、傳承文化的重要工具。語文教育應提升學生思辨、理解、創新的能力，以擴展學生的經驗，並應重視品德教育及文化的涵養。」好的作品除了正確的文法外，尚須優美的修辭以蘊藏無限的魅力，更須有「真心」[2]——打開修辭的第一把鑰匙。

（二）修辭教學設計的內涵

張春榮（2006）〈國小常用辭格〉指出：「確定國小常用修辭格方式有二：（一）藉由歸納、統計，由國小國語教科書切入，由實用性出發，依據量化比例（辭格出現次數），確立國小常用辭格。（二）藉由演繹、系統，由學術性出發，掌握修辭理論核心，依據能力指標（想像力、思考力），釐清修辭中重要辭格，並確立國小「理

2　譚全基：「修辭並非單純技巧問題，我們所用的每一個詞都反映了我們的思想、生活、教育、修養。」〔《修辭新天地》（臺北市：書林出版社公司，1994年），頁7〕亦即我們所講所寫的每一句話皆是心理狀態的外在顯現。

應」學習的常用辭格。」

　　張春榮以實用性與學術性出發，認為以比喻（兼及「接近聯想」、「相似聯想」為主的辭格）和對比（兼及以「相對聯想」為主的辭格）為核心，歸納出國小常用十個辭格，分別是：比喻、擬人、誇張、雙關、類疊、對偶、映襯、排比、層遞、頂真，並提出修辭教學序列。[3]

　　教育部「國民中小學課程綱要語文學習領域（國語文）研修小組」於二〇〇九年組成「修辭教學示例工作小組」，其所做出的「修辭教學示例」研究中，其修辭教學的種類乃「尊重一線教師經驗，配合學童認知心理，以常用修辭、辭格穩定者為選擇依據。」提出「疊字、譬喻、擬人、摹寫、引用、排比」等共計六種修辭教學。

　　職是之故，本文的修辭教學以二者相互重疊的：類疊、譬喻、擬人、排比為教學設計內涵；另因摹寫在小學的觀察力訓練中頗為重要，故加入摹寫修辭教學設計。希望由此劃分出序列性與進階性，修辭教學才能在豐富想像力的開發上，有所進階；才能在寫作能力培養上，形成序列；也才能讓日益繁瑣的「修辭教學」，綱舉目張，脈絡清晰，自成鮮明易懂的理論系統。

三　國小修辭教學設計與實例

　　修辭教學務必講究創意方法，採用趣味實用的教學方法，將使教學成效更顯著；學生樂學，教師樂教；師生共同於修辭教學過程實質進行中，體味語言美的教育過程。教學時更須配合學生認知心理發展，以求收得更佳教學成效，培養學生新思維。

3　張春榮：《國中國文修辭教學》（臺北市：萬卷樓圖書公司，2005年），頁220。

　　語文能力的學習不是勻速直線發展，而是存在若干「敏感期」。[4]掌握住這學習「敏感期」，將使教學成效更為彰顯。陶倫思（Torrance）和潼次武夫的研究皆顯示：國小五年級學生創造力相對較高。[5]小學時期是具體形象思考和抽象邏輯思考形式交錯發展的時期，主要是發展抽象邏輯思考；由具體形象思考，逐步過渡到以抽象邏輯思考為主要形式。教師配合小學生心理發展的飛躍期，施以適當的教育，便能收良好教學成效。

　　基於語文思維「形象性」的特性，語文教學應注意發展學生的形象思維。教育要教會學生思維，終於創造性思維。教師掌握學生認知心理之發展關鍵，在小學中、高年級，注意形象思維與抽象邏輯思維深刻發展，輔以適當教學，將能豐富學子語文涵養，深植語文智能。

　　職是之故，本文修辭教學之教學活動設計，秉持「以教師為主導、以學生為主體、以設計為主線」教學模式。以現行教科書為探究對象，同時呼應九七課綱「簡易修辭」精神。設計原則關注現行教材，融入生活應用，前瞻未來學習，契合教學目標，留意教材進階性及課程學習心理。

　　本文的教學示例設計皆先有「引導語」帶入，繼而陳述各修辭的定義與說明、舉例，最後以學生熟悉的課文當學習範例，做教學運用

4　朱作仁（1984:4）：敏感期其時間分佈在：小學四年級、初中三年級、高中三年級。

5　引自郅庭瑾：《教會學生思維》（北京市：教育科學出版社，2001年），頁52-53：陶倫思（Torrance）對關於兒童創造力發展的動態過程得一結論，認為：小學一至三年級呈現上升狀態；小學四年級下跌；小學五年級又回復上升；小學六年級至初中一年級第二次下降；以後直至成人基本保持上升趨勢。日本學者潼次武夫以小學二至六年級學生為對象，對他們的創造性思維的流暢性、變通性、獨立性進行測驗。得出：流暢性最高，獨立性最低。四年級學生創造性思維最低，五年級最高。

的設計。

（一）類疊

1 引導語

親愛的小朋友，你喜歡「孤單一人」，還是「有朋為伴」
呢？我想：大家都會不約而同的回答：「有朋為伴」吧！孤
單令人寂寞，面對一室昏黃的燈光，卻沒有知己和你分享喜
悅憂愁，總是少了點兒什麼。句子也是一樣，孤伶伶的字、
詞或句子太寂寞，而且不夠生動，句子也不夠亮麗，缺少了
修飾功夫；修飾句子的好方法，就是幫句子找個最合適的朋
友。如：「草，像毛毯。」替它找個彩衣的好朋友，變成：
「嫩嫩綠綠的草地，像一張柔柔的毛毯。」句子是不是豐富
而且生動活潑許多，顯得截然不同呢？別讓你筆下的文句孤
獨，認真裝扮你的文章，替它找一群志同道合的好伙伴吧！

2 定義與說明

接二連三的反復使用同一字、詞或是語句，就是「類疊」。其作
用在於加強文章的語氣和感情，增添語言的節奏感和旋律美。

3 舉例

（1）**紅紅**的落日，灑下金色的光芒。秋風由江面吹來，捲
起**一道道**的波浪；**白茫茫**的蘆花，像巨龍在秋風中翻滾。
（2）教室裡，原本**吵吵鬧鬧**的小朋友，一看到老師出現，

馬上**安安靜靜**坐好。

（3）回頭看看住在隔壁的大白菜，**肥肥胖胖**，相偎相依，一家子好夢正甜。而遠處的溪水，卻是群剛出門的小牧童，推擠跳鬧，跟著小魚穿過一座**矮矮短短**的獨木橋。

4 教學設計與運用

（1）教學流程

翰林版四下國語第十四課〈踩著月光上山〉：

晚上，月明風清，我們全家站在陽臺上，望著西面的山。山上，有一條光帶，是由山下排列到山上的路燈所形成的。那**彎彎曲曲**的模樣，像**閃閃**發光的龍，盤繞著整個山頭。爸爸指著山說：「大家去準備手電筒，我們上山夜遊。」

登山步道的兩旁，是茂密的樹林。月光從枝葉間灑落下來，我和弟弟，好像玩跳房子一樣，踩著片片月光，一路跳著上山。雖然來這裡很多次了，但是夜晚的山上還是不一樣，它好像熟睡的巨人，**安安靜靜**的，只有「ㄉーㄥ ㄉーㄥ ㄉーㄥ」的蟋蟀聲，此起彼落。

到了山頂，月光淋在我們身上，涼風一陣陣，覺得好舒服。我們眺望山下，靜的燈，動的燈，交織成一片**閃閃爍爍**的燈海。媽媽說：「這裡像仙境一樣，我們變成了神仙，看著人間美麗的燈景。」我一時興起，把手電筒的光束指向天空，說：「現在我要用燈光做暗號，和外星人聯絡聯絡。」弟弟說：「姐姐，你的訊號是不是太弱了？外星人沒有回應呵！」

「彎彎曲曲」、「閃閃」發光、「片片」月光、「安安靜靜」、「ㄅㄧㄥ ㄅㄧㄥ ㄅㄧㄥ」、「閃閃爍爍」、「一陣陣」，這些語詞使用了疊字修辭技巧。

在教學過程中，教師可以分別念讀課文中使用疊字修辭的句子與未使用疊字修辭的句子。引導學生比較兩種句式的音律和節奏感，再讓學生練習念讀「**彎彎曲曲的**」和「**彎曲的**」、「**安安靜靜的**」和「**安靜的**」、「**ㄅㄧㄥ ㄅㄧㄥ ㄅㄧㄥ**」和「**ㄅㄧㄥ ㄅㄧㄥ**」、「**閃閃爍爍的**」和「**閃爍的**」，感受使用疊字修辭不同之處。接著，朗讀課文段落，並解釋說明疊字修辭的作用在於加強文章的語氣和感情，增添語言的節奏感和旋律美。

句子一：

A.原文：那彎彎曲曲的模樣，像閃閃發光的龍，盤繞著整個山頭。

B.未使用疊字：那彎曲的模樣，像閃亮發光的龍，盤繞著整個山頭。

句子二：

A.原文：雖然來這裡很多次了，但是夜晚的山上還是不一樣，它好像熟睡的巨人，安安靜靜的，只有「ㄅㄧㄥ ㄅㄧㄥ ㄅㄧㄥ」的蟋蟀聲，此起彼落。

B.未使用疊字：雖然來這裡很多次了，但是夜晚的山上還是不一樣，它好像熟睡的巨人，安靜的，只有「ㄅㄧㄥ ㄅㄧㄥ」的蟋蟀聲，此起彼落。

句子三：

A.原文：我們眺望山下，靜的燈，動的燈，交織成一片閃閃爍爍的燈海。

B.未使用疊字：我們眺望山下，靜的燈，動的燈，交織成一片閃爍的燈海。

　　最後，可以再讓學生說一說有哪些字詞可以使用類疊形式出現。例如：「輕鬆」可以說成「輕輕鬆鬆」，「快樂」可以說成「快快樂樂」，並請學生練習以類疊的技巧說出完整的句子。

（2）評量設計

　　我們經常會用「烏溜溜」形容長髮烏黑亮麗，用「水汪汪」形容眼睛明亮靈活，用「陰森森」形容幽暗的樣子。請分別以「烏溜溜」、「水汪汪」、「陰森森」、「綠油油」、「亮晶晶」練習寫作，各創作一個句子。

A.烏溜溜：＿＿＿＿＿＿＿＿＿＿＿＿

B.水汪汪：＿＿＿＿＿＿＿＿＿＿＿＿

C.陰森森：＿＿＿＿＿＿＿＿＿＿＿＿

D.綠油油：＿＿＿＿＿＿＿＿＿＿＿＿

E.亮晶晶：＿＿＿＿＿＿＿＿＿＿＿＿

四　結論

　　修辭教學的設計，不僅只於提供語文教學另一面貌，更關注於對學生的語文學習助益與語文質量的提升。職是之故，修辭教學須站在兒童的立場出發，引起兒童興趣，讓兒童樂於學習，樂在學習。本文希冀透過修辭教學，提升學生的創造性思維，[6]開展修辭教學另一廣闊天地。

6　創造性思維的特徵是：積極的求異性、洞察的敏銳性、想像的創造性、知識結構的獨特性、靈感的活躍性。彭華生：《語文教學思維論》（南寧市：廣西教育出版社，1993年），頁205-213。

　　修辭教學須配合學生認知心理，在修辭與教學方法中找出最佳仲介區，所以磨合遷移，非常重要。在教學上，總有一些想像的應然，然應然並非時然，經過磨合期實際教學，驗證國小修辭教學是可以上得生動有趣。學習修辭必須配合兒童認知心理發展，如「擬人」其實是「移情作用」，「譬喻」即是「類化作用」，配合學生認知心理，輔以創思或遊戲教學啟發創意，讓修辭教學變成一堂活潑快樂的語文課程。

　　其次，語文是以實用為目的。所以修辭教學就應讓學生在生活中領受，在情境中感動。修辭教學不應重在概念的解說，不應將焦點放在術語和分類上；應重在「理解與應用」的層次，盡量教授學生欣賞和實用性為主：更重要是具體形象的體驗，使學生在實際中認識各種修辭的特點，達到豐富學生語彙，表達真實情感，提高學生語言表達能力的目的，才能達至修辭教學臻美的層次。

張春榮：《修辭新思維》（臺北市：萬卷樓圖書公司，2001年9月初版）。

國小高年級辭格仿寫的教學實施

劉貞君*

一 前言

　　修辭是一門語言的藝術，注重語意方法的調整，優美形式的設計，具有「工具性」、「藝術性」、「文化性」三個層次。由此可知，修辭立基於正確的語文知識，變化於生動活潑的運用，發皇於深刻意義的認知。學好修辭，發揮說話的得體，展現切合題旨的書寫，能引起共鳴，增進溝通，直指語用的有效性。茲值訊息溝通，注重語言交際功能的時代，修辭的重要性，不容忽視。

　　「仿寫」是「有樣學樣」的寫作，「因陵成山」、「有中生有」（並非無中生有）的創作階梯。經由「仿寫」可以喚起「見賢思齊」、「有為者亦若是」的意志，激發再創性的想像，觸動「類推」、「類比」的創意思考，此即「正仿」的練習效益。當然經由「仿寫」也可以「與前賢開開玩笑」、「幽名篇一默」，以另類、鬆綁的方式，提供逆向、不同的想像視野，發揮大異其趣的「腦筋急轉彎」，讓寫作變得「很新鮮」、「很輕鬆」，釋放畏懼、難搞的心態，拉近學習的距離，此即「戲仿」的趣味效益。[1]

---

*　現任新北市板橋區沙崙國民小學教師。
[1]　張春榮：《作文新饗宴》（臺北市：萬卷樓圖書公司，2002年），頁107。

　　基於作文表達能力的培養，修辭能力確實是極重要的階梯。而仿寫是寫作中一個重要的方法。因此從「辭格仿寫」著手，進行修辭教學，期使學生從仿寫的練習中來吸取別人好的創作經驗，培養良好的修辭能力，進而發揮「有中生有」的創意，提升學子優美的語文表達能力。

二　教學實施

　　辭格仿寫教學的教學流程如下圖：

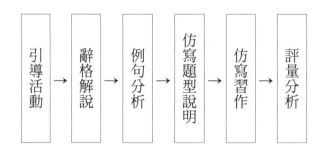

引導活動 → 辭格解說 → 例句分析 → 仿寫題型說明 → 仿寫習作 → 評量分析

　　課程設計以學生為主體，教學活動更應融入許多趣味遊戲，每個單元都設計活動式的學習，讓學生從活動中體會、驗證。然而教學是一個複雜的活動，具有很多不確定性，課程設計再周延，教學實施中仍有疏漏與不足之處。以上的教學流程，並非制式，教師宜依實際情況隨時調整，營造學習的氛圍。

　　教師在教學中所扮演的角色是運用各種策略、語言、符號等將教學內容轉化成學生可以理解的形式，進而吸收應用。在實際教學中，並非像機器一樣按照一定的模式運轉，而是根據實際情境需要，配合相關條件進行。教學因素複雜多變，教學策略亦應具有多樣性，因此進行教學時就要多種策略彈性運用，做合理的融合，發揮整體的作

用，開發學生的潛能，使得教學生動有效。

在整個教學過程中，教學者宜運用許多教學策略，設計許多教學活動增加修辭教學的趣味，以提升學習興趣。

三 評量與分析

任何教學皆要建立一套完整的評量指標加以檢視，才能明瞭教學是否成功，教學策略運用是否得當，以及學生學習成果如何。教師也才能有所依循，進行分析與診斷，進而修正教學策略或步驟，完成成功的教學。

就修辭教學而言，首先，九年一貫課程綱要第一階段、第二階段「能力指標」中所要求的「分辨」、「欣賞」、「理解」層次，旨在確立修辭知識，培養修辭語感，此即「讀寫」中「讀」的基本功，亦為創思認知中「敏覺力」的養成。往往藉由相互比較法，讓莘莘學子覺察修辭是正確。通順之外，力求優美創新、精確生動。

其次，第二階段中所要求的「練習運用」、「有效運用」「靈活運用」，旨在發揮形象思維，激發豐沛的創思，此即「讀寫」中「寫」的表達力，亦即創思認知中「變通力」、「流暢力」、「精進力」、「獨創力」的表現。

1 變通力

以一種不同的新方法去看一個問題。就修辭而言，即為辭格的運用。其中包括：

（1）一個意思可以用一個辭格來改寫。此即「原型」、「變更」的應用。[2]

2　仇小屏：《限制式寫作之理論與應用》（臺北市：萬卷樓圖書公司，2005年），頁147。

（2）一種辭格可以換另一種辭格來改寫。例如將「比喻」改寫成「擬人」，將「比喻」改寫成「移覺」等。

2 流暢力

以好幾種方法去解決一個問題。正是「量的擴充」。就修辭而言，即辭格的運用。其中包括：

（1）一題多解，形成鋪陳，如接二連三的使用「比喻」（就術語而言即「博喻」），或接二連三的使用「擬人」等。

（2）一題多變，形成多樣性。就單辭格而言，能同時運用「比喻」的不同類型（明喻、暗喻、略喻、借喻）。就綜合運用而言，一個意旨可以運用好幾種辭格來豐富描寫。

3 精進力

以精益求精的方法將問題解決得更完善，正是「質的提升」、就修辭而言，即辭格運用的進階、其中包括：

（1）辭格本身的細緻性。以「擬人」為例，「形象化」較「人性化」、「物性化」更為精進。

（2）辭格間的協調性。如善用雙關、倒辭、誇張、戲仿，相互搭配形成突梯滑稽解頤會心的幽默。由局部精進，至整體（段落篇章）之精進。

4 獨創力

以獨特新穎的視角，想出別人沒想到的解決方式。就修辭而言，即能「言人所未言」、「寫人所未寫」，展現超常優異的認知思維與特殊表達。其中包括：

（1）認知思維的深刻性。善於不落俗套、不人云亦云，形成衍生性
　　　思考或逆向性思考。

（2）特殊表達的新穎性。即善於打破常軌，獨樹一幟。以比喻為
　　　例，一般多為「具體」比「抽象」，若能用「抽象」比「具
　　　體」，則為表達方式上個人「相對」的獨創力。

　　綜上所述，「辭格仿寫」的評量指標，可依上述為標準，將學生
的仿寫習作分低、中、高三個等級進行評量。其評量指標如下表：

表一　評量指標

修辭	標準	異稱
低（可）	正確性	邏輯性
中（良）	變通力	靈活性
	流暢力	豐富性 多樣性
高（優）	精進力	細緻性 協調性
	獨創力	深刻性 新穎性

　　教師依此評量指標為標準，將學生「辭格仿寫」習作之成果分為
優、良、可三級，加以擇取分析，以探知「辭格仿寫」教學成效及學
生學習成果，作為改進教學之參考依據。

四 展望

透過實際教學歷程，上課所蒐集的資料及學生的回饋，學習前後問卷及學習回饋訪談，以及學生所呈現「仿寫」的學習單學習成果，綜合整理，發現「辭格仿寫」的教學模式，可以讓學生將修辭認識得更深刻，應用得更透徹，提升高年級學生修辭能力與寫作能力。「辭格仿寫」教學對語文教學能提供下列助益：

（一）「辭格仿寫」教學，能提供修辭序列訓練題型

1 「辭格仿寫」教學，提供可行的修辭教學題型

透過「辭格仿寫」教學的實施，可讓學生確實明瞭修辭的定義，使用原則及作用。學生從了解修辭，熟悉修辭，體會修辭之美，形成階梯式的學習，再藉由「仿寫習作」，確實練習。學生經由「仿」的階段，進入創意發揮，創造優美句子，進而將其應用於寫作上，提升寫作能力。

2 「辭格仿寫」教學，提供有效的修辭教學模式

從學生的「仿寫」學習單上的表現，可看出「辭格仿寫」教學的成果，由學生前後學習問卷及訪談回饋問卷中更能明瞭，學生確實覺得自己更能了解修辭，造句的速度加快，且會將修辭運用其中，對寫作文也覺得容易得多，有能力寫出更充實的內容，的確提升了語文能力。在觀察教師的省思中亦明確指出，學生對修辭的敏感度提高，在造句及寫作文上也明顯的進步。這些在在都驗證「辭格仿寫」教學是有效的修辭教學模式，值得加以推廣，以提升學生們的語文能力。

（二）「辭格仿寫」教學能增進學生閱讀理解，欣賞修辭之美

1 「辭格仿寫」教學能增進學生閱讀能力

在實際教學中，每個例句都詳細說明，也讓學生能加入生活體驗練習應用，學生確實認識修辭，了解其箇中奧妙之後，提升閱讀的理解力。在回饋問卷及觀察者省思中，對學生閱讀能力的增進，都持正面看法，顯見「辭格仿寫」教學確實能增進學生閱讀能力。

2 「辭格仿寫」教學能提升學生欣賞修辭之美

「辭格仿寫」教學透過不斷解說、親身的生活體驗與仿寫練習，讓學生了解各種修辭的作用，更能欣賞、體會修辭之美，提升自身的文學素養。在回饋問卷及觀察者省思中，對學生體會修辭之美的能力都持正面、增強的看法。亦即，大多數的學生及觀察教師認為「辭格仿寫 的修辭教學模式，對提升欣賞修辭之美的能力有所助益。

（三）「辭格仿寫」教學能激發學生創造力，提升寫作能力

1 「辭格仿寫」教學能激發學生創造力

「仿寫習作」學習單的成果，展現出學生有驚人的創造力，能經由「仿作」學習到發揮「創意」，造出優美句子，證明「模仿」即是最好的「創造」。而「辭格仿寫」教學能提供動力，讓學生學習修辭之餘，亦能經由仿作發揮創造力。

2 「辭格仿寫」教學能提升學生寫作能力

修辭教學歷程中加入作文教學，學生不僅學會各種修辭方法，更能將其應用於寫作，每個學生都認為上過「辭格仿寫」以後，自己比較不怕作文，可以寫得充實且豐富；句子的運用和遣詞用字也較得心應手。觀察教師亦有同感，覺得學生上過「辭格仿寫」以後，他們的作文，語句較流暢，遣詞用字較優美，內容也較充實，足見「辭格仿寫」教學模式確實能提升學生寫作能力。

五　結語

辭格仿寫教學其目的為讓學生體會修辭之美，並藉由辭格仿寫的練習，提昇學生的修辭能力，由句而句群，進而增進寫作能力。職是之故，期盼藉由辭格仿寫教學的實施，能培養學生如下的能力：

熟悉各辭格的表達方式，體會修辭之美，增進欣賞的能力。透過「辭格仿寫」教學的實施，可讓學生確實明瞭修辭的定義，使用原則及作用。學生從了解修辭，熟悉修辭，體會修辭之美，形成階梯式的學習，增進欣賞的能力。

藉由辭格的仿寫，鍛鍊學生的表達力，激發學生的創造力。經由仿寫學習單的「仿作」學習到發揮「創意」，造出優美句子，鍛鍊學生的表達力，證明「模仿」即是最好的「創造」。

期望由修辭能力的訓練，擴而充之，提升學生的寫作能力。「辭格仿寫」教學歷程中加入作文教學，學生不僅學會各種修辭方法，更能將其應用於寫作，期望由修辭能力的訓練，提升學生的寫作能力。

國小二年級感官作文的思維力

徐麗玲*

一　前言

　　寫作從本質上而言是一種創作，創作永遠離不開思維活動，良好的思維品質是寫作過程中的重要元素。石建光[1]認為，作文是思維的反映，正確的思維是作文成功的關鍵；但當前的作文教學研究中只停留在教學方法的運用而忽視寫作本身思維的參與，因此加強思維訓練才是提高作文能力的根本所在。

　　思維是在感覺、知覺、表象等感性認識基礎上產生理性認識活動，人們通過思維以達到對事物本質及其規律性的認識。寫作過程中，正是思維規範著感性認識活動，使作者不僅看到事物的感性型態，而且也獲得了事物的深刻理解，因此思維活動在寫作活動，尤其在感官作文寫作過程中，是重要的整合性工具，以使文章能融合感性與理性。

---

* 　現任新北市信義國小教師。

1 　石建光：〈小學作文的思維特征及思維訓練〉，《廣西教育》1995年Z2，頁91-92。

二　思維的分類

依照陳鐘梁、張振華[2]、賀壯[3]、張掌然、張大松[4]將作文思維按思維材料、思維方法、思維結果分類如下：

（一）以思維材料分類

1 抽象思維

又名邏輯思維，在寫作過程中運用演繹、歸納，在感性認知前提下提供豐富且多樣的材料以去蕪存菁、去偽存實、由此及彼、由表及裡的改造與創造過程，反映事物的本質及其規律。低年級兒童寫作文體泰半為記敘文，記敘文正須抽象思維的參與，以從眾多具體感性材料中去蕪存菁，理出文章規律性結構。

2 形象思維

又名藝術思維，乃指以感知的表象作為基礎進行加工，借助完整具體的形象以揭示事物的本質。形象思維的加入可使文章中所反映的主題或對象更形具體，更趨本質化、個性化，因此形象思維在作文過程中佔相當重要地位。

抽象思維與形象思維往往是相輔相成的，二者常常是相互伴隨交叉進行於寫作構思過程。

2　陳鐘梁、張振華：《作文與思維訓練》（杭州市：杭州大學出版社，1996年），頁66-84。

3　賀壯：《走向思維新大陸》（北京市：中央編譯出版社，2005年），頁108-162。

4　張掌然、張大松：《思維訓練》（武漢市：華中科技大學出版社，2000年），頁171-199。

（二）以思維方法分類

1 輻射思維

又名分散思維或發散思維，指從一個訊息的開始，向多方面尋求思維結果，強調思維主體主動尋找多種答案，強調思維的靈活和知識的遷移，以便透過這種思維活動求得更新穎且與眾不同的結果，注重思維過程敏捷的流暢性、隨機應變的靈活性，與想法新穎的獨特性。

2 收斂思維

又名輻合思維、集中思維、輻 思維、聚合思維，也稱求同思維。指從若干不同訊息向中心集中，思維主體把從不同面向所得到的不同訊息聚合起來，在眾異點中求同，並重新加以組織。在寫作過程中收斂思維與輻射思維常常相互促進、相互補充，以使文章在發散的基礎上仍有所集中，也使作者的思考力得以集中在一個脈絡上，進而使構思得以深化。

3 逆向思維

指對人們意識中原先存在的習慣認識加以批判或否定的思維過程，利用反常規的思維方法或從事件的結果向前推導，其思維結果通常與習以為常的定論或認識相反。[5]

4 側向思維

又名越軌思維，指思維主體有意識的棄離一般人所認定的思維軌跡，擺脫傳統習慣性思維，另闢蹊徑，以求得問題解決的思維活動。

5　賀壯：《走向思維新大陸》（北京市：中央編譯出版社，2005年），頁118。

在寫作過程中，側向思維與輻射思維一樣，二者思維結果都具有新穎、獨到的特徵，但之間的區別是：輻射思維從多角度、多方向導致眾多的思維結果，但其最終仍須依靠其他思維的幫助以進行選擇；但側向思維則是循著新角度、新方向導致一個單一的思維結果。

5 具體思維

又名辯證思維，指利用客觀辯證方法，分析思維對象歷史發展及思維對象與週遭事物普遍聯繫，以揭示對象的本質和發展規律，形成概念系統，並用真實而豐富的經驗材料來論證全部結論的正確性，從而獲得科學且具體的真理，允許思維過程的變化性與矛盾性觀點。

（三）以思維結果分類

1 創造思維

指在發現客觀事物的本質及內在關聯的基礎上，發揮思維主體的主動性、積極性，對事物重新組織或思索以產生具創見的結果，陳龍安[6]認為創造思維即為變通力、獨創力、流暢力、精進力及敏覺力等五種認知能力的綜合表現。

2 再造思維

指在聯想的基礎上，將人腦儲存庫的意象加工創造出新的意象。

大抵而言，作文思維可分成邏輯性的抽象思維和具象性的形象思維，可透過不同的思維方法（輻射、收斂、逆向、側向、具體）以得創造思維與再造思維結果，以助學生寫作時寫作材料的聚焦與寫作結

---

6 陳龍安：《創造思考教學》（臺北市：師大書苑，2000年）。

構系統化，亦可幫助寫作內容豐富化。

三　二年級學生思維能力培養原則

思維能力提昇，有助寫作題材的聚焦。其培養原則大抵有三：

（一）增進思維品質的創造性與批判性[7]

1 豐富生活經驗與感官刺激，增進思維品質的廣闊性、敏捷性

思維品質的廣闊性、敏捷性與思維主體所具備廣博的知識及豐富生活經驗有關；廣闊的思維品質，能掌握問題的一般性與關鍵性特點，且能顧及事務本質和規律的具體細節；敏捷的思維品質能在眾多的素材中，當機立斷迅速的提取可用的素材以切合命題、解決問題。因此，豐富學生生活經驗與感官刺激，能增進思維品質的廣闊性與敏捷性。

2 培養觀察習慣，增進思維品質的深刻性、嚴密性

深刻且嚴密的思維品質能透過現象洞悉事物本質，且能揭示事物的原因和結果，掌握規律，預見事物的發展過程。觀察習慣的養成，可助洞悉事物的脈絡與真相，並進一步內化於思維過程中，增進思維品質的深刻性、嚴密性。

7　陳鐘梁、張振華：《作文與思維訓練》（杭州市：杭州大學出版社，1996年），頁95-116。

3 鼓勵隨機應變態度，增進思維品質的靈活性、創造性

靈活的思維品質能在現實的基礎上，根據事物的發展變化而善於變通的思考問題，並在諸多客觀事物中發現事物的關聯性，形成新觀念以開展問題解決新途徑，達成創造性思維品質。因此，欲增進思維的靈活性、創造性，應鼓勵學生日常生活隨機應變處理態度。

4 培養積極參與態度，增進思維品質的獨立性與批判性

思維的獨立性與批判性是指思維主體在進行思維時，能主動積極、獨立對思維材料進行篩選與評估，並能適時進行後設認知檢驗，進而發現問題、分析問題和解決問題。積極的思維參與態度能增進思維主體思維品質的獨立性與批判性。

（二）激發學生求異性思維

寫作品質貴在共同題材中「同中求異」，因此應創設激發創造思考環境，引導學生盡量擺脫固著且單向思維的干擾，積極進行多向式求異求變思維，鼓勵學生從不同角度分析問題並提出與眾不同的解決問題方法，避免學生千篇一律的高雷同現象。[8]

綜合上述可見，高層次的思維能力訓練須以積極的思維態度養成為第一要務，透過生活化的觀察與想像力的激發，讓積極的思維活動成為習慣，自然可學習遷移到寫作活動，有效提升寫作品質。

8　朱作仁：《小學作文教學心理學》（福州市：福建教育出版社，1993年），頁262。

四 二年級學生培養思維力具體方法

根據朱作仁[9]、石建光[10]作文教學實踐、張春興、林清山[11]教育心理學觀點，以及張世彗[12]創造力培養觀點，提出下列拓展學生作文思維的具體方法，共計以下十點：

1 範文仿作法

在學生作文實做之前，教師先行提供與預定寫作命題相關或形式相近之範文，讓學生回憶與範文相關的生活經驗或素材，激化學生思路，讓敘述內容更形具體。

2 觀察分析法

指導學生有意識的對客觀事物進行觀察，嘗試比較觀察四季景色特徵、改變視角觀察景物、或移動觀察點以觀察景物特徵，並將觀察後所得的直覺形象加以條理化與系統化，以期提昇對事物的具體描述能力。

3 擴寫訓練

根據教師所提供原文，引導學生聯想，以增添原文情節人物或內容，進行帶有想像成份之擴寫，長期的擴寫訓練可使學生在寫作時，

9　朱作仁：《小學語文教學心理學導論》（上海市：上海教育出版社，2001年），頁256。

10　石建光：《小學作文的思維特征及思維訓練》（南寧市：廣西教育出版社，1995年）。

11　張春興、林清山：《教育心理學》（臺北市：東華書局，1991年），頁187-190。

12　張世彗：《創造力：理論、技術/技法與培育》（臺北市：張世彗，2003年），頁145。

適時展開聯想而將文章寫得更生動具體。

4 提問啟發法

教師在指導寫作之前，根據題目先行構思出文章思路，再依此思路設計系統性啟發性問題，此關鍵性的提問對學生往往具有畫龍點睛開展思路的作用，有助於學生寫作品質更具條理性。

5 設疑自答法

在寫作活動之前，師生先針對命題共同討論，以釐清命題定義後，再讓學生依照命題要求，按情節發展順序自我設定疑問與問題，並試著自我釋疑，提出解答與解決之道，以培養學生獨立思考的能力與習慣，並激發邏輯思維能力潛能。

6 討論交流法

由於二年級學生概括能力不足，因此教學者可先行訂定寫作構思大綱，設定具體化討論主題，再小組方式進行討論，教學者針對學生所提較特別見解予以公開介紹與講評，以達互相觀摩啟發之效。

7 先說後寫

口頭語言發展總在書面語言之前；口頭語言對低年級而言，是自然形成而無壓力。因此，教學者在輔導列提綱以及設疑自問後要求學生先自行以口頭方式發表文章，再說一次給其他同學聽，而後再寫成文字稿，將說與寫串聯起來。

8 化整為零

將內容涵蓋較廣的命題先行分割成多部份，從單一部分先著手，

再將各單獨篇幅連綴在一起，進行添頭加尾疏通潤色，最後綜合成整體。

9 看圖作文

看圖作文提供想像原形，由再造想像為始，逐步過渡到創造性想像；激發學生因形似、類似、形反而發，是啟發學生視野、拓寬學生思路、培養學生創造性思維極有利工具。

10 創造性思考法

指導兒童遇有問題時多獨立思考並提出超常的解決方法或觀念，指導方法如：局部改變法、曼陀羅思考法、類推比擬法、綠色思考帽法、心智圖法、概念構圖、腦力激盪法、屬性列舉法和強迫組合法。

綜合上述，可見透過系統化、圖像式、合作學習及楷模學習的思維訓練方法能有效提升兒童寫作思維能力。

職是之故，思維能力能增進寫作時的聚焦能力，在二年級兒童寫作訓練過程中，教師應扮演積極的楷模學習角色，並透過循序漸進的思維訓練方法，以引導開發感官及圖像式理解協助提升學生思維能力，進一步提升學生寫作品質。

曼陀羅思考法在國小寫作的教學與應用

陳秀娟[*]

一　前言

　　曼陀羅思考法係日本人金泉浩晃以佛教的「曼陀羅圖」為藍本，將它改為九宮格的矩陣圖形。其目的在強調放棄傳統線性筆記方式，盡量擴展思考領域，超越限制，以更自由的角度去看待事物。

　　所謂曼陀羅思考法，是將主題置於曼陀羅圖形（即九宮格）中央，運用聯想、類比、對比、矛盾等思考技巧，從事思考，把想到的解題策略書寫於四周，進而產出創造性解決方法，以解決日常生活與學習所遭遇的問題的思考模式。

　　至於創造思考教學是語文教學的核心，是師生互動的精華，充滿積極的心理特質。就教師而言，運用創意，設計符合學生程度的教材，安排有趣的教學活動，提供安全、信任、開放、肯定、鼓勵的學習環境與氣氛，形成引導、激發。就學生而言，透過創造思考的學習過程，培養敏覺力、流暢力、變通力、精進力與獨創力，釋放創意的能量，展現多元智能的創造力。

＊　現任臺北市玉成國小教師。

二 教學策略

好的教學策略，因勢利導，有助於引發學生學習興趣，指引學習步驟，達成教學目標。

1 先期以分組合作學習為主

在實施教學初期，因學生第一次使用曼陀羅圖形，所以由教師將題目布置於中心格，四周其餘八格，也由教師預想相關屬性、特徵（子題）填上，再由學生聯想各子題屬性、題材，填入九宮格矩陣圖。為避免學生畏難退縮，初期二次以小組合作方式，腦力激盪出子題寫作材料，再各自創作；待熟悉九宮格矩陣圖運用方法後，即可展開個別創作。此時語文能力較佳的學生，不願其創意因分享而降低獨特性，自然可順勢利導，實施個別創作。

2 運用類比法

「類比法」強調比較類似的各種情況；發現事物間的相似處；將某事物與另一事物作適當的比喻。因此適用「類比法」的修辭格有比喻、對偶、排比。運用類比法，以相關聯想找出適當喻體，可用於比喻修辭。以相關聯想、相近聯想，可產生對偶修辭中的流水對；以相對聯想，可產出意思對比的對偶。運用類比法，以相關聯想，可運用於排比修辭。

3 運用變異法

「變異法」指演示事物的動態本質，提供各種選擇、修正及替代的機會。藉由變異法的運用，可拓展學生思考，激盪出創意的火花。適用「變異法」的修辭格有擬人、誇張。藉由改變視角，轉換身分的

變異，讓擬人修辭更為精采鮮活。藉由對事物的變異誇大或縮小，讓誇張修辭展現突梯滑稽的效果。

4 運用矛盾法

「矛盾法」指發現一般觀念未必完全正確；發現各種自相對立的陳述或現象。運用矛盾法，可讓映襯修辭中的雙襯，呈現相對思維，形成對立的統一。

5 運用自由聯想法

「自由聯想法」指依據心理行為學派的「刺激─反應」原理，要求在相同刺激之下，以不同方式自由做出反應。適用「自由聯想法」的辭格有雙關、類疊、頂真。三者皆講求內在音樂性，雙關運用「一音多字」、「一字多義」的語言功能，類疊以「類字」「類句」「疊字」「疊句」造成聲音的串連，頂真以承上銜接，形成語音的連貫，皆可運用「自由聯想法」尋找適當題材。

6 運用重組法

「重組法」指將一種新的結構重新改組；創立一種新的結構；在凌亂無序的情況裡發現組織並提出新的處理方式。適用的辭格為層遞，層遞修辭有遞升、遞降二種，皆講求按層次或比例的方式描寫。運用「重組法」，可將產出的材料，重新組織成有秩序的表現方式。

三　寫作應用

語文教學除培養語言文字的運用能力外，更是開闊思維，引發創意的重要學科。語文教學始於提高聽說讀寫的基礎能力，終於思維能

力的提升,創造力的強化。作為語文教學核心的修辭格教學,更是達成此目標的最佳媒介;除了語言藝術的探索外,進而包括生命境界的探索。

1 提供學生自由發揮的空間

保留九宮格部分格子,讓學生根據中間的主題,自由填入相關屬性,既給予規範,也給予相當的創造空間。以比喻修辭為例,若以「老師」為題,教師可給予部份屬性作為引導,其餘交由學生自由發揮:

表一 以「老師」為題之曼陀羅

	萬能提領機	領航員
	老師	燈塔
		蠟燭

在中心主題格的規範下,學生的創作皆以「老師」為本體,除了教師所給的四項喻體外,其餘四個空格由學生自由填寫完成。如此將產生更多的喻體,呈現實作書寫的廣度與自由。

2 師生共訂寫作材料

教學初期,因學生對修辭格特徵、意涵的掌握不足,所以教材皆由教師設計,至教學中期,教師可先就該辭格特徵、意涵解說清楚,至於創作題材,則可由師生共同討論訂定。以擬人修辭為例,第二階段以「對話」為設計理念,掌握此設計理念,其餘寫作題材則由師生討論:

表二　以「擬人」為題之曼陀羅

	擬人（對話）	

討論過程中，教師只要掌握對象為「非人」的景或物，二者間具有對上話題的基礎即可。如此，學生掌握擬人修辭寫作技巧，同時作品將更豐富多元。

3 曼陀羅思考法可擴及篇章寫作，作為文章組織架構的輔助，或蒐羅寫作題材之用

以記敘文寫作為例，可運用曼陀羅圖如下：

表三　曼陀羅圖運用於記敘文寫作

	參加父親畢業典禮	回顧父親上學上班的辛苦
	題目：博士老爸	父親偶然得閒時和子女的互動
	結語	和父親的嬉鬧

空白部分可做隨時補充記錄之用。

作為蒐羅寫作題材之用，以議論文為例，可運用曼陀羅圖如下：

表四　曼陀羅圖運用於議論文寫作

	歷史故事	名人軼事
	題目：論成功者的特質	親身經驗
	新聞新知	自然界知識

4 曼陀羅圖的使用，分擴散式、圍繞式。可運用圍繞式結合篇章寫作，作綜合辭格之練習，以審視學生綜合運用之能力

以〈揮別童年〉為題，運用圍繞式結合篇章寫作：

表五　曼陀羅圖運用於篇章寫作

結語（類疊）	離別在即的心情（比喻）	回顧往事（誇張、擬人）
想說的話（自由選擇）	題目：揮別童年	最難忘的事（對偶、映襯）
忘不了的人（排比）	最難過的事（層遞、頂真）	最甜蜜的事（比喻、雙關）

四　結語

　　九宮格矩陣圖的功能，在於思維、想像的催化，從點的碰撞出發，邁向線的延展，形成塊狀思維，再拓展成面的觸及，藉此開拓創意的空間。因此，曼陀羅思考法始於九宮格的「固定格式」，終於入乎其內，出乎其外；打破「格式化」的牢籠，由限制、引導，邁向自

由、創發。

　　由於九宮格為主線的教學設計，意在運用強迫思考法，讓學生擴大思維，深化思維，蒐集更多的寫作素材，再以汰沙取金的方式，選擇適合的題材創作。因此教學設計應注意以下原則：

1 符合學生認知心理

　　教學設計必須配合學生的認知心理，深入淺出。如「誇張」是藉「語出驚人」，以滿足讀者的「好奇心理」。「類疊」是以美國心理學家桑代克（Thorndike, E.L.）的學習三定律——練習律、準備律、效果律為基礎。根據練習律，刺激反應間的感應結，會因刺激次數增多而加強。移用於修辭學上可知，一個字詞語句，如果反覆出現，會比單獨出現更能打動讀者的心靈。

2 符合學生生活經驗

　　除辭格的選擇有心理認知依據外，學習單上練習題材的選擇，也要符合學生經驗。以「對偶」修辭而言，若以古詩詞中的「時空對」、「情景對」為題，學生由於生活單純，經驗歷練不足，當然就寫不出東西來，宜換成有現代語感的白話佳句。另以「擬人」修辭為例，學生自小接觸童話故事、卡通影片，對擬人化的事物非常熟悉，反而創作起來毫無困難。

3 循序漸進，由易而難，形成螺旋系統

　　學習單分二階段設計，第一階段的練習較簡單，其目的一方面在引發興趣，肯定能力，激發接受下一階段能力挑戰的鬥志；一方面也藉此鑑別學生語文程度，區分具變通力、精進力、獨創力的學生，再給予適度的啟發練習，進一步提升其能力。

續寫理論初探

黃心怡*

一　前言

　　「續寫」為給材料作文，屬於新題型作文之一，新題型作文又稱「限制式寫作」、「條件作文」，有別於傳統作文。續寫旨在讓學生依據提供的材料或條件寫作，配合文字說明，有計畫的引導思考，並在接續的地方，發揮想像力，讓剛登台唱了幾句開場白的主角把戲演下去，讓還無影無踪的故事情節在自己頭腦中成形並變得有聲有色。可見「續寫」要求再創性，是培養學生想像能力、創造思維能力、提高寫作能力的有效方法之一。以下分別就續寫定義、類型、續寫的原則與方法加以說明。

二　續寫定義與類型

（一）定義

　　近年來，「續寫」此作文新題型日益受重視，在不少考試當中，即採用這樣的題型，續寫訓練在大陸早已行之有年，在台灣也逐漸受

＊　現任基隆市武崙國小教師。

到重視，改變傳統命題作文的單一化。

今就陳滿銘[1]、潘梓、何仁余[2]、賴慶雄[3]、萬永富[4]、范曉雯等[5]、張春榮[6]、李建榮、陳吉林[7]、林明進[8]、仇小屏等[9]定義觀之，可見「續寫」也叫「補寫」、「接寫」。是一種由限制至自由，由被動至主動的新題型，必須根據提供的材料作文，屬於「條件作文」，經由原材料引導、接龍，發揮想像與創意，掌握寫作的統一、秩序、聯貫、變化，使之完整的作文題型。

（二）類型

至於續寫類型，據賴慶雄、楊慧文[10]、賴慶雄[11]、潘梓、何仁

---

1 陳滿銘：《作文教學指導》（臺北市：萬卷樓圖書公司，1994年），頁32。

2 潘梓、何仁余：《中國小學生擴寫續寫作文大全》（上海市：上海遠東出版社，1999年），頁1。

3 賴慶雄：《新型作文贏家》（臺北縣：螢火蟲出版社，1999年），頁7、41。

4 萬永富：《小學生語文手冊》（上海市：漢語大詞典出版社，2000年），頁633。

5 范曉雯、郭美美、陳智弘、黃金玉：《新型作文瞭望台》（臺北市：萬卷樓圖書公司，2001年），頁89。

6 張春榮：《作文新饗宴》（臺北市：萬卷樓圖書公司，2002年），頁209。

7 李建榮、陳吉林主編：《小學作文教學大全》（成都市：四川大學出版社，2002年），頁317。

8 林明進：《創意與整合的寫作》（臺北市：國語日報附設出版社，2003年），頁142。

9 仇小屏、藍玉霞、陳慧敏、王慧敏、林華峰：《小學「限制式寫作」之設計與實作》（臺北市：萬卷樓圖書公司，2003年），頁22。

10 賴慶雄、楊慧文：《作文新題型》（臺北縣：螢火蟲出版社，1997年），頁52-56。

11 賴慶雄：《新型作文贏家》（臺北縣：螢火蟲出版社，1999年），頁41-43。

余[12]、萬永富[13]、李建榮、陳吉林[14]、林明進[15]、仇小屏等[16]，綜合觀之，續寫類型大致可分為六種：一、續寫文章的結尾；二、續寫文章中間和結局；三、依據文章的開頭和結尾，續寫中間部分；四、續集續寫；五、續寫文章的開頭和結尾；六、依據結尾，要求學生補寫前面部份。本研究的安徒生童話續寫共有三種基本類型：一、續寫結局；二、續寫中間和結局；三、續寫續集。此為依據學生認知發展，續寫練習宜由易到難、從部分到整體。至於續寫中間部分、續寫文章的開頭和結尾、依據結尾，補寫前面部份，此三種續寫類型則未包含在內，因考量這三種續寫必須進行逆向思考，一來難度加深，二來該班學生從未嘗試過續寫。若能讓學生熟悉這三種基本續寫類型後，在往後的作文訓練再增加難度，這樣才能增加學生自信心，不致讓學生有挫折感。

三 續寫的原則與方法

以下列舉專家學者提出與本研究相關的續寫原則與方法，以作為本文之參考依據。

---

12 潘梓、何仁余：《中國小學生擴寫續寫大全》（上海市：上海遠東出版社，1999年），頁305-405。

13 萬永富：《小學生語文手冊》（上海市：漢語大詞典出版社，2000年），頁633-636。

14 李建榮、陳吉林主編：《小學作文教學大全》（成都市：四川大學出版社，2002年），頁317。

15 林明進：《創意與整合的寫作》（臺北市：國語日報附設出版社，2003年），頁144。

16 仇小屏等合著：《小學「限制式寫作」之設計與實作》（臺北市：萬卷樓圖書公司，2003年），頁22-23；《篇章結構類型論》（臺北市：萬卷樓圖書公司，2005年），頁352-353。

（一）原則

陳滿銘[17]指出：

> 續寫以「不走樣」為首要要求，要做到這點，就得守住三
> 個原則：「一為添加枝葉，只增不減；二為擴展內容，豐
> 富情節；三為精細刻畫，描摩生動。」而此三原則，不離本
> 書所說的布局三大原則，即秩序、聯貫、統一。再加上「變
> 化」，也就是章法的四大律：「秩序律」、「變化律」、
> 「聯貫律」、「統一律」。其中「秩序」、「變化」、「聯
> 貫」三者，主要是就材料之運用來說的，重在分析；而「統
> 一」，主要是就情意之表出來說的，重在通貫。

賴慶雄[18]指出：

> 「續寫」的基本要求是接續的部分，必須與材料主題一致、
> 體裁一致、人稱一致、背景一致、人物性格一致、語言風格
> 一致。（此之謂六一致）

林明進[19]指出續寫的要領：

（1）文章續寫

> 文章續寫時，先依據所提供的材料，仔細思考，再確定文章
> 的中心思想和大致情節，然後再充分發揮想像力，安排文章
> 的起、承、轉、合，力求結構完整。

---

17 陳滿銘：《作文教學指導》（臺北市：萬卷樓圖書公司，1994年），頁32-162。
18 賴慶雄：《新型作文贏家》（臺北縣：螢火蟲出版社，1999年），頁41-43。
19 林明進：《創意與整合的寫作》（臺北市：國語日報附設出版社，2003年），頁
   143。

（2）故事性續寫

故事性的續寫，在人物、言行、情節、對話、心理活動等方面的構思要合情合理、合乎邏輯。

仇小屏[20]指出續寫原則：

續寫時要先仔細閱讀已提供的材料，然後確定文章中心，而且聯想要合乎情理。

張春榮[21]指出極短篇續寫宜掌握極短篇文體的特色，其寫作原則：

（1）出人意外：即「統一中有變化」。要求事件「特殊」，情節「超常」，變化「不可預期」；打破慣性思維，一掃制式反應，製造大懸疑，充滿大驚奇。

（2）入人意中：即「變化中有統一」。要求事件「可信」，情理「正常」，變化「合乎邏輯」；拒絕無厘頭的搞笑，揚棄耍嘴皮的戲弄，講究因果關係，注重「無理而妙」。

（3）言外之意：即「多義的空白」。要求事件由「特殊」，提升至「普遍」的象徵；情節由「單一」，提升至情境「單一豐美」；主旨由「意之不測」，提升至「情之幽微」、「理之深刻」的深層揭示。

---

20 仇小屏等合著：《小學「限制式寫作」之設計與實作》（臺北市：萬卷樓圖書公司，2003年），頁22；《限制式寫作之理論與應用》（臺北市：萬卷樓圖書公司，2005年），頁352。

21 張春榮：《極短篇欣賞與教學》（臺北市：萬卷樓圖書公司，2007年），頁103-104。

（二）方法

歷來故事續寫方法，最值得珍視。藉由「方法」的具體操作，才能有效完成「續寫」的實作。以下依各家，分別敘述。

吳立崗[22]指出有關童話續寫注意要點：

（1）根據故事開頭說寫童話故事

　a. 應鼓勵學生聯繫已有的生活經驗，想出各種解決辦法，並且藉由抒發真情實感，體驗創造性學習的愉快。

　b. 要求學生根據故事開頭所提供聯想，進行推測，構思故事的發展、高潮與結局，並且使後者與開頭之間有內在的邏輯聯繫。

　c. 能抓住有關動物的特點來選擇事件，展開故事的情節，進行大膽而合理的想像，特別要引導學生根據動物的特點，多角度地思考，培養創造思維能力。

（2）童話故事續編

　a. 要通過合理的想像，延伸故事內容，設計出各種不同的結局，以培養創造性思維的能力。

　b. 故事續編部分要用通順、連貫、前後一致的書面語言表達出來。

嚴雪華、張華萬《多角度作文訓練》[23]評析許多續寫作品，包括課文、科幻故事、童話故事、社會生活故事、校園故事……等，同時說明續寫作文的方法，大致有以下五點：

（1）要把握住中心思想，大膽添加相關人物，大膽想像，獨特構思。思路靈活，要符合事物發展的規律巧妙設計情節、精采獨特的結局。

---

22 吳立崗：《小學作文教學論》（南寧市：廣西教育出版社，1993年），頁183-193；215-218。

23 嚴雪華、張華萬：《多角度作文訓練》（上海市：上海教育出版社，1997年）。

（2）續寫要運用幻想，張開想像的翅膀，讓幻想新奇大膽，但不是胡思亂想，最好有科學知識作基礎。

（3）續寫要善於打埋伏、賣關子，故事才會曲折精采，重視續寫故事人物性格的個性化、生活化，才能緊扣讀者的心弦。

（4）寫出首尾的特色，使續寫故事有鮮明的個性。學會襯托，突出主題。

（5）續寫要反映現實生活才有生氣，要正確地反映生活的主流才有光彩。文貴真情，而真情來自對生活真切的感受和深刻的體驗。

潘梓、何仁余[24]指出各種續寫類型之寫作方法：

（1）根據開頭進行續寫：只要緊扣題目，緊接著開頭，以現實生活與已有知識為橋樑，進行大膽合理的想像，把這種開頭下的幾種情況羅列開來，進行材料比較，擷取真實感人的為續寫內容。儘可能的運用「語言」、「動作」、「環境」、「細節」多種描寫，讓續文富有立體感，具有生命力。

（2）根據前文進行續寫：續寫部份不但在思想、內容上要與提供的前文緊密相關，一脈相承，順理成章，且在寫作手法與語言風格上也要與前文保持協調，還要發展合理的想像、聯想能力，使續寫部分既出乎意料，又合乎情理，給人新穎、真實、合理之感。

（3）根據原文進行續寫：必須對情節完整的一篇文章，繼續拓展情節，寫出與原篇有緊密內在聯繫的一篇新文章；或根據原文中人物的特點去延伸和發展其特點，寫出有新的故事情節、新的

---

24 潘梓、何仁余：《中國小學生擴寫續寫大全》（上海市：上海遠東出版社，1999年），頁305-405。

中心思想的文章。

（4）根據開頭（或前文）和結尾進行補寫：其實這就是補寫中間（正文部份），作這類的補寫前，我們不僅要認真閱讀開頭，也要重視結尾，從結果合理的想像它的經過。在具體描寫事情的經過過程中，要用事實說話，注意詳略得當。

萬永富[25]指出續寫故事的方法有三：

（1）想像要合乎情理：續寫故事情節，要展開合理的想像。這種想像不能脫離實際、胡亂編造，必須以實際生活為依據。

（2）文章要前後一致：把故事延續和發展下去的時候，要注意情節的發展要合乎邏輯，人物的性格前後要統一，敘述的語氣上下要一致。

（3）形象要具體表達：續寫文章要讓事實說話，用形象表達，切勿抽象敘述、泛泛而談。

四川大學教研人員（李建榮、陳吉林主編[26]）認為續寫方法如下：

（1）把握續寫題所供材料的中心思想，準確理解原文內容，包括題目、開頭、結尾及有關情節，續寫的那部分不可與所供的材料相互矛盾。

（2）抓住所供材料的線索後，要有一個明確的思路，按照這個思路寫起因、經過、發展和變化。

（3）根據原有材料的續寫要求，認真選材，把重點部分寫具體。通過想像，分析續寫題目提供的線索和要求，選擇一個最好的方

---

25 萬永富：《小學生語文手冊》（上海市：漢語大詞典出版社，2000年），頁633-636。

26 李建榮、陳吉林主編：《小學作文教學大全》（成都市：四川大學出版社，2002年），頁317。

案進行續寫。

（4）注意上下銜接，力求過渡自然。要注意中心思想的一致性、情節設計的合理性外，還要注意續寫部分與開頭、中間、結尾等各段落層次之間的過渡，要注意前後呼應。而且語言風格、文體、人稱也要保持一致，才能使續寫的文章與提供的材料渾然一體。

張春榮[27]將續寫方法分為五種，有增加法、延長法、合併法、變造法、倒置法，如下：

（1）「增加」即增添人物、情節、細節。

（2）「延長」有兩類：一為時間的延長，人物由生至死，形成「死者」觀點。二為情節的延長轉折，改變結局。

（3）「合併」即舊有人物、情節的重新洗牌，再加組合，形成移花接木的效果。

（4）「變造」即時空大挪移，變造不同時空場景，呈現特異的旨趣。

（5）「倒置」即改變人物性格、改變情節發展，改變主題寓義。

並指出故事續寫的要點：

> 以續寫中間為例，中間包括「轉」和「承」，在承接上，扣住脈絡，發揮「接近」的聯想，衍生、增添細節，描繪心理幽微（猶如電影「特寫」鏡頭），正展現出創造思考的精進力。在轉折上，承上啟下，發揮「相對」的聯想，或曲折以成小小意外，或逆轉以成驚悚震撼，正展現創思的獨創力。至於續寫結尾，同一故事能掌握不同思維視野，寫出多重（兩種以上）結局，則展現出創思的流暢力。

---

27 張春榮：《作文新饗宴》（臺北市：萬卷樓圖書公司，2002年），頁249-250。

四　結語

綜上觀之，續寫理論無不奠基於文章「秩序」、「變化」、「聯貫」、「統一」四大規律[28]。此四大規律為作文章法的金針利器，特重靈活運用，相輔相成，以期渾然融合。續寫是作文的一種形式，文章的構成必須由字組成句，句構成段，再組段成篇，此即「章法」。章法運用在寫作教學，可以指導莘莘學子如何運材和佈局。本研究中，讓學生練習三種續寫題型，一為結局續寫，二為中間和結局續寫，三為續集續寫。劉雨亦指出：「寫作時，人們常會受到因果理則的支配。」[29]因此，學生可以依照提供的材料，去推測其因果關係，來進行續寫作文，以考察其邏輯思維能力。

大抵續寫必須依時間先後，前因後果，加以延伸，使文章言之有序，此即「秩序」；並且要理清作者的思路，內容須與原作連貫，強調銜接、照應，此即「聯貫」；同時作定向思考，前後一致，強調集中、聚焦，此即「統一」；若能夠體現個人構思的獨特性，再發揮創意，出人意料，天外飛來一筆，使內容精采無比，此即「變化」。

因此，續寫作文若能善用文章的四大規律，當能發揮文字的最大威力，完成璀璨佳構。

28　陳滿銘：《章法學新裁》（臺北市：萬卷樓圖書公司，2001年）；張春榮：《修辭新思維》（臺北市：萬卷樓圖書公司，2001年）。

29　劉雨：《寫作心理學》（高雄市：麗文文化出版社，1995年）。

國小成語寫作教學的設計與展望

葉素吟*

一　前言

　　成語是一種慣用的固定詞組或固定短語。結構固定，意義結合也很緊密，用以表示不可分割的概念。大抵中文的成語，以「二二相承」的四字結構為主，形象鮮明，結構嚴謹，言簡義賅。尤其有些成語本身就是一則歷史故事的概括，蘊含豐富的民俗風情與文化典故。在作文中，運用成語的本義、引申義、比喻義，正可以展現文化素養，發揮語言藝術，提升表達效果。

　　國小學生正值心理人格養成的重要時期，如能善用這些富饒人生哲理，深入人心的成語來教學，不僅能幫助孩子下筆成文，增強記敘、概括情意的描繪和議論的說服能力，產生良好的語文表達效果；進而在學習中，更能貼近歷史，薪火相傳，正視抽象思維，活化形象思維，對博大精深的文化有更深的體認。

二　教學設計

　　教學設計旨在提升教學效果，解決教學的問題。其中影響教學成

---

*　現任臺北市大湖國小教師。

果的主要因素，不外設計理念、策略運用、教材內容、教學實施、評量分析，以下針對上述五項，提出管見。

（一）設計理念

1 成語融入寫作教學，始於學得正確，繼而學得深廣

九年一貫課程實施後，國語文領域教學時數大幅縮減，學生對成語誤用的情形日益嚴重。加上網路、媒體會誤用，或以諧音方式呈現，學生還在學習階段，往往以訛傳訛，再加上同儕疏忽輕率，也就一錯到底，愈錯愈離譜。因此研究者依不同智能類型編撰成語教材，融入寫作教學中，讓學生透過統整，認識同類型成語，增加效能；藉由多元化來認識成語來源的多樣化的，讓學生學的有系統，有廣度，有深度。

2 多元智能統合運作，培養多方位寫作能力，進而激發創思表現

作文是充滿活力的語言建構，通過遣詞造句，正確表達自己思想的智能。這涉及到語言的積累和情感的積累。如何形成積累？僅僅靠口頭指導說「要注意觀察生活」、「要體驗生活」、「要重視閱讀」。學生做起來恐怕就茫然不知從何下手，更談不上興趣。因此，多元而有趣的練習，不可或缺。成語寫作教學藉多元智能的統合運作，提供多樣的練習形式，激活學生的學習興趣，幫助學生形成豐厚積累，達到《國民中小學九年一貫課程綱要》中語文學習領域四～六年級應培養的寫作能力。

第二階段九年一貫四～六年級應培養的寫作能力序列：
（1）學生有觀察事物、寫下重點的能力。

（2）用改寫、續寫、擴寫、縮寫等方式寫作。

（3）能應用簡單的修辭技巧。

（4）掌握記敘文、說明文和議論文的特性，練習寫作。

（5）能從審題、立意、選材、組織等步驟，習寫作文。

（6）發揮想像力，嘗試創作，並能欣賞作品。

（二）策略運用

1 多元的情境教學策略，適可培養創思的想像力

語文是表達情義的媒介，有其工具性、藝術性、文化性。而語文中最能表達創思的就是作文。教學活動時運用情境讓學習生動活潑，學生快樂有勁，師生關係將更親密和諧。尤其寓學習於遊戲中，不僅能激勵學生創造思考的能力，對寫作興趣的培養，將有莫大的功效。

一般而言，兒童的經驗相當有限，如不運用想像發揮聯想；只靠記憶去重述人家的文句，隨意提筆寫作，難免滿篇陳腔濫調，只見詞句的堆砌，文字的土石流，何來「創造」？因此，作文教學，應該從啟發兒童的思路著手，盡量輔導他們發揮潛存的想像力。釋放豐富能量，有效培養，相信寫作時，就會「不知不覺」的從筆尖流出使人驚喜的文句。

2 運用新題型教學，開拓鮮活的形象思維

訓練學生的改寫、續寫、擴寫、縮寫等能力，實際上就是培養學生創造性想像能力。改寫時需要增加必要的細節描寫，對人物、環境作具體的刻畫，對故事情節作一定的補充，使文章內容豐富起來；續寫時則更需要學生放開手腳、大膽合理地進行想像；擴寫、縮寫時皆有須依據教學中所提供的教材，不改變內容及中心思想的條件，擴寫

是透過思維力將所提供的材料作合理的聯想，訓練其擴散性思考；縮寫是把握關鍵，去掉沒必要的形容或鋪陳，經過分辨主要材料及次要材料，培養提綱挈領、掌握大意的能力。藉由這樣要求學生深入挖掘其中的創新因素進行寫作訓練，發揮他們的理解力、想像力，依據各種描述或提示，在頭腦中創造出相應的新形象。

（三）教材內容

1 內容多樣化，確立知識，培養基礎能力

在教學實驗中，對成語教材進行了統整的單元歸納，內容包含成語定義、來源、特性，以利於指導學生掌握、辨析成語的音、形、義的規律性，正可培養成語基礎能力，進而更能深入成語的運用能力。

2 貼近學生生活，涵養情義，具正面價值

成語教材的選擇，先依國小學生日常生活中常用或出現頻率較高的成語為主，再考量培養學生正確的學習態度與人生價值觀，貼近學生生活，具正面價值。

（四）教學實施

1 善用多媒體，激發學生創造的興趣

美國心理學家布魯納說：「學習最好的刺激是對學習材料的興趣。」濃厚的學習興趣可以使學習產生強烈的求知慾，而強烈的求知慾可使學生積極地探索。學生對所學知識達到入興的程度，才會產生靈感，才能形成創造性思維的內在動力。許多研究指出，傑出人物與平庸者之間最顯著的差異，並非智商的高低，而是興趣、情趣等非智力因素的優劣。可見我們在作文教學中要精心設計既有啟發性又有趣

味的情境，來激發學生對作文的渴望和高昂的熱情，使學生的思維活動處於高度的激發狀態，達到「下筆如有神」的境界，告別「下筆如有繩」的窘境。

成語寫作教學活動實施活用媒體，激發學生興趣，調動學生積極參與，能改變過去把作文當成沉重包袱的畏懼情緒，從而使學生主動、積極地在廣闊的思維空間馳騁，寫出更好的文章。如：第一單元「體育發表會」，上課時，首先播放開幕的鏡頭，再播放了活動的情況影像，召喚起了學生回憶，激發寫作興趣。

2 鼓勵學生大膽質疑，培養學生的批判性思維

創新始於質疑，創新的本質在於能批判。任何創新都是對前人觀點的否定與超越。而要實現這一否定與超越，沒有批判精神是不行。尤其文貴創新，文章的創新首先應是立意的創新。要使文章立意新穎深刻，就不能人云亦云。要鼓勵學生敢於懷疑，不囿於固有的僵化模式中，學會用自己的頭腦，從不同方向去思考問題，進而形成獨立的判斷能力。

例如，在進行「管寧割席」教學中，引導學生對「管寧的處理方式」提出質疑，為何不尋找一個解決問題的最好方法。只要言之有據就要予以表揚鼓勵，以提高他們創新的積極性，養成批判性思維，畢竟「寫作訓練主要還是思維訓練」。

3 引導學生積極想像，形塑創造性想像能力

想像力是人類智慧的生命，是希望和靈感的源泉。作文內容的豐富、思路的開闊，都離不開想像，特別是「有中生有」的創造性想像。創造性想像貴於敏覺、變通、精進，創造出新的「語言藝術」。學生寫作文，無論是寫景狀物，還是寫人、記事，活用成語，必然包

含著創造性想像活動。在作文教學中，我們可以進行「暗夜奇遇記」教學，引導學生發揮想像力來創作。

4 情境化教學生動活潑，學生學習意願高

整個課程設計與安排，以多元智能融入成語寫作教學活動，廣泛的採用看一看、動一動、畫一畫、猜一猜、聽一聽、唸一唸……等各種智能穿插其中。藉由情境的虛擬、創設讓學生發揮「感官總動員」。實施結果從學生學習後問卷調查中發現，不管作品表現如何，學生皆非常喜歡這次的教學實驗，也因此學生學習意願隨之提高。

5 研發教材，勞心勞力，每每影響教學品質

本研究運用多元智能於教學活動過程中，課前得先自編成語教材、教學教具；課堂中，教學者又身兼觀察者、紀錄者、錄音、播放影片等工作，耗時耗力，往往事倍功半，影響教學品質。宜有多元智能「教師團隊」的組成，才能發揮群聚效應，資源分享的優勢。

（五）評量分析

1 分項評量，掌握學生寫作能力

運用基測寫作測驗公布的「立意取材」、「組織架構」、「遣詞造句」、「錯別字、格式及標點符號」等四種評量項目，將六級分修改為高（五、六級分）、中（三、四級分）、低（一、二級分）三個層次表現來分析學生作品，進行整體性評分。教師能藉由分析學生作品掌握學生的各項寫作能力，了解學生的弱點作為下次補強、改進教學之參考。

2 多元化評量，協助學生了解學習強項

　　透過學習後問卷發現，在進行一學期的作文教學之後，由於教師在教學上引導，發揮鷹架功能；學生除了學會各種智能的運用，也發現自己的優勢智能。在整個活動中，學生體會多元智能的意義，也學會如何使用各種智能，往後的學習就可藉由運用自己的優勢智能，結合各種生活經驗，提升語文表達能力。

三　展望

　　成語寫作教學，除了培養語言文字運用，引發學生的多元智能外，更期盼學生始於成語的基礎學習，提升成語運用的能力，終於情義思維的開展，激發寫作的創造力；在語言中是成長，在文學中美化，在文化中涵詠。職是之故，根據研究結論，提出建議如下：

（一）課程設計

1 掌握多元智能的核心能力，隨機運用，提升教學效能

　　課程是教育的核心，課程設計是課程成敗的關鍵。作文是一種綜合性的創造性練習，它對培養學生的創新精神和表達能力，具有特殊的作用。所以，多元智能理論與寫作教學的結合，教師應重視各種智能所具備的核心能力，設計相關的課程內容來切合學生的特質，幫助學生轉化學習能力。讓不同風格的學習者運用自己的強項組織，以獲得教學內容，配合各種教學方法，使每位學生的各項智能都能得到優質的發揮。

2 融入統整課程與主題式教學

九年一貫語文領域教學時數明為九節，但包含英語二節與鄉土語言一節，實剩六節。一學期要教授十四課課文，皆已疲於趕課，遑論獨立作文教學。礙於教學時數的不足，課程進度的壓力，可以成語寫作教學為架構，融合其他學習領域課程，建構主題式的統整教學課程，讓學生在多元的學習中，奠定成語寫作基礎，強化語文表達能力。

（二）教學實施

1 創設生動安全的情境，活絡學生學習氛圍

值此創造力時代的來臨，應重視語文作為表達、思維與應用的工具性。教學時以引起興趣為優先考量，重視學會如何學習。因此教師要支持並鼓勵學生不平凡的想法和回答，傾聽學生的敘述，鼓勵每個學生的參與，接納學生的個別差異表現，以促進師生間、同學間相互尊重和接納的氣氛，讓學生在良好的教學氣氛下熱愛學習。

2 運用多元策略，廣開思路，深化學生認知、技能與情意

多元智能理論下的語文教學有透過眼、耳、鼻、口、手等多種感官經驗激活語文、數學邏輯、自然觀察、音樂節奏、視覺空間、肢體動覺等各種智能策略；通過接觸他人、事物或特定情感體驗策略，開展自我認識、合作學習，培養內省與批判的人際交往智能策略。在教學活動中，運用這些多元智能的策略的傳授學習方法，可以開發學生的潛能，綜合運用各種策略廣開學生思路，使每個學生都快樂的學習、自信的學習，更能激發學生創造思維。

（三）評量模式

1 改變評量體系

　　教學是評量的依據，評量是教學的總結。實施多元智能教學，如仍侷限傳統方式，做單一評量，將無法適應教學發展的新趨勢，也無法展現學生學習的全貌。所以評量要多角度，著眼於學生的進步以反應學生的學習過程，描述學生在不同學習階段的成長狀況，如透過檔案評量讓學生主動進行反思，思考自己的進步，使學生成為積極的自我評量者。因此，評量要多元化，改變侷限於只有語文和數學邏輯智能兩種智能的傳統評量，以全面評量學生的各種素質及能力，重視每個學生獨特的智能結構和學習類型，引導每一個學生都能認識自己的智能強項，並在其強項與弱項搭起橋樑，幫助學習使每個學生都能樹立起自信心，讓學生永遠保持學習興趣，達到終身學習的目的。

2 改變評量批改模式

　　對於學生的作文不能完全單以分數高低來下結論，應批注出文章「好」在哪裡，「缺點」在何處；讓學生知道如何改進和進步的方法，由知其然的「What」，邁向知其所以然「How」的進階。其次，評價作文時要以學生的創作積極性為其出發點，以尊重學生的人格為前提，對個別化問題宜私下輔導或不著痕跡的提出說明，千萬不可直接打擊學生自尊，教師應以開放的心胸以增強他們對作文的信心，畢竟有夢相隨，希望最美。

心智繪圖的理論與應用

林秀娥*

一　前言

　　「心智繪圖」法（mindmap）是由英國著名的腦力權威和心理學家東尼、博贊（Tony Buzen）在一九七〇年代創，這個思考方法，從五歲到一百零五歲都可學會，是開發左右腦功能的好方法。藉著人類大腦擴散性思維模式，在配合圖畫、顏色、文字、符號和其他形象表達內容，掌握主題在聯想擴展其他的「關鍵字詞」這些點子不僅可以增進作者本身的創思能力，也可以在短時間產生許多點子，藉由這些點子可使所寫的文章內容豐富多元且具有想像力。每個學童繪製的「心智圖」都是獨一無二，藉此可以培養他們獨特的自我表達能力，並顯出其所寫作文的特色。

二　心智繪圖與其功能

　　東尼、博贊（Tony Buzen）所發明的「心智繪圖」（思維導圖），其靈感啟發來自於天才中的天才——達文西；他是世界著名的心理學家、教育學家也是英國大腦基金會總裁，在年輕總裁的組織

＊　現任新北市景新國小教師。

（YPO）成員口中，暱稱他是「頭腦先生」。

（一）何謂「心智繪圖」

心智繪圖得特色有五：

1. 心智繪圖（大陸稱思維導圖）是終極的組織性思維工具，也是極佳的記憶路線圖。它是一種具創造性且有效的能用文字將個人想法畫出來的方法。繪製此圖時，使用顏色、線條、符號、詞彙和圖像，並從中心散發出來的自然結構與大腦處理事務的自然方式吻合，並將一長串枯燥的信息，變成彩色的、容易記憶且有高度組織的圖 [1]。

2. 心智繪圖是藉由顏色、圖案、代碼將放射性思考具體化，且藉著放射性的聯結圖解和心像聯想技巧開啟人類左右腦力潛能。

3. 心智繪圖透過腦力激盪，激發聯想力，使每個人的思考具獨特性，圖像思考的特性，有別於傳統教學中較重視文字的教學。

4. 心智繪圖善用左右腦的功能，藉由顏色、圖像、符碼的使用，不但可以協助我們記憶、增進我們的創造力，也讓心智繪圖更輕鬆有趣，且具有個人特色及多面性（孫易新，2003b）。

5. 心智繪圖是藉由顏色、圖案、代碼的使用發揮大腦潛能，以增加趣味性和個人特色，也能增進創造力和記憶力和回憶，在學習方面，此圖可使我們思路清楚，在各方面都有出色的表現 [2]。

1　（英）Tony Buzan著，張鼎昆、徐克茹譯：《思維導圖大腦使用說明書》（*How To Mind Map*）（北京市：外語教學與研究出版社，2005年），頁3-5。

2　羅玲妃譯：《心智繪圖——思想整合利器》（臺北市：一智企業公司，1998年），頁83。

（二）「心智繪圖」的功能

「心智圖法」的構思源自於大腦樹狀圖的組織，而且每一軸突能在瞬間聯絡一萬個以上的大腦細胞，它可以為我們開啟大腦無限的潛力，從它的放射式聯想結構，每一個心智圖中的關鍵字或圖像都可以激發大量的想像及聯想，具有以下四功能[3]：

1. 分析：將複雜且繁瑣的事物分解成若干片段，有助於分析和了解。
2. 記憶：運用到大腦的長期記憶和歸納整理能力，就像電腦的超強記憶一般，輕易的就可以喚起。
3. 創意：用來思考問題或事情時，由於充分使用大腦的想像力、圖形、色彩、量化及邏輯等能力，可使創意有無窮的變化。
4. 溝通：運用全腦技巧，左右腦的理性與感性能得到平衡發展，有助於人際溝通，生活充滿喜悅。

許素甘指出繪製心智圖時以放鬆的心情，增強想像力和聯想、記憶儲存和回想功能，審美和想像的樂趣，才能釋放無數的知覺能量，她將心智繪圖之功能表格化如下[4]：

3　孫易新：《多元知識管理系統2》（臺北縣：耶魯國際文化事業公司，2002a），頁16-17。
4　許素甘：《展出你的創意——曼陀羅與心智繪圖的運用與教學》（臺北市：心理出版社，2005年），頁108。

心智繪圖的功能表

利用知識內容的綜觀與概覽	使視覺集中焦距與核心	以視覺（圖像）強化記憶
能同時吸收並掌控注意力及思維	心智繪圖的功能	利用大量資訊的蒐集與組織
獎勵以創新方式解決問題	用企畫或決策	兼具擴散性思考及聚斂性思考

由上述表格看出，心智繪圖以視覺（圖像）集中焦距於核心並強化記憶，繪製此圖兼具擴散性及聚斂性的思考，能同時吸引並掌控注意力及思維，有助於知識內容的綜觀與概覽，對於大量資訊的蒐集與組織、企畫或決策等很有幫助，是一種採創新思維解決問題的方式。

三　心智繪圖的製作技巧

（一）心智繪圖的製作技巧應注意下列規則[5]

1. 主題在中央：從中央思考不但和大自然法則同步，也符合心智思考模式。

2. 使用橫式平放A3或A4且品質佳的空白紙：可提供繪製者自由發揮的空間。

3. 影像的使用：使用彩色、立體的影像，可觸發思考及強化記憶。

4. 色彩的使用：每種色彩對每個人的意義不同，可自由運用色彩於

5　孫易新：《多元知識管理系統2》（臺北縣：耶魯國際文化事業公司，2002a），頁43-46。

心智圖中。

孫易新曾指出，紅色讓他有「感性」的感覺，代表EQ；橘色給他的感覺是「創造力」，代表CQ；藍色則給他「理性」的感覺，代表IQ。波諾教授在他的Mind Power一書中提到，六頂思考帽及六雙行動鞋的顏色代表意義如下[6]：

色彩與所代表意義一覽表

顏色	代表意義	顏色	代表意義
藍色	思考過程的控制與組織	棕色	實用、有經驗
白色	客觀的事實與數字	橘色	緊急、疑慮安全
紅色	情緒上的感覺，個人的感覺	紫色	授權、領導統御
黑色	邏輯上的否定層面，謹慎、警告	粉紅色	關懷、憐憫
黃色	希望與正面思想、肯定、建設性	灰色	調查、找尋證據
綠色	創意與新的想法、活力、建議	海藍色	制式化程序步驟

以上色彩在繪製心智圖時，僅供參考，重要的是，所使用的色彩對繪製者個人的感受和認知，因此色彩使用因人而異。

6　孫易新：《多元知識管理系統2》（臺北縣：耶魯國際文化事業公司，2002a），頁107；波諾（Edward de Bone）著、江麗美譯：《六頂思考帽》（臺北市：桂冠圖書公司，2001年），頁30、89。

5. 文字的使用：文字以正楷書寫在線條上，以一個「單字」為原則，遇到整句名言則例外。

6. 線條的使用：線條長度和書寫文字相當，與中央主題連接部分由粗而細，其餘分枝以一般線條即可。特殊情況可有不同的運用方式。

7. 整個心智圖的結構層次是放射性（Radiant）：心智圖結構需輪廓清晰，有一定的順序（順時針或逆時針）。

8. 要有個人特色，且能圖現心智圖的風格和重點：心智圖是協助我們學習記憶的工具，所以在繪製時應充滿趣味，且畫面美觀。

（二）繪製心智繪圖的流程及注意事項[7]

1. 版面的構思：紙張橫放，主題（中心圖像）置於中心點，四周都預留半公分的寬度，避免看起來畫面被切斷似的，思索一下所要呈現的資料有多少？

2. 中心圖像的擬定：中心圖像是整個版面中最大、最鮮明的圖像，要注意造型盡量誇張，以清晰及強烈視覺加強效果。

3. 思維線條的延展：從中心將有關聯的要點分支出來，思維線條盡量由中心圖像向外擴張，線條由粗漸細，第一層的思維線條可稍微拉長，第二層之後的其他所有線條都配合字數的長度，向四面八方自然擴散、延伸。

4. 版面空間的鋪陳：每一條思維之間線條要保持一點距離，初學者如果沒有把握，先用可修改的鉛筆描繪線條。

5. 多種色彩的選擇：色彩是心智圖的生命，使用較鮮豔的顏色寫

7　許素甘：《展出你的創意——曼陀羅與心智繪圖的運用與教學》（臺北市：心理出版社，2005年），頁112-114。

字、畫線條或小插圖，讓整個畫面看起來五彩繽紛。通常相鄰的線條不要使用相同或相近的顏色，以便能清晰的識別各條思維。

6. 關鍵字樣的敲定：關鍵字大部分是「動詞」或「名詞」，以二到五個字為最佳。

7. 小小插圖的繪製：根據文字的內涵劃上小插圖，但不宜太多，否則會顯得擁擠，也不宜畫得比中心圖像大，避免喧賓奪主。

8. 整體版面的設計：仔細端詳整個畫面，修整一下線條，需要加強的地方加上立體圖案或是將文字鑲邊造成立體感。字體盡量端正，如橫寫時一律「由左到右」。另外在版面的下方簽上名字和日期。

四　心智繪圖的運用

東尼、博贊（Tony Buzen）將心智繪圖的觀念運用於創造力的啟發，精神力量的提升，身體潛能的激發，語文智能的開發，和社交技能增加等方面。以下略述其五本關於這些方面的論著：

Tony Buzan的五本著作概述表

書名	內容重點概述
喚醒創造天才的10種方法（Tony Buzan著）周作宇、張學文譯（2005）	Tony Buzan在內容中提到運用「達文西法則」的聯係原則和感覺原則激發無限的聯想力和想像力，而心智繪圖正符合大腦能創造無限聯想的世界，並自由靈活迅速組織思想的創造性交流工具。

獲取精神力量的10種方法 （Tony Buzan著） 周作宇、張學文譯（2005）	Tony Buzan運用心智繪圖的思考模式，引導讀者探討精神的本質，並講述如何開發這種神奇的智能。書中內容帶領讀者學會瞭解自己、理解他人，懂得同情和給予，尋求內心安定，成為精神富人。
激發身體潛能的10種方法 （Tony Buzan著） 邱炳武、張英爽譯（2005）	Tony Buzan藉由心智繪圖幫助讀者瞭解自己的身體，發覺身體的潛能，並利用身體智能的全部力量，提高其他智能的水準，使身心平衡發展，讓人生充滿活力與朝氣。
提高語言智能的10種方法 （Tony Buzan著） 張霞譯（2005）	Tony Buzan運用心智繪圖相互關連的網路和語詞多義性練習，學會迅速控制和掌握許多語詞，並藉著閱讀速度、理解力、記憶力的提升，擴大語文智商的強度與廣度。
磨礪社交智能的10種方法 （Tony Buzan著） 張鼎昆、徐克茹譯（2005）	Tony Buzan藉助心智繪圖這一工具，幫助讀者提高社交智能，學會尊重、善解、欣賞、激勵他人，成為人際關係交往得成功者。

　　至於心智繪圖的方法可以運用在許多方面，無論對個人或團體都很有助益。用途和助益如下：

心智繪圖的用途和助益

用途	方法步驟	助益
運用於閱讀	（1）瀏覽整本書後繪製心智繪圖的中心主題。 （2）以心智繪圖記錄與主題相關的資訊。 （3）綜觀：概覽書中的目錄，主標題、結論、摘要、重要圖片以建立心智圖的層次概念。	可使讀者清楚掌握整本書的重點。對整本書的架構及層級組織能有系統的描述出來。
考試重點複習	（1）將複習的單元標題列於中心，從中心畫出放射線。 （2）闔上書本，請學生回憶書中細節寫在心智圖上。 （3）重讀書本，將沒寫到的訊息加入。	學生藉由心智圖，複習單元內容，不但藉由關鍵字回想內容，也藉著對單元內容的聯想，使所復習的內容易於記憶，而達重點復習的目的。
強調符號的科學	符號是學習科學重要的表徵，鼓勵學生用自己創造的符號，來表達自己的想法，並分享個別所創造的符號意義。	能使學生用不同的方式表達相同概念，激發學生的創造力。

展現學習成果	無論個人或小組，學生可將學習的結果，用心智圖呈現並發表。	成果發表者可針對發表主題作有系統的陳述，使聽眾明瞭所表達的意念。
個人表達方面	（1）分析自我：表達自己的感情，計畫未來，讓他人瞭解你。 （2）解決個人問題：畫出心智圖，分析問題，並在繪製過程，分析和找出解決問題的方法。 （3）成長記錄：用心智圖寫日記，不但記錄目前心境，也可展望未來，作人生規劃。	個人在使用心智圖做生活的紀錄和規劃時，可以檢視生活細節，分析思考所面對問題，並藉由繪製圖形，展現創意，在平靜心境下，有助於問題解決。
團體表現	（1）讀書會：運用心智圖於讀書會的討論，可增加讀書效率和樂趣。 （2）故事創作：在故事的創作上，運用心智圖做聯想，可使故事情節，內容，更具想像力。 （3）教育方面：在引導學生思考上，運用心智圖，容易分析組織重點，引發創意，表現個人想法。	團體中運用心智繪圖，可以集思廣益，若能運用腦力激盪的方式，讓每個人充分表達意見，所繪製的心智圖將更完善。

五 結語

　　從心智圖的原則和原理來看，心智圖是非常適合創意思考的工具，它能充分運用各種創造力有關的技巧，如想像力、聯想力、和應變能力等，來激發創造力，它本身是創意思考的展現[8]。透過心智圖的繪製，可培養擴散思考能力，啟發聯想力，是一個啟發學生創造力和激發創意思考的學習工具[9]。在擴散性思考能力的培養中，教師常用腦力激盪法、九宮格法、六頂思考帽、心智繪圖等方法引導學童主動思考並培養其創思能力。其中「心智繪圖」運用了圖文並重的技巧，將它融入寫作，作為寫作前「計畫」階段的思考模式，能使學童掌握中心主題，並藉由主幹的關鍵詞作擴散性思考，不斷的延伸出許多分支和關鍵字，經過自由聯想，在組織成文，讓文章更富創意。許素甘[10]指出，教師運用兒童時期繪圖能力優於文字發展的特性，教導學童繪製心智繪圖、可以去除書寫困難、文句不通和長篇敘述的障礙，且心智繪圖的結構，強調聯想、直覺、擴散性思考等方式是創意思考的訓練，也是作文構思的引導上的好方法。此外，邏輯聯想是心智繪圖的基礎，善用在學習中，會引發源源不斷的創意，並可從任何角度捕捉任何思想。寫作時可運用心智繪圖發展與主題有關的概念，而後可將所有概念組織起來，作為寫作內容的題材[11]。因此，善用心智繪圖技

8　羅玲妃譯：《心智繪圖──思想整合利器》（臺北市：一智企業公司，1998年），頁201-202。

9　游光昭、蔡福興：〈電腦化心智繪圖在創造思考教學上之運用〉，《生活科技教育》34卷10期（2001年），頁17。

10　許素甘：《展出你的創意──曼陀羅與心智繪圖的運用與教學》（臺北市：心理出版社，2005年），頁107-109。

11　羅玲妃譯：《心智繪圖──思想整合利器》（臺北市：一智企業公司，1998年），頁122。

法於寫作教學中確實能提升學童的寫作能力。

張春榮：《看圖作文新智能》（臺北市：
萬卷樓圖書公司，2005年1月初版）。

大陸地區小學語文教科書
看圖寫話（習作）研究

謝玉祺*

一　前言

　　長久以來，看圖寫話（習作）符合兒童心理年齡發展特徵，長久以來一直是中國大陸地區。小學各年級廣泛採用的寫作教學方式。許多學者的研究甚至認為，低年級學童學習寫作有其必要性，因看圖寫話（習作）具備相當的引導過程，可使低年級學生寫出結構完整且內容活潑生動的作品。以下將依據看圖作文所符合的兒童學習心理及應用理論，加以敘述。

　　看圖寫作是藉由「視覺組織圖」的媒介、過渡，從「看圖說話」口述練習，邁向「筆述」的啟蒙寫作[1]。換言之，看圖寫作強調的並非被動反應或單純的文字書寫，而是一種開發學童創造思考能力的複合過程。多元智能理論是由美國哈佛大學教育研究院的心理發展學家霍華‧加德納（Howard Gardner）在一九八三年提出。加德納認為人類至少擁有八又二分之一種智能：語言智能（linguistic intelligence）、邏輯數學智能（logic-mathematical intelligence）、

---

* 臺中市東勢區中山國小代理教師。

1　張春榮：《看圖作文新智能》（臺北市：萬卷樓圖書公司，2005年），頁3。

內省智能（intrapersonal intelligence）、人際智能（interpersonal intelligence）、身體動覺智能（bodily-kinesthetic intelligence）、音樂智能（musical intelligence）、視覺空間智能（spatial intelligence）、自然智能（naturalist intelligence）、二分之一存在智能。Howard Gardner在一九九五年，總結出大量證據，表明存在智力（關於人生問題的智力）存在的可能性[2]。

看圖作文運用於教學時所應用的多元智能，實為「視覺空間智能」（spatial intelligences）與「語文智能」（linguistic intelligences）的統整運作。依據加德納提出的多元智能概念得知，人容易發展出捕捉各個事件意義的「語文」和「圖象符號」，大腦也逐漸進化，能夠有效率的處理某些符號。教師在教學過程中透過圖像思維，引導學童「空間智能」（視覺表現、藝術活杜、想像力的遊戲、思維繪圖、比喻、視覺化想像）的培養，進而帶動「語文智能」（演講、討論、文字、講故事、集體朗讀、寫日記等）的相關能力。顛覆傳統灌輸式的教學方式，對於啟發學童寫作興趣應該具有正面的影響力。以下將就「語文智能」和「視覺空間智能」的內涵與語文教學的相關連結，加以探討。

二　看圖寫話（習作）與語文智能

依據加德納的理論，語文智能（linguistic intelligences）的核心概念指的是：有效運用口頭語言和書面文字，以表達自己想法和瞭解他人的能力。語文智能包括對語言文字之意義（語意能力）、規則（語

2　霍力岩、房陽洋等譯：《智力的重構──21世紀的多元智力》（北京市：中國輕工業出版社，2004年）。

法能力）、聲音、節奏、音調、詩韻（音韻能力）、語言的實際使用（語用能力）的敏銳感受性。語文智能涉及所有形式的語言，包括吟詩、閱讀、寫作、講故事等都是展現智能的多元形式。加德納又將語文智能細分為修辭能力（表達力）、記憶能力（記憶力）、解釋能力（思考力）、反思方向能力（思考力）等四方面[3]。一個人若擅長語文智能，通常喜歡閱讀書籍，喜歡運用語言及文字思考，也喜歡用語文表達與溝通。看圖寫話（習作）正是運用「外部知覺」（觀察）與「內部知覺」（情意），激發「形象思維」與「抽象思維」。

三　看圖寫話（習作）與視覺空間智能

加德納提出「視覺空間智能」（spatial intelligence），主要強調人類能以三度空間來思考，準確的感覺視覺空間，並把內在的空間世界表現出來。包括對色彩、線條、形狀、形式、空間和它們之間關係的敏感性，以及能重現、轉變或修飾心像，隨意操控物件的位置，產生或解讀圖形訊息的能力。這種求知的方式是透過對外在的觀察（運用肉眼）與對內在的觀察（運用心眼）來達成。

視覺空間智能可謂大腦的第一語言，大腦用表象進行思考，再與語言互相聯繫。在人類的認知歷程中，視覺心象是一種比語言符號更古老的方式。人類最早的繪畫就是由視覺空間智能所激發。語言的演進從圖像到象形文字、再到符號，是越來越抽象。現在的教育強調抽象符號在讀、寫、算的重要性，忽略視覺空間智能等其他面向[4]。

3　陳瓊森譯：《MI開啟多元智能新世紀》（臺北市：信誼基金會出版社，1997年）。

4　郭俊賢、陳淑惠譯：《落實多元智慧教學評量》（臺北市：遠流出版公司，2000年）。

　　「視覺化」（visualization）是空間智能的核心，人類可透過視覺及空間兩種形式，知覺並處理訊息。教師在課堂裡提供和教學主題相關的海報、投影片、照片等不同型式的圖像，藉由圖像傳遞和學習相關的訊息，可促進視覺空間智能的發展。Lazear提出「視覺空間智能」，是攸關視覺的能力，包括「正確覺察」、「變化與修正」、「重新創造個人視覺經驗」三個層次。進而可分為七項流程：

表一　看圖作文與視覺智能的關係

七項流程	和看圖寫作文的關係
1.活潑的想像力	想像力：自由聯想
2.塑造心理意象	聯想力：聯想的連結
3.找到所在位置的能力	觀察力：正確掌握圖形重點
4.繪畫般的呈現	想像力：創造性的圖解
5.辨識物體的空間關係	觀察力：整體構圖關係
6.心理的意象操作	思維力：不同向度的延伸
7.從不同角度準確的覺察	觀察力：看圖角度的變化，由圖形的what，走向圖形的how。

註：改自Lazear提出的視覺空間智能的三個層次。（繆胤譯，2003）

由此可知，「看圖作文」可展現觀察力、想像力、思維力不同向度創思能量。就「看圖作文」與「視覺空間智能」的結合，最大的突破點有二：

1 化被動為主動的學習模式

看圖作文立基於視覺空間智能，以圖畫為出發點的寫作歷程，不應只是單純、被動的「看圖」，而是應提升為主動的聯想，激發更具創思能量的積極書寫。

2 圖文結合的綜合運思歷程

看圖作文透過圖畫，訓練學生觀察、思維、想像、聯想、表達與創新等綜合能力。配合明確的學習目標，循序漸進，可培養學生的語文知能。

綜上所論，小學學童（7-12歲）的認知發展，介於皮亞傑的具體運思期（7-11歲）和形式運思期（11-）之間；在布魯納的認知發展觀點裡，處於形象表徵期（3-7歲）和符號表徵期（7-11歲）之間，此時期的認知發展特點，以「具體形象思考」為主要思維形式。看圖作文教學結合加德納提出的「語文智能」與「視覺空間智能」，透過圖片、符號等傳遞的訊息，由圖像的視覺啟發學童文字創造能力。藉由具體、生動的形象，帶給學生整體感受，喚起過往舊經驗，增添寫作新材料，化寫作的消極為積極，在限定中求變化，激發學童發揮想像力，拓展聯想力的多元創思。

四 看圖寫話（習作）的教學特色

依據前部分兒童學習心理及應用理論，得知人類智能呈現形式，多元而非單軌、複雜而非單一。看圖寫話（習作）的教學活動，本質符合兒童心理發展歷程，若經過適當教學引導，此教學模式必有其可觀發展，同時，更重要的意義在於看圖寫話（習作）的教學重心，並

非侷限於傳統知識傳授,而是以發掘、激發學生潛能為要。透過教學策略的改變,將傳統知識傳授的單一模式,革新為營造多元的學習環境,創造優勢的學習機會。針對三版本小學語文教科書中,看圖寫話(習作)教材的呈現,研究者進一步歸納出,教材、教師與學生三者有機結合所應關注的事項如下:

1 概念化圖畫的銜接點

以圖畫進行寫作教學,畫面本身即為一種啟發內在思維與外在表述過程的媒介。學生觀察一幅圖或是一組圖時,教師要加強引導畫面之間的「連貫性」與「跳躍性」。「連貫性」指畫面所有物之間的關連,當然包含單幅圖與多幅圖形式;「跳躍性」指的是多幅圖中,從一幅圖跨越到另一幅圖的理解過程,意味著從一件事物的敘述過渡到另一件事情的思維敘述。如何銜接圖與圖之間的關係,依靠的便是對畫面「連貫性」與「跳躍性」的綜合認知。進行看圖寫話(習作)教學時,指導學生觀察圖畫,首先要優化圖與圖之間的銜接點,以利於學生進行連貫性與跳躍性思考。促使學生表達的圖意,能夠上下連貫、前後銜接,臻及作文整體美、和諧美。

2 清晰化思維的模糊點

情境圖畫從畫面形式到畫面內容,往往呈現出形象直觀的特點,透過空間、色彩狀態、畫面人物和景物等方面,反映畫面的內容,但有些畫面上較細節或是不凸顯的畫面,容易對小學生造成思維上的模糊點,這些模糊點往往隱含在畫面內容內的深層內蘊,則需要教師即時點出,針對學生觀察不細緻的特點,引導學生觀察圖畫和觀察事物緊密結合,通過畫面表現的傳遞,激化想像力度,加深圖面意涵的理性認識,澄清思維上的模糊點。

3 強化作文的薄弱點

寫作是歷經雙重轉化的過程，首先將現實生活、客觀事物轉化為寫作主體的認知、情感，然後再將主體的認知、情感轉化為文字表達，即由「物」到「意」，再由「意」到「文」的雙重轉化過程。圖畫可視為「物」的另一個形式展現，「意」便是承接圖畫（物）與文承上啟下的中間環節，如何將物轉變為文，這過程中的「意」便成為小學作文的薄弱點。教材的功用及教師的引導，主要是使學生活躍思維，讓圖與相應的語詞得到聯繫，達到知能統一、物、文同步發展的訓練目的。

4 具象化畫面的空白點

中國大陸的小學語文教科書中，看圖寫話（習作）的圖畫以單幅圖及連環圖為主，圖畫主要是特寫式，描繪事物的側面、狀寫人物的一個活動，或是反映事物變化的瞬間，其中部分題型設置了景物和人物的空白點，給學生留下自由想像的廣闊空間。教師應指導學生細緻的觀察畫面，避免直接制約學生思維力和表達力。應鼓勵學生充分利用圖畫，開展聯想，發揮想像，廣泛聯繫圖中未顯現的事物，以培養嚴謹的觀察習慣及開放的想像思維作為教學首要之務。

5 深化篇章的核心點

所謂「核心點」指的是學生在進行看圖寫話（習作）的表情達意上，形成一個中心，針對畫面內容開展思維力，訓練表達力，盡可能使寫作內容緊扣畫面，避免旁生枝節。教師在教學過程中，應指導學生注意圖畫中呈現動人、鮮明的形象，協助調動學生情感功能，在圖畫與文字之間，產生共鳴。使學生能以多角度、多面向的深層思考，運用文字，抒發畫面所傳遞的情感意念。

　　在進行教學過程，教學者若能進一步正視兒童心理年齡發展特徵的相關理論，將設計恰當的看圖寫話（習作）教材，搭配以上教學概念，互動多層次的培養小學生善於思維力、想像力和表達力，達到觀察圖、練習說、加強寫，三者的有機過程。

　　總上得知，寫作教學其實等同於一門思維科學。寫作是大腦思維成果的物化。換言之，選材與構思是一個人接受外部信號刺激，調用自己已有的相似塊，使用內部言語，根據主題要求，所做出的相似啟動、選擇、重組、匹配等一系列的思維活動過程。看圖寫話（習作）教學，以形象鮮明生動的圖片為媒介，有利於啟動學生思維，促進手腦合一，激化兒童習作興趣、強化兒童寫作動機。學生可在圖畫中得到信號刺激，拓展思路，從大腦中選擇匹配的資訊進行組織，達成有事可想，有話可寫的教學目的，能有效促進學生樂於用腦、易於動筆、手腦合一的進程。

張春榮：《文學創作的途徑》（臺北市：爾雅出版社，2003年7月初版）。

繪本引導五年級創思寫作題型之研究

陳秀虹[*]

一 前言

為了提高學生學習興趣，提升寫作能力及提供教師有更多元的教學技巧，本研究結合繪本、限制式寫作與創思教學策略，以五年級為對象，探討繪本引導創思寫作之題型特色與設計要點。

二 繪本引導五年級創思寫作的教學模式

繪本故事意涵的推斷是一項複雜而深入的層遞活動，學生需要多方的反覆衡量和判斷，記憶才會因為圖片和文字的不斷運作而增強。因此，要進行有效的繪本引導創思教學，老師要在過程中提供機會，刺激學生主動地學習掌握理解的方法，更要在過程中隨時察覺及適度引導。

以繪本引導創思寫作的進路有三：

1. 以教師為主導：旨在藉由教學與設計，確立語文知識，培養一般能力和特殊能力，激發創造思維，形塑素質，建構創造人格。

---

[*] 現任新北市中和區積穗國民小學教師。

2. 以學生為主體：觀察學生五年級階段認知能力，依據各階段能力指標（思維力、觀察力、記憶力、想像力）指標，開拓學子創思的認知（敏覺力、變通力、流暢力、精進力、獨創力）與情意（好奇心、冒險心、挑戰心、想像心）。

3. 以題型設計為主軸：自學生的認知心理學與能力指標出發，結合限制式（新）題型，形成「單一能力」的編序設計與「綜合運用」的多元設計。

就繪本引導創思寫作教學而言，教學模式依序有三：

1. 教師應掌握繪本特質及寫作要素。

2. 深知創思策略的運用要點，綜合運用的類別。

3. 建立評判繪本引導創思寫作優劣之標準。

至於教學設計，大抵取徑有三：

1. 繪本與新題型（限制式寫作）相結合：有「擴寫」、「改寫」、「續寫」、「看圖作文」等。

2. 繪本與創思策略相結合：考察繪本「形式元素」和「內容意義」的展現正確性、流暢性和新穎性。

3. 繪本與創思策略相結和：以「擴寫」為例，以《你喜歡》為教材，運用「原型擴寫」、「引伸擴寫」，訓練「流暢力」、「變通力」等不同設計；以「曼陀羅思考」為例，藉由九宮格的學習單，訓練學子「擴展型」擴散思考和「圍繞型」邏輯推演思考模式，引發豐富而創新的書寫想法。

本研究則依據《打開繪本學語文》[1] 所提供之繪本，鎖定「曼陀羅思考法」、「奔馳法」、「類推比擬（分合）法」、「腦力激盪法」、「六W檢討法」、「六三五默寫式激盪法」、及「直觀表達

---

[1] 趙鏡中等作：《打開繪本學語文》（臺北市：台灣小語會，2005年）。

法」等，檢視兒童創作藝術，一窺「既限制又自由」的繪本引導寫作創思能力。

（一）你喜歡——擴寫教學

文章擴寫就是在保持原文中心思想的前提下，將提供的短文、材料或故事大綱加以擴寫，發揮馳騁想像空間，增添必要的情節，合理的擴充內容，使原文更充實、具體、生動、豐富、突出的表達手法。

「擴寫」方法有三[2]：

（1）要具體：在「統一律」的原則下，擴寫題型首在培養細膩，深入的觀察，配合修辭學中的「摹寫」，經由繪聲繪色的直覺感受，強化學生的敏覺力。

（2）要詳述：在「秩序律」原則下，發揮接近、相似聯想，由五感至幽微心覺，形成由實入虛的自然延伸。描寫上經由修辭技巧（比喻、移覺、擬人、誇飾），彰顯精益求精的「精進力」。

（3）要生動：在「聯慣律」原則下，貴於發現新關係，形成新連串、新組合。運用在描寫上，常以對等語法（包括對句、排比、層遞）為主軸，發揮「形象思維」的多重比喻。在構思、運材的變通上，特重視角切入之鮮活，表現手法陌生，打破固定聯結，展現新視野的變化。

1 教學目標

這本書插圖，均呈現單一事件的片段，雖然只是片段，但由於故事性強，可以發展的空間很大。選擇的圖片是「騎者野牛衝進超級市

2　張春榮：《作文新饗宴》（臺北市：萬卷樓圖書公司，2002年），頁50-62。

場」，因為接下來會怎麼樣，是每個學生都會好奇的。此活動希望學生能把握原意，設計出具有擴展性的情節，並能將句子描述細膩，使內容富有趣味性。能檢驗學生的想像力，「繪本引導五年級創思寫作」的想像力指標，共分為相反聯想、變形聯想、相對聯想、相似聯想。

2 應用創思策略

曼陀羅思考法（Mandol）一向四面八方發展的「擴展型」、順時針方向流動的「圍繞型」。

3 教學要點

(1) 運用情境教學法，提供「騎者野牛衝進超級市場」圖片給學生觀察討論。

(2) 集體討論和發表後，請學生以此張圖為主題自訂題目，寫在九宮格紙的中心，並以曼陀羅思考法中「擴散型」為方式，寫出八個重點在其中格子裡。

(3) 引導兒童仔細思考

a. 老師所提供的作文材料有哪些？要用什麼方法先記錄想法再寫作？

b. 你認為這個故事要告訴我們什麼？

c. 擴寫三百個字以上的故事，以求增加文章的精彩度。

書的介紹	指導語
這是一本有趣而又極具想像的圖畫書，它沒有故事的結構，卻邀請讀者展開一趟想像之旅。書中提供了很多奇特、怪異，也可以說是好玩的情境，放在一塊，問你喜歡哪一個，要你選擇。這些想像的情境，幾乎個個都可以編個故事來說。而你要作選擇時，由於情境大多匪夷所思，很容易讓讀者跳脫一般習慣性「選擇最好的，或最有利的」的抉擇模式。	一、小朋友，你看圖片中發生了什麼事？騎著野牛的人心理想什麼？野牛會有什麼反應？而路人見到此狀況又會怎麼想？你覺得接下來會發生什麼事？會有什麼結果呢？ 二、請就剛剛討論的重點，將主題寫在九宮格中心，再由題目想出八個重點寫在其他格子裡。 三、發揮你的想像力，將九宮格中的題目和重點，對人物的言行舉止、心理活動和景物環境等進行生動描述，聯想「擴寫」成三百字以上的故事。

（二）我們要去捉狗熊──改寫教學

改寫式就是提供一篇文章，讓學生改變其形式或某些內容，以寫成與原作關係密切而又互不相同之作文的一種命題方式。改寫是一種再創造，因此要認真閱讀原作，並思考改寫要求，才能寫出一精彩的改寫文章。

「改寫」的原則有四[3]：

（1）只能依據要求來改，每一個題目只會作一種修改。

（2）切勿只是字面翻譯，需體悟原文的內在情感或意象，要尊重
原文的主旨和精神。

（3）要善用擴寫技巧，仍是一篇首尾連貫、有組織、有內涵的創
新作品。

（4）注意修飾美化及結構完整，文章應有的佈局、層次、通順等
本質仍應把握得宜。

至於「改寫」的方法主要有二：

（1）形式上：改變文體、結構、語言、人稱。

（2）內容上：改變主角、角度、結局、論點。

改寫式作文是新式作文題型中難度最高的一種，它的變化很多，
很適合激發學生創造思維。進行繪本引導改寫時，要注意是否充分把
握住故事的主題，在寫景、敘事方面，是增加情節、材料的方向，並
在原作主要精神內容下，增加文學和美學的文義表現。

1 教學目標

本書是可預測的書，其情節及句式的重複，學生容易在讀完前面
的段落後，預測出接下來的情節或句式。故事的內容貼近學生生活經
驗，主題對學生能有所體悟。此活動希望學生把握故事的主題，創造
出情節深刻，使內容充滿驚奇與趣味，能檢驗學生的變通力。

3　賴麗雯：《寓言寫作創思教學研究》（臺北市：國立臺北教育大學課程與教學研
究所語文教學碩士論文，2006年），頁132。

2 應用創思策略

六三五默寫式激盪法、類推比擬（分合）法（Synectics）。

3 教學要點

（1）將學生分組，以朗讀的方式來演奏故事。

（2）六人一組在每個人面前放置構想卡，每人需要在面前的卡片上想出三個冒險事件，並在五分鐘內完成。

（3）引導兒童仔細思考

　　a. 故事中為了要捉狗熊，這家人遇到了什麼困難？

　　b. 故事的結局是什麼？

　　c. 從故事中我們可以發現什麼道理？

書的介紹	指導語
這則故事很容易喚起我們對於「冒險」這檔事的一些驚喜回憶。內容是在描述一家五口帶著一條狗，在一個天清氣爽的好日子，浩浩蕩蕩要去捉狗熊。跋山涉水經歷了層層的困難，終於來到了熊住的山洞。這時大家才發現，真正的狗熊是那麼的巨大、可怕，趕忙拔腿往回跑，好不容易逃回了家，把熊擋在門外，大家異口同聲的說：「我們再也不去捉狗熊了。」	一、小朋友，朗讀故事後，請在五分鐘內寫下三個冒險事件？重新看一遍想一想會遇到什麼困難？ 二、請就剛剛寫下的想法，和同學分析討論，分享彼此的看法。 三、發揮你的聯想力，將此故事的情節換上新的旅程，字數不限，可以增加對話或背景描述，以增加精彩度。

（三）瘋狂星期二——續寫教學

續寫就是把不完整的文章或故事表達完整，使脈絡清楚、有頭有尾。可以接寫開頭、中間部分或是結尾，不管是哪一部份，基本要求補寫的文字要能與原文銜接流暢，並符合原題的要旨。

「續寫」的模式有二[4]：

（1）是細節的刻畫：著眼人物行為，神態等發揮「承」的本領（原文為「起」）

（2）是情節的變化：著眼於事件的衝突、抉擇、意外結局，發揮「轉」的本領，賦予不同思維，呈現深刻寓意。

續寫故事不同於「無中生有」而是「有中生有」。進行繪本引導續寫時，是要接寫故事的中間情節發展，需發展「承」和「轉」的本領。

1 教學目標

本書是圖多文少的書，要說這個故事就必須透過讀圖的過程，將細節轉化為語言述說出來。故事的內容新鮮有趣容易引起學生的興趣。此活動希望學生編寫出合於原文的情節發展，設計出精彩的故事內容。能檢驗學生的變通力。

2 運用創思策略

曼陀羅思考法（mandol）、奔馳法（SCAMPER）

4　張春榮：《作文新饗宴》（臺北市：萬卷樓圖書公司，2002年），頁250。

3 教學要點

（1）教師提供圖片，讓學生發揮聯想刺激靈感。

（2）運用曼陀羅思考法及奔馳法，請學生以七種改變的方向，推敲出新的構想，並自選以「擴展型」或「圍繞型」方式思考續寫重點。

（3）引導兒童仔細思考

　　a. 青蛙為什麼會駕駛荷葉？他們又要飛往何處？

　　b. 為什麼又換成豬隻飛上天？他們會如何飛？又他們要去做什麼？

　　c. 為什麼事情都是發生在星期二的晚上？

　　d. 接下來的星期二晚上，還會有什麼事情發生？

　　e. 接下來星期二晚上發生的事情也要切合事件的主軸。

（4）提供九宮格紙張讓學生寫出主題和重點。

書的介紹	指導語
星期二晚上八點左右，一群青蛙駕駛著荷葉飛過池塘田野，越過樹梢房舍，來到人類的家中，進行一趟驚奇之旅。第二天早上，滿地的濕荷葉引來人們的探究。下一個星期二晚上，沒想到換成豬隻飛上了天。	小朋友，動動腦想一想，星期二晚上還會再發生什麼瘋狂事件呢？你會怎麼安排事件的角色、情節？請把自己當成編劇，從前面的事件接寫下來，想法要新奇，情節的描寫要詳細，還要注意前後發展。

三　結語

　　教學活動時，選擇適合進行延伸活動的繪本進入教材，才能使學習活動更充實更有意義。因此，利用繪本，提供看圖作文的範圖、提供範文供欣賞、改作練習、提供作文單項訓練、提供各種教學的創新方法，來設計體系完整的教材，讓老師當作實用的作文教學指引。如此一來，由繪本「形象思維」過渡至文字「抽象思維」，由教師的「創思教學」至學生的「激發創思」，將形成更親切、更有效的作文教學活動，值得推廣。

張春榮：《一扇文學的新窗》（臺北市：爾雅出版社，1993年7月初版）。

情境作文教學

王玟晴[*]

一　前言

　　寫作是一種能力的養成，不是知識的傳授。作文教學的成功，建立於培養學生具有豐沛的寫作材料，以及妥切的表達技巧；也就是平時要學生多儲備寫作資本，寫作的時候能應用各種技巧，寫出言之有物、言之有序、言之有味及符合文體要求的文章。[1]情感會帶動人的語言表達動機，倘若教師給學生的命題作文並非貼近學生的生活情境，學生便難以掌握寫作題材，更遑論寫出動人的文章了。李吉林在語文教學中帶入情境，提供作文題材時，理出「物」激「情」，「情」發「辭」，「辭」促「思」，「思」又加深對「物」的認識的相互作用的脈絡，如下圖。[2]

---

* 現任新北市集美國小教師。
1　陳正治：《國語文教材教法》（臺北市：五南圖書公司，2008年），頁297。
2　李吉林：《李吉林與青年教師系列談：小學語文情境教學》（南京市：江蘇教育出版社，1996年），頁6-7。

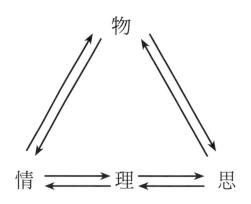

圖一　情境教學之脈絡圖

　　因此欲使國小學生寫出的文章有內容、有秩序、有意味、有情感，勢必引導學生將生活觀察、體驗之所見、所得，有結構、有順序的以文字表達出來，並適時的移情入文，增加文章的意味及意境，也才能達到寫作教學的目的。情境教學在寫作教學的運用，便是利用情境的創設，增加學生觀察、體驗、想像的實際經驗，使其因融入情境而感同身受，激發情感，產生不吐不快的寫作動機。教學過程中又因情境的創設，豐富了寫作題材、強化了思維表達，學生的寫作能力也能因此而跟著提升。

二　情境作文的定義

　　根據李吉林提出的情境教學模式，將其創設情境的策略運用於寫作教學中，從觀察情境開始引導寫作活動，通過觀察、體驗、想像及表達，發展兒童的思維能力及語言學習，此可視之為情境作文之源頭。而依考選部《國家考試國文科命題參考手冊》，情境作文則為一

種作文新題型。因此，將情境作文之定義，區分為廣義及狹義兩個層面來探討：

（一）廣義

自李吉林提出情境教學，便將之運用於語文課程教學中，引導學生感知教材，從語言訓練到課文閱讀再到寫作教學，促進學生在認知、情感、思維上的整體發展。李吉林：「作文教學直接影響到兒童觀察能力、思維能力的發展，以至情感的陶冶，思想觀點的形成。」[3]因此，李吉林從觀察作文入手，藉由社會生活中的情境，訓練觀察力，引導學生去認識世界，並對生活周遭的人事物能表述清楚。在寫作中大量使用的寫人、記事的題材，若源於生活情境中，學生倍感親切，對於描述對象易於掌握也樂於描述。後有大陸學者亦將情境教學的理念運用於寫作教學中，針對「情境作文」一詞，有了較明確的定義。如鄧澤棠、戴汝潛[4]、錢家珍[5]、楊曙明[6]、吳明發[7]、陳達標[8]等。

大抵上述大陸學者對「情境作文」的定義，是指將情境教學的理念運用於寫作教學上。透過實際生活情境、圖畫展現情境、音樂渲染情境、數位虛擬情境或文字創設情境的方式，引導學生觀察，激發真

3　李吉林：《李吉林與青年教師系列談：小學語文情境教學》（南京市：江蘇教育出版社，1996年），頁203。

4　鄧澤棠、戴汝潛：《鄧澤棠小學情境作文教學的實踐與理論》（濟南市：山東教育出版社，2000年），頁28-29。

5　錢家珍：〈情境作文設計〉，《瀋陽教育學院學報》2003年第3期，頁59。

6　楊曙明：〈「情境作文」的不懈求索者——施建平作文教學述評〉，《新作文（小學作文新教學）》2006年S1期，頁5。

7　吳明發：〈情以物遷，辭以情發〉，《新作文（教育教學研究）》2008年03期，頁11。

8　陳達標：〈情境作文教學探析〉，《語文教學與研究（教師版）》2008年5B期，頁42。

實情感、啟發生動想像、豐富創作材料，再引導學生完成文章的教學模式。

（二）狹義

臺灣學者對「情境作文」的定義，大多從寫作新題型的層面來探討。「限制式寫作」是近幾年來寫作命題或寫作測驗的新趨勢。傳統的命題作文是以單一的作文題目來測驗學生的寫作能力，而限制式寫作則是透過引導語的說明，甚至是一連串的題組，給予學生某些條件，要求學生在一定的限制下完成一篇文章。限制式寫作題型包括：翻譯、修飾、組合、改寫、縮寫、擴寫、設定情境作文、引導式作文、文章賞析、文章評論、文章整理、仿寫、看圖作文、應用寫作等十四種。[9]由此可知，「設定情境作文」為限制式寫作題型中的一種。如曾忠華[10]、陳滿銘[11]、范曉雯等[12]、仇小屏[13]、陳正治[14]等。

綜合上述，將情境作文的定義歸納為：

1 廣義

指在寫作教學中運用情境教學策略，創設情境以貼近學生生活，激發學生情感，使其融入情境，豐富創作源泉，強化內心感受，進而

---

9 陳滿銘主編：《國家考試國文科命題參考手冊》（臺北市：考選部，2002年），頁3-31。

10 曾忠華：《作文命題與批改》（臺北市：國立臺灣師範大學中等教育輔導委員會，1992年），頁7。

11 陳滿銘：《作文教學指導》（臺北市：萬卷樓圖書公司，1994年），頁85。

12 范曉雯、郭美美、陳智弘、黃金玉：《新型作文瞭望台》（臺北市：萬卷樓圖書公司，2001年），頁273-274。

13 仇小屏：《限制式寫作之理論與應用》（臺北市：萬卷樓圖書公司，2005），頁360-361。

14 陳正治：《陳正治作文引導》（臺北市：國語日報，2007年），頁26。

運用語言文字描述出來。

2 狹義

指限制式寫作題型之一種，雖亦有創設情境，但命題原則以「文字」表述某一特殊情境，使學生感同身受，進而描述情境、陳述感受或尋思問題解決之道，再寫出完整的文章。

表一　情境作文定義比較表

	相同	相異
廣義	將情境教學中創設情境的精神運用於寫作教學中，使學生更能感同身受、寫情入文。	教學策略較為廣泛，以圖畫、實物、音樂、表演、生活展現、語言描繪等媒介創設情境，視教學需要、教學目標靈活應用。
狹義		教學策略側重以「文字」來創設情境，用語言來表述情境。

情境作文雖有廣狹義之分，但二者均將情境教學中創設情境的精神，運用於寫作中，使寫作者因情境而激起興趣，投入真情實感，進而依據情境寫出動人而不矯情的文章。而兩者不同處在於，廣義情境作文所運用的情境教學策略較為廣泛，以圖畫、實物、表演、生活展現等來創設情境，並用於寫作教學中皆屬之，目的在以情境教學模式的運用來提升學生整體寫作能力。而狹義情境作文因屬寫作題型，側

重以「文字」來創設情境，用語言來表述情境，目的在於測驗或訓練學生的寫作能力，其範圍較偏重於檢測或訓練。職是之故，在設計寫作教學時可將情境教學模式融入寫作教學課程，以廣義情境作文教學之精神為理念，誘發學生寫作動機及情感，提升寫作能力，使其能在狹義情境作文題型的引導下，獨立完成審題、立意、取材、佈局、組織等寫作步驟，進而完成一篇文章。

三　創設情境在寫作教學中的目的

　　李麗霞針對新竹縣國小教師實施作文教學之現況調查研究，發現學生寫作困境為：一是寫作能力與學習態度不佳；二是運用書寫工具的能力差；三是文章內容貧乏；四是寫作格式不佳。[15]高敬堯以臺東市國小六年級為例，進行國小學童作文學習困境探析，發現學童對寫作提不起興趣的原因在於：一是寫作過程太過枯燥；二是寫作內容與日常生活無關，故視寫作為畏途。[16]因此，欲提升學生的寫作能力，教師應先提振學生學習興趣、動機，並在實施寫作教學前，確實了解學生寫作的難點，並找出適當的寫作策略來解決，才能有效提升學生寫作能力。

　　心理科學認為，人的心理系統可以分為認知系統和情意系統兩部分。認知系統包括人的感知覺、記憶、思維、想像、能力（包括智力）等；情意系統包括人的動機、興趣、需要、情感、意志、性格。

15　李麗霞：〈新竹縣國小教師實施作文教學之現況調查〉，《國教世紀》，25卷4期（1990年），頁11-18。

16　高敬堯：〈國小學童作文學習困境探析——以臺東市國小六年級為例〉，「中小學國文作文教學理論與實務研討會」，2005年，頁2-13。

在情知互動中，認知起操作作用，承擔著知識的吸收、貯存和轉化的任務；情感起動力作用，承擔著學習活動的定向、維持和調節任務。[17]情意系統與認知系統的相輔相成，將有助於提升學習效果。情感因素左右著學習的動力及興趣，因此在學習過程中協助學生認知活動的「情境」，就顯得十分重要了。根據情境創設的特色，其在寫作教學中可達到之目的有三：

（一）引發寫作興趣、豐富寫作材料

學生的認知活動往往是在一種特定的情感心理狀態下或處於一定的情感層次上進行的。情感是學習活動的契機，能產生一股力量，激起學生的求知欲和學習的主動性。語文學科最顯著的特點就在它不僅具有知識性、科學性、邏輯性，還具有形象性、藝術性、情感性。[18]情境的創設便可打破時空限制，將實際生活中的景（情）、事、物通過處理，加入文字和聲音，直觀的展現在學生面前，提供具體可感的形象，引起興趣、激發情感，更因情感的投入而體認語言文字的藝術性。

有了真切的經驗、思想，必將引起真切的情感，遇悲喜而生情，觸佳景而興感，本來是人人所同的。[19]自己親經歷或體會過的事，寫作的文章就會真實可信、吸引人。[20]國小學生的生活經驗有限，一旦有了情境可觀察、想像、體驗，有助於激發學生的敏覺力，進而體悟

---

17 胡貴勇：〈情境教學理論的心理學基礎及啟示〉，《教書育人》2001年23期，頁5。

18 朱作仁、祝新華：《小學語文心理學導論》（上海市：上海教育出版社，2001年），頁60。

19 葉聖陶：《怎樣寫作》（北京市：中華書局，2007年），頁11。

20 陳正治：《國語文教材教法》（臺北市：五南圖書公司，2008年），頁299。

出真感情來，豐富了寫作源泉，也因此能將所見、所聞、所感，化作文字表達出來。

（二）訓練觀察力、啟發想像力

寫作應為生活情景的再現，然而學生在生活中常對周遭人事物視而不見，致使在寫作時，腸枯思竭仍無話可說。情境作文教學，能就教師所創設的情境，引導學生做有目的的觀察，學生易於從事物的形象美體悟出本質美，從外在的表象進入內涵意義。運用知覺是觀察的要訣，所有的知覺都要統攝到喜、怒、哀、樂、愛、惡等「心覺」，文章意蘊才會深刻。[21]因此學生通過情境教學中有目的的觀察，不但抓住了寫作重點，對人、事、景、物進行具體的描寫，也易由外部感官的知覺聯結到內心情感的萌發。

想像是大腦貯存的表象產生新的組合的心理活動，它是由需要的推動或某種直接印象在大腦皮層上刺激強烈的興奮中心而導致。[22]多元的情境創設，給予學生豐富的表象而產生直接的印象，輔以教師語言或文字表述情境，產生一股推動力，將使學生展開想像的翅膀，激發創造力。

（三）領悟結構安排、培養布局技巧

文章要言之有序，需將寫作材料安排得有層次、有條理，即文章整體的布局應有脈絡可循。陳滿銘將所發現的文章章法歸納為：圖底

---

21 簡蕙宜：〈談如何寫好學測作文：「雨季的故事」──從「觀察力」、「聯想力」、「立意取材」之寫作訓練切入〉，《國文天地》，21卷10期（2006年），頁69。

22 鄧澤棠、戴汝潛：《鄧澤棠小學情境作文教學的實踐與理論》（濟南市：山東教育出版社，2000年），頁55。

結構、因果結構、虛實結構及映襯結構。[23]情境教學中，不論何種情境的再現，教師能藉此有目的的突顯組織結構，不但能使學生了解布局的技巧，而情境本身所具備的結構性及邏輯性，亦可以幫助學生依照一定的次序學會構段謀篇的技巧，依照時間、空間、因果或事件推移等順序來組合材料，使其自然而然學會以「總分結構」或「因果結構」來表述文章。

　　由此觀之，有效的情境創設能在寫作教學過程中促使情感與認知相互作用，賦予寫作活動意義，激發學習動機，結合生活經驗，改變學生的寫作態度。同時，根據情境內容，自然能豐富寫作材料、提升觀察力與想像力、運用思維力、增進表達力，克服文章內容貧乏、寫作格式不佳的寫作困境。

四　情境作文教學原則

　　情境作文教學所創設的情境是客觀世界的再現，因此具有生活化及實踐性的特徵。情境在整個作文教學過程中，給予學生設置引導思維的直接經驗，故能激發兒童的情感、審美感和道德感的體驗，促進學生的語言發展，進而使學生能主動與現實情境達到融合。因此情境作文教學不但使學生提高語言表達能力，同時開展兒童的潛能，全面提升綜合素質與個性的充分發展。鄭澤棠、戴汝潛提出國小情境作文教學需堅持的原則有五[24]：

23　陳滿銘：《章法學綜論》（臺北市：萬卷樓圖書公司，2003年），頁454。
24　鄧澤棠、戴汝潛：《鄧澤棠小學情境作文教學的實踐與理論》（濟南市：山東教育出版社，2000年），頁39-42。

1 新穎性

要能吸引學生的注意和興趣，情境作文教學在創設情境時應以新穎的情境形態作為刺激物，引起大腦皮層的興奮，使學生從具有新穎性的客觀物象的觀察中或虛擬情境的體驗中，得到感受和感官上的滿足及喜悅，激發學生運用語言描述情境的熱情。教師在課堂上巧設情境，因多種生動、直觀的物象或語言描繪的情景，引起學生的情感投入，使學生興致勃勃的進入教師所創造的環境，主動參與觀察情境和描述情境的創造性的活動中。

2 審美性

學生的認識活動，是從美的形態所激發的審美情趣最能引起學習熱情，學生能樂於學習，是因美的事物引起愛美的心理反應。情境作文教學應從審美性的角度出發，創設優美的情境，設計美的具體形象或運用語言藝術來表述意象，引發學生發現美的情感，進而產生欣賞美、表達美、描述美的積極性。教師應通過精心設計美的物象、環境，使學生自然投入、陶醉其中；規劃具有語言美、心靈美的人物活動，使學生在道德及思想上獲得啟發；運用各種情境教學的策略營造美的情境，使學生樂於觀察，主動描述。情境作文教學應以提升學生整體審美感、道德感為目標。

3 情感性

情境作文教學不同於傳統作文教學以知識和能力為重點的教學方式，是以情感教育為方法，結合語言訓練，以物激情、情發辭、辭促思，而思又加深對物的認識，達到以情促知、以情啟智、以情育德的教學模式。情境的創設要能引起學生情感的共鳴，產生學習的動機，

使語言訓練融合於情境中，達到較佳的學習效果。在進行語言表達訓練的同時，因情境的感知及感染，而能提升道德層次、美感體驗、思維啟迪等全方位的發展。

4 發展性

情境作文教學具有形真、情真、意真、理真等特性，教師在情境中引導學生有效的發展語言，並通過語言的學習與運用，促進理性與感性、形象思維與抽象思維、智能與道德的全面發展。情境作文教學應是能啟發學生創意的教學模式。在教學過程中教師應重視學生潛能的開展，培養學生的創造力，讓學生從觀察、想像、思維、操作的活動中充分表現自己的想法、創意、想像、思維結果、語言表達形式等，使作文教學達到提升學生素質的發展性。

5 實踐性

教師在情境作文教學中創設生動、具象、直觀的情境，引導學生在融入情境觀察及體悟的同時，進行描述情境的語言訓練。如此的教學過程，等同於讓學生在生活實踐中學習和運用語言，情境作文教學巧妙的把知識和生活結合在一起，突顯語言的實踐性。情境作文教學特別重視將語言訓練的結果運用在生活中，不僅讓學生在生活實踐中發展口頭語言和書面語言的能力，也藉著體驗情境、描述情境、解決問題來發展語言表達能力，融合理性及感性於其中。

情境作文教學的新穎性引起了學生的學習興趣及動機，激發了創作動因；情感性、審美性運用了情感因素提升學生的審美感、道德感；發展性、實踐性則啟迪思維發展及實踐語言表達能力。情境作文教學中欲達到教學目標，教師在設計課程時應以學生為主體，將教學活動導向新穎性、審美性、情感性、發展性、實踐性，才能提升整

體學習效果。故情境作文教學的整體目標,不僅在訓練學生的寫作能力,也希望在教學過程中能全面增進學生全方面的發展,除了發揮語言的工具性、意義性及藝術性,亦能在「認知、技能、情意」中兼顧兒童的人格發展。

五　結語

傳統命題作文中,為使學生有較佳的寫作表現,教師通常有相當大程度的介入,包括取材的方向、組織結構、名言佳句,甚至內心感受,都會一股腦兒的傳授給學生。如此的教學過程,容易限制學生思維,也很難引起學生共鳴,更別說是激起創作動機、寫作意願以及產生創意了。國小學生缺乏生活經驗,寫作除了要描述事件外,更要有情感的融入,提出個人的想法及見解。傳統命題作文中,教師為學生預設好架構,再讓學生添枝加葉完成文章,很難激起學生對該事件或事物的情感,即使文章出現了情感的抒發,有時也是為了符合教師的要求而強加。情境作文教學激起學生對情境的興趣,讓學生有「感」而「發」,在觀察、投入情境的階段就已滿腔熱情,再經由教師適度的引導,寫出文情並茂的文章並非難事,學生能從情感找到聲音,再由聲音找到文字,具體呈現內在思維。

小學生寫作是一個認識世界的過程,也是一個情感傳輸的過程。在情感的驅動下,學生會由具象的物聯想到詞,會用思維編織語言傾注感情。[25]因此在文章內容上,情境作文能引導學生表真情、述真意,在情境感染下表達出內心最自然、最真實的感覺。而情境的觀

25　杜文傳:《小學語文教學的理論與實踐》(廣州市:廣東高等教育出版社,1994年),頁282。

察，同時能激起想像力、聯想力，迸發創意的火花，讓學生寫出「言之有物」、「言之有序」、「言之有情」、「言之有味」的文章。

張春榮：《作文教學風向球》（臺北市：萬卷樓圖書公司，2008年5月初版）。

續寫作文教學

游婷嫄[*]

一　前言

　　國小寫作教學除了命題作文外，「材料作文」、「限制式寫作」或「引導式作文」等作文新題型，也成為寫作訓練的形式，此為利用老師提供的素材進行作文，有一定的限制，也有一定的靈活性，對同一材料可以進行多種角度的寫作練習。續寫為塑造型寫作訓練的一種形式[1]，是以提供的材料為基礎做補充性和擴展性訓練，它不僅必須充分提供可供塑造性寫作的條件，而所塑造的內容具有的不確定性與多元性，更留給學生廣闊的可塑性成分和空間。以下針對續寫之定義、題型設計與教學原則和方法進行深入的探討。

二　續寫定義與題型

（一）定義

　　國小九年一貫第二階段能力指標，要求學生能應用「續寫」等各

---

[*]　現任臺北市南湖國小教師。
1　倪文錦、歐陽汝穎：《語文教育展望》（上海市：華東師範大學出版社，2002年），頁337-338。

種表達方式練習寫作,表示「續寫」在寫作命題與引導上日益受到重視。「續寫」題型改變寫作命題的單一化,在大陸行之有年,以下就我國與大陸各家學者對其定義,加以檢視與瞭解。如賴慶雄、楊慧文[2]、陳柏吹[3]、葉存鈴、李愛英[4]、潘梓、何仁余[5]、萬永富[6]、李安學[7]、張春榮[8]、李建榮、陳吉林[9]、仇小屏等[10]、陳滿銘[11]、陳正治[12]等。

綜上觀之,續寫又稱「補寫」、「接寫」,是依據文章思考原則,有中生有,由限制至自由,由被動至主動的寫作題型。續寫不但有助於提高學生記事、寫人、狀物等作文能力,也有助於學生理解能

2　賴慶雄、楊慧文:《作文新題型》(臺北縣:螢火蟲出版社,1997年),頁22;潘梓、何仁余:《中國小學生擴寫、續寫大全》(上海市:上海遠東出版社,1997年),頁303-304;范曉雯等:《新型作文瞭望台》(臺北市:萬卷樓圖書公司,2001年),頁89;仇小屏等:《小學「限制式寫作」之設計與實作》(臺北市:萬卷樓圖書公司,2003年),頁22;林明進:《創意與整合的寫作》(臺北市:國語日報附設出版社,2003年),頁142-143。

3　陳柏吹主編:《不會作文怎麼辦》(上海市:上海教育出版社,1987年),頁12、19。

4　葉存鈴、李愛英:《小學作文訓練》(北京市:中國國際廣播出版社,1991年),頁217。

5　潘梓、何仁余:《中國小學生擴寫、續寫大全》(上海市:上海遠東出版社,1997年),頁1、303-304。

6　萬永富:《小學生語文手冊》(上海市:漢語大詞典出版社,2000年),頁633。

7　李安學:《新編小學作文教與學》(青島市:中國海洋大學出版社,2001年),頁259-260。

8　張春榮:《作文新饗宴》(臺北市:萬卷樓圖書公司,2002年),頁209-250。

9　李建榮、陳吉林:《小學作文教學大全》(成都市:四川大學出版社,2002年),頁317。

10　仇小屏、藍玉霞、陳慧敏、王慧敏、林華峰:《小學「限制式寫作」之設計與實作》(臺北市:萬卷樓圖書公司,2003年),頁22。

11　陳滿銘:《新式寫作教學導論》(臺北市:萬卷樓圖書公司,2007年),頁59。

12　陳正治:〈「限制式寫作」題型處理〉,《國教新知》第54卷第1期(2007年),頁80。

力與想像能力[13]，由此可知，記敘文續寫教學能讓學生根據所提供的短文或材料，培養寫作思維，提升寫作能力。

（二）題型

攸關續寫題型，葉存鈴、李愛英[14]、潘梓、何仁余[15]、嚴雪華、張華萬[16]、賴慶雄、楊慧文[17]、賴慶雄[18]、萬永富[19]、李建榮、陳吉林[20]、仇小屏等[21]、林明進[22]等，各有不同的分類，無不針對文章與故事加以歸納。

綜合上述對續寫題型的分類說明，可分為文章與故事兩類，而以其續寫題型大致分為五種：一、續寫結尾。二、續寫中間和結尾。三、依據開頭結尾，續寫中間部分。四、續寫開頭和結尾。五、依據結尾，補寫前面部分。此研究的續寫教學是以讓孩子能建立寫作思維四大原則，即「統一、聯貫、秩序、變化」文章布局之規律。

---

14 葉存鈴、李愛英：《小學作文訓練》（北京市：中國國際廣播出版社，1991年），頁218-225。

15 潘梓、何仁余：《中國小學生擴寫、續寫大全》（上海市：上海遠東出版社，1997年），頁303。

16 嚴雪華、張華萬：《多角度作文訓練》（上海市：上海教育出版社，1997年）。

17 賴慶雄、楊慧文：《作文新題型》（臺北縣：螢火蟲出版社，1997年），頁44-46。

18 賴慶雄：《新型作文贏家》（臺北縣：螢火蟲出版社，1999年），頁41-43。

19 萬永富：《小學生語文手冊》（上海市：漢語大詞典出版社，2000年），頁634-635。

20 李建榮、陳吉林：《小學作文教學大全》（成都市：四川大學出版社，2002年），頁317。

21 仇小屏、藍玉霞、陳慧敏、王慧敏、林華峰：《小學「限制式寫作」之設計與實作》（臺北市：萬卷樓圖書公司，2003年），頁22。

22 林明進：《創意與整合的寫作》（臺北市：國語日報附設出版社，2003年），頁142-145。

三　續寫教學之原則與方法

（一）原則

1.陳柏吹[23]針對續寫兩種不同形式提出指導要點：

（1）續寫作文：

　A.要掌握作文規律，想像要符合實情，補充內容後的故事要保持完整，合乎客觀事物發展的規律，忠實於生活。

　B.展開故事內容，要用事實說話，用形象表達，強調具體描繪。

（2）補寫故事情節：

　A.除具備運用文字能力之外，要有豐富的想像力。

　B.想像要合乎情理，以實際生活為依據。

2. 葉存鈴、李愛英[24]說明續寫訓練的意義為能培養學生的想像力，尤其是鍛鍊和提高學生推測聯想的能力。續寫是以原文為基礎，從中得到啟發；透過續寫，又加深對原文的理解，可說是從讀學寫，讀寫結合的方式。其要求：

　（1）從原文情節出發，獨立構思圍繞中心展開想像和聯想。

　（2）延續補充部分要和所提供的開頭結尾等緊密銜接，融為一體，營成一篇結構完整的文章。

3. 張光珞《小學生作文寶庫──句段篇》中利用給開頭和結尾句，補敘經過的續寫，訓練學生把一段話的重點部分寫具體，為寫好一篇文章的重點部分打好基礎。此教學原則首先要將事情的起因和結果

23　陳柏吹主編：《不會作文怎麼辦》（上海市：上海教育出版社，1987年），頁12-19。

24　葉存鈴、李愛英：《小學作文訓練》（北京市：中國國際廣播出版社，1991年），頁218-222。

弄清楚，然後根據事情的起因和結果構思事情的來龍去脈。[25]

4. 嚴雪華、張華萬《多角度作文訓練》[26]中針對續寫提出許多教學重點與原則，整理如下：

（1）首先必須掌握課文中心，人物特徵，去進行思路的擴展，要和文章中心與人物特點相吻合。其次為選好角度，大膽想像。最後要學以致用，充分運用學過的知識，書中的營養。

（2）把握文章中心的原則下，融入自己情感，符合事物發展規律去變換思路，使情節起伏，如大膽添加相關人物，並設計精彩獨特的結局。

（3）可以變動人稱，寫出人物特點。人物塑造為續寫最能扣人心弦的根本原因，其人物的個性化與生活化是成功續寫的關鍵，因此要抓住人物言行、神情和心理，塑造有特點的人物。

（4）設計不同開頭和結尾續寫方式，從不同角度提煉文章的立意，展示各自的文章中心，寫出具有不同主旨與特色的文章。要讓學生依其設定的習作中心，採用最能反映自己語言和性格特色的首尾寫作，表現自我個性風采。

（5）善用誇張與襯托寫作方法，對於表現與突顯主題有其積極作用；而善用對比，可使深刻的人生哲理，變得具體且容易。

（6）大膽想像，善用生活知識基礎，觀察與感受日常生活點滴，對生活真切的深刻體驗的文字才能打動人心；正確反應現實生活感受才有生氣；更要以折射心靈的光輝，淨化人們心

靈，作為文章的主旨，達成寫作「真、善、美」的追求。

（7）要準確審題，從題目中找到最重要的關鍵詞，再抓住重點仔細描寫。

（8）重視剪裁，詳略得宜，利用不同結構，寫出屬於自己特色的文章。

（9）提供開頭而接寫文章，能以不同的中心，別出心裁的想像，表現出各具特色的情節。

（10）語言文字基本功很重要，要練好遣詞造句的寫作能力。

5. 賴慶雄、楊慧文[27]提出：

（1）續寫文章要做到開頭、中間、結尾前後一貫，符合情理發展。

（2）續寫文章的故事或情節，一定要使人物的言行或情緒發展，合乎情理，合乎邏輯，不能隨意編造或杜撰，才不會使文章失去真實生命和感染力。

6. 賴慶雄[28]認為：續寫是提供未完成的文章接續寫成一篇完整的文章。是一種聯想式的作文方式，基本要求是接續的部分必須要和所提供的材料主題、體裁、人稱、背景、人物性格、語言風格一致，過渡銜接自然。

7. 楊振中[29]提出續寫故事的重要原則：

（1）續寫故事要跟開頭的情節一致，故事發展要合情合理。

（2）要有明確的中心思想。

---

27 賴慶雄、楊慧文：《作文新題型》（臺北縣：螢火蟲出版社，1997年），頁44-46。

28 賴慶雄：《新型作文贏家》（臺北縣：螢火蟲出版社，1999年），頁41-43。

29 楊振中：《小學作文十八法》（上海市：華東理工大學出版社，1998年），頁177。

（3）續寫文章長短要根據老師所指定的字數要求。

（4）續寫要充分發揮想像力。

8. 萬永富《小學生語文手冊》認為續寫需注意三個原則[30]：

（1）想像要合乎情理：續寫故事情節要注意合理的想像。

（2）文章要前後一致：情節發展要合乎邏輯，人物性格前後統一，敘述語氣一致。

（3）表達要形象具體：要以事實說話，用形象表達。

9. 李建榮、陳吉林《小學作文教學大全》[31]：

（1）把握續寫所提供材料的中心思想，準確理解原文內容，謹防續寫部分與文章所提供的中心思想有矛盾。

（2）確定續寫部分的線索。抓到所供材料的線索，建立一個明確思路，續寫才可按照此思路補充有關內容，寫起因、經過、發展與變化，完成故事結局或是事情發展的結局。

（3）在原有材料的基礎上，根據續寫要求認真選材把重點部分寫具體透過想像對續寫部分內容，設計出不同方案。從認真分析預寫題目提供的線索和要求，抓住重點，選擇最佳方案進行續寫。

（4）注意上下銜接，要過渡自然。在文章結構上，要注意續寫部分與開頭，續寫部分與結尾及各段落層次間的過渡，結尾要盡可能與文章開頭相呼應。

（5）語言風格、文體、人稱均要一致。

---

30 萬永富：《小學生語文手冊》（上海市：漢語大詞典出版社，2000年），頁635-636。

31 李建榮、陳吉林：《小學作文教學大全》（成都市：四川大學出版社，2002年），頁317。

10. 林明進[32]提出：文章續寫是提供片段材料或不完整文句，要求接續完成，根據所提供的原文材料，仔細思考辨別，確定文章的中心思想與大體情節，再運用想像，安排文章的起伏轉折，或設計變化起伏的故事情節，力求結構完整，設想最合於文章的發展與結局。針對兩種題型之寫作原則詳述如下：

（1）說明道理的文章續寫：在寫作要求有較多的限制，範圍較有侷限性，傾向邏輯思考的思維訓練。

（2）故事情節的文章續寫：在人物、言行、情節、對話、心理活動等立意、構思要求合乎邏輯、合情合理。此較不易掌握整體的結構布局，強調想像力與創意的表現。若敘事能力較差的學生，以計畫與有步驟的長期訓練，能提升這類型的語文表達力。

11. 陳滿銘[33]提出續寫為擴充的題型之一，以「不走樣」為首要求，必須把握三個原則：

（1）添加枝葉，只增不減。

（2）擴展內容，豐富情節。

（3）精細刻畫，描摹生動。

（二）方法

1. 潘梓、何仁余[34]：續寫是一種作文訓練方式，有助於培養我們的理解能力、想像能力和文字表達能力。其方法包括如下：

---

32 林明進：《創意與整合的寫作》（臺北市：國語日報附設出版社，2003年），頁143-145。

33 陳滿銘：《新式寫作教學導論》（臺北市：萬卷樓圖書公司，2007年），頁59。

34 潘梓、何仁余：《中國小學生擴寫、續寫大全》（上海市：上海遠東出版社，1997年），頁303-304。

（1）一脈相承法：仔細閱讀原文材料，準確理解中心內容，弄清原文思路，使續寫的文章與前文保持一致。

（2）合理想像法：除保持原文中心外，也可變換原文中心，產生相連或相反的中心；但要合乎情理，以童話續寫較多。情節與結局必須符合邏輯。

（3）前後呼應法：續寫是原文的繼續和深化，前文、續文是有機的整體，結構要緊湊，語言風格要和原文一致。

2. 張春榮[35]提出續寫旨在強化學生文章結構的概念，運用三分段落讓學生能掌握「鳳頭」、「豬肚」、「豹尾」的原則，培養其刻畫細節和變化情節的表達能力。其中「增加法」、「延長法」發揮以創思之「精進力」為主；而「合併」、「變造」、「倒置」則以發揮創思之「變通力」為主。各方法說明如下：

（1）增加法：增添人物、情節、細節。

（2）延長法：包括時間的延長或情節的延長、轉折。

（3）合併法：以舊有人物、情節重新洗牌，加以組合。

（4）變造法：變造不同的時空場景，呈現特異旨趣。

（5）倒置法：改變人物性格、情節發展或主題寓意。

張春榮《作文教學風向球》[36]中更提出續寫教學的應用與方法，包括名言佳句的續寫和短文的續寫，並採「縱向思維」與「橫向思維」兩種模式進行續寫教學，此兩種模式在點線的觸動中，透過不同的銜接或並列，展現時間與空間的延伸或精進，詳述如下：

（1）縱向思維：此展開線性敘述，前後銜接聯貫。最簡單為採取

---

35 張春榮：《作文新饗宴》（臺北市：萬卷樓圖書公司，2002年），頁249-250。

36 張春榮：《作文教學風向球》（臺北市：萬卷樓圖書公司，2008年），頁96、238。

　　　白描，運用接近聯想，加以組合表達。

　（2）橫向思維：展開空間敘述，相互並列映襯，排比鋪陳。

3. 林明進[37]根據由小到大，由短而長的訓練原則，分成三個步驟，歸類出三種形式：

　（1）佳句延伸：訓練了解文意的基本訓練，為立意的訓練。

　（2）文章接龍：以說理為主的短文訓練。

　（3）故事續寫：以故事情節為主的文章續寫。

4. 陳正治[38]：將續寫與補寫分成兩種題型，續寫方式有提供部分文章的續寫（如提供開頭），以及提供完整文章以供演繹的續寫。補寫則包括補寫文章的中段、補寫開頭、補寫論據等。

　　由上述可知，續寫是寫作的一種形式，從句到段，再組段成篇，能讓學生對於寫作時的「組織結構」作序階性的寫作訓練；而在不同題型的練習，針對部分做寫作練習，也能訓練學生「取材立意」的寫作能力。

四　結語

　　續寫作文必須依據題型內容去推測前因後果，並加以延伸，是文章言之有序，即「秩序」；而釐清作者思路，進而與原來所要表達的銜接，即為「聯貫」；而同時，根據其呈現的中心思想，要求前後一致，集中與聚焦，此即「統一」的基本功；而若能展現個人獨特的構思與創造力，合理的想像與出乎意料，便是「變化」的進階版，因此

37　林明進：《創意與整合的寫作》（臺北市：國語日報附設出版社，2003年），頁143-145。

38　陳正治：〈限制式寫作題型的處理〉，《國教新知》第54卷第1期（2007年），頁80。

續寫教學能引導學生依據寫作四大思考原則，掌握文章規律，使學生對於文章的篇章結構與寫作思路有深刻的認識與了解，進而培養其寫作思維與能力。

張春榮：《國中國文修辭教學》（臺北市：萬卷樓圖書公司，2005年4月初版）。

強迫組合法在童詩寫作之應用

邱薇玉[*]

一　前言

　　創意的產生並非是天外飛來「無中生有」的神思，有時只是將舊元素加以新的組合，往往就能產生大量創意。強迫組合法使平凡而互不相干的事物，作一種獨特而新穎的結合，藉著重新組合舊事物而發揮新的作用，是激發創造思考能力的方式之一。此方式已普遍應用於經營管理、產品開發或創造思考教學領域，至於在語文教學上，雖有少數學者將其運用在造句、寫作文章中，然而在童詩寫作上，卻是一種嶄新的方式，仍有待發展。

　　童詩的寫作是一項複雜的語文活動，強迫組合法運用在童詩寫作上，是創造性的寫作方式。採用此方法來寫作童詩，不但能引發詩心，激發出令人意想不到的創意詩句，而且能增進學生寫作與創造思考的能力，為童詩寫作開啟一扇新窗。

二　強迫組合法（forced combinations）的理論

　　強迫組合法是創造思考策略之一，懷汀（C.S.Whiting）於

---

[*]　現任桃園縣八德國小教師。

一九五八年所提出，主要用以發明新的觀念。所謂「強迫」是指要求自己在兩個隨機產生的、互不關聯的概念之間找出其聯結點，是增加創意數量的方法；「組合」則是把看起來缺乏正常關係的事物，以巧妙的方式強行聯結，使他們產生新的意義。強迫組合也就是「故意聯結不相關的事物」，這種任意組合出來的關係，往往有各種意想不到的效果，擴展我們的想像空間，是深具啟發性的技巧。

如何在兩種不相干的事物之中尋求彼此間的關聯，做合理化的結合，是強迫組合法最為困難之處。針對此問題，懷汀提出三種方法：

（一）目錄技術

在構想某個主題時，一邊翻閱目錄，一邊將出現在眼前的訊息與正在考慮的主題結合起來，從而得出新設想。

（二）列表技術

事先將考慮到的所有事物或想法依次列舉出來，然後任意選擇兩個組合起來，從中獲得獨創性的事物或想法。

（三）目標焦注技術

此法係就就特定的目標，集中心力尋求各種構思的方案，予以激盪、組合，以求創新。

綜合而言，無論是隨機出現的訊息或集中心力思考出的事物，都有機會將兩個看似不相干的意念強行連結，以產生奇思異想。

儘管強迫組合所採取的策略是「化沒有問題而為有問題」，與問題越沒有關聯，就越有機會激發出新的創意與構想。然而這並非胡思亂想，而是有跡可循的，郭有遹[1]提出，假如不能將不相關的化為相關

---

1 郭有遹：《創造性的問題解決法》（臺北市：心理出版社，1999年），頁135-136。

時，則可藉由下列方法以激發新意：

1. 同時性：這些東西之間在時空上有沒有什麼同時性？
2. 相似性：各物之間是否有些相似性？是否可造一個句子以表達其共同性。
3. 構造功能：各物之間在構造上有什麼關係？有沒有部分與整體的關係？是否可以將各物排造一個整體的構造或畫面？
4. 次序關係：是否可使各物之間有一種次序的關係？
5. 層次關係：各物之間在層次或分類上是否有從屬的關係？
6. 相抗關係：各物之間是否有相反、反對或相抗的關係？是否可使一物與另一物相抗？
7. 因果關係：各物之間是否有因果關係？
8. 心理的感覺：各物在心理上有什麼關係？所會引起的感覺如何等等。

上述所採用的亦即聯想的方式，可歸納為四大類：接近聯想（同時性、構造功能、次序關係、層次關係）、相似聯想（相似性、心理的感覺）、相對聯想（相抗關係）、因果聯想（因果關係）。藉由這四種聯想方式的交互運用，相輔相成，以展現飛躍的思維。

三　童詩寫作的三個向度

童詩的寫作除了在取材上要注意兒童性，貼近兒童的生活經驗與情感之外，其餘的寫作技巧與一般的詩並無不同。張春榮[2]認為語文

2　張春榮：《實用修辭寫作學》（臺北市：萬卷樓圖書公司，2009年），頁2。

教學首重培養莘莘學子語感,豐富語言智慧,涵養情意。可以自語文智能中的「繪畫性」、「音樂性」、「意義性」切入,藉由感知、感染、感悟,領略語言藝術之美。並指出,此語文三性運用在實際書寫上,最常見的模式有二種:

> 第一、由形而義、藉由繪畫性(空間智能),展開「形」、「義」的連結,形成思維的衍生、延伸。
> 第二、由音而義,藉由音樂性(音樂智能),展開「音」、「義」的連結,形成思維的擴大、深化。

前者為繪畫性的書寫模式,以圖象思考(意象)為主,注重空間形式的安排;後者為音樂性的書寫模式,以聲音思考(韻律)為主,注重時間的動態流轉。在「時」、「空」兩者的互動與變化中,展開形、音、義三者相連結的創造性書寫活動。

(一)由繪畫性至意義性

詩的繪畫性來自作者藉著文字的描寫,將自身抽象的感受和想法,具體的呈現出來,亦即是詩的意象。白靈[3]認為意是情,象是景,意象就是「情景」是「心靈的圖畫」。寫詩時或「寓情於景」,或「觸景生情」,或「情景交融」,寫出來的詩才會不俗,而且生動。將心眼所思之意,利用肉眼所見之象來描繪,達到「詩中有畫,畫中有詩。」的境界。因此,吳曉[4]認為「詩的創作,就是詩人捕捉意象、創造意象,然後加以有序化組合的過程。」意象是製造一首詩的零件,整個寫詩的過程,就是意象的選擇與組合工序的進行。

3　白靈:《一首詩的誕生》(臺北市:九歌出版社,1991年),頁56。
4　吳曉:《詩歌與人生》(臺北市:書林出版公司,1995年),頁3。

意象既是詩的基本構成單位，詩從詞、句，到寫成一篇，都是在進行意象的塑造。然而一首詩的寫作往往不會只用到一個意象，可以是一意多象，也可以是一象多意，寫作時應掌握語境中意象的營造。

一意多象的產生不外乎情隨景生、緣情寫景，如何運用文字描繪心靈的圖畫，黃永武[5]提出方法如下：

1. 將抽象的理論觀念，改作具體的圖畫的視覺意象。
2. 將靜態敘述的形象，改作動態演示的動作意象。
3. 加強各種感官意象的輔助，使意象鮮明逼真。
4. 故意將接納感官交綜運用，造成印象與感官間的錯綜移屬，使意象更活潑生新。
5. 將兩個以上時空不同的獨立意象，用縮合、疊映、轉位等手法，連鎖起來，誕生新的風韻。
6. 集中心力去凝視細小的景物，予以極大的特寫，使景物因純淨孤立而變成突出的意象。
7. 把握物象的特徵，窮形盡相地誇大其特徵，可以使意象躍現出來。
8. 用各種陪襯的手法，烘托出懸殊的比例，使意象交相映發，倍加明顯。

綜上所述，意象語言的使用的方式不外乎藉由視覺、聽覺、嗅覺、味覺、觸覺等感官覺知來描述內心情意，或採用譬喻、映襯、轉化、誇飾、借代、示現等修辭方式，將不易理解的抽象觀念，轉成具體鮮明的景象，使情境真實可感且易於領會。

再者，作者於取材立意時往往一象含有多意，展現豐富的情思。

5　黃永武：《中國詩學》（臺北市：巨流出版公司，1976年），頁31-38。

張春榮[6]提出局部意象的取得，可透過景物的「狀態、性質、過程、功能、目的」中取材，自「接近、相似、對比、因果」的聯想中馳騁不同的立意，以具體圖像描繪抽象情思，展現書寫的藝術。

關於意象組合的方式，有許多不同說法，茲依據陳植鍔[7]、吳曉[8]、趙山林[9]、李元洛[10]等學者所提出，擇其較為常見的方式簡述如下：

1. 並列式——作者對同一意念進行聯想，產生出的一系列意象。這些彼此獨立而又有緊密的內在聯繫的意象，按照一定的構思意圖組接在一起，構成一幅完整的新圖畫。

2. 對比式——把感情上互相矛盾或對立的意象組合在一起，產生鮮明的藝術效果，從而深化主題。

3. 疊加式——把不同時間與不同空間的意象，巧妙地融合在一起，構成新的藝術圖景。

4. 輻輳式——詩句中所有意象，都朝向一個中心意象，有如車輪上的輻條都向車轂集中一樣，集中火力。

5. 輻射式——與輻輳式意象相反，所有的意象都以一個中心意象為主軸，如放射狀地向外延展與擴張，顯現美學的張力。

一首詩能否打動人心，決定的因素在於意象，然而飄浮不定的意象不易捕捉，意象的組合更是一種複雜的心理過程，寫作時應精心構思，並且多種手法交互使用，以達到變化多姿的藝術效果。

6　張春榮：《文心萬彩》（臺北市：爾雅出版社，2011年），頁98。
7　陳植鍔：《詩歌意象論》（北京市：中國社會科學出版社，1990年），頁78。
8　吳曉：《詩歌與人生》（臺北市：書林出版公司，1995年），頁185。
9　趙山林：《詩詞曲藝術論》（杭州市：浙江教育出版社，1998年），頁123。
10　李元洛：《詩美學》（臺北市：東大圖書公司，2007年），頁158。

（二）由音樂性至意義性

詩具有其他文學作品所不能表現的美學特質，即精鍊、暗示性和音樂性，其中音樂性被視為詩與非詩的分野，除去音樂性就失去成為詩的重要元素，凡是熟諳寫詩技巧的人，無不在字句音響上費心斟酌。

詩的音樂性包括節奏與韻律，茲分述如下。

1 節奏

新詩興起後，不再講求平仄押韻對仗，韻律逐漸被捨棄，聲情之美的展現就依賴節奏了。倪寶元[11]將節奏定義為「語音的疾徐、高低、長短、輕重及音色的異同，在一定的時間內有規律的相間交替回環往復的組合形式。」詩的節奏無論是同一意象的往返回復（內在節奏），或是同一句型段式的反覆出現（外在節奏），都是利用不斷重複出現的方法，營造出迴旋不已的節奏感，以增強語氣、深化情感。

節奏感的營造還可運用修辭學形式設計中的手法，比如類疊（相同的字、詞、句反覆出現。）、頂真（上段末字或句，出現在下一段之首。）、排比（三個或三個以上結構相似的語句接連出現，表達同一意象。）、對偶（字數相等、詞性相似的詞組，兩兩相對。）、層遞（用三個或三個以上結構相似的語句，按輕重高低本末先後等一定比例，依序層層遞升或遞降。）等，藉由結構相似的字、詞、句重覆出現，反覆詠嘆，譜就詩的音樂之美。

2 韻律

李元洛[12]認為韻律是詩歌音樂美的第一要素，「韻的重要作用之

---

11 倪寶元主編：《大學修辭》（上海市：上海教育出版社，1994年），頁160。
12 李元洛：《詩美學》（臺北市：東大圖書公司，2007年），頁548。

一，就是充分利用漢語語音的審美特質，通過韻腳的關連，關上連下，把跳躍式的單獨的詩行構成一個審美整體，使詩作具有抑揚頓挫、流暢迴轉的韻律美。」在漢文的書寫中，音和義不能強加分離，有時透過聲音能展現更微妙的意義，因此我們應該重視「韻」所營造出語言美的特質，在作品中積極嘗試，展現詩的音樂之美。

詩透過押韻與平仄的變化，可展開音韻無限美感之經驗，然而新詩興起後，掙脫舊有詩的音韻規範，黃永武[13]認為是一大損失，並指出韻腳的音響、疏密與轉換，能烘托出不同的情節氣氛；雙聲疊韻、疊字詞的配置，能達到以聲描摹情境的妙用。詩的韻律有其功能，不容忽視。

如何營造聲音的美，達到詩歌音樂性的效果？竺家寧[14]提供五個途徑：

1. 「韻」的音響效果。
2. 平仄交錯與聲韻變化所造成的韻律風格。
3. 「頭韻」的運用。
4. 利用雙聲疊韻詞造成的韻律風格。
5. 由音節要素的解析看韻律風格。

上述途徑雖有五項，實可歸納為外部韻律與內部韻律二種。在內部韻律上，應注重聲音頻律的聲情變化，運用平仄聲調音高的變化，或通過對相同的音節所做的停頓，喚起顯明的節奏感。至於外部韻律，宜注意韻腳間的聲情效果，除了利用聲母或韻母反覆出現，以造

---

13 黃永武：《中國詩學》（臺北市：巨流出版公司，1976年），頁154。
14 竺家寧：《語言風格與文學韻律》（臺北市：五南圖書出版公司，2001年），頁77-83。

成聲音上的美感之外，還可運用雙聲疊韻，造成回環往復的特性，強化音韻之美。

對兒童來說，童詩的音樂性比內涵意義更為重要。因為鏗鏘的音調與具有節奏的韻律容易琅琅上口，是兒童喜歡朗誦詩歌的緣由。而透過聲韻的特殊安排，使得文字的音與義互相結合，達到「聲由情出，情在聲中」的效果，開拓詩歌精妙的語言藝術。

四　強迫組合法應用在童詩寫作的方式

強迫組合法將平凡而互不相干的事物，作一種新穎而突出的結合，在寫作上是技巧的活用，更是方法的創新。其運用在童詩寫作的方式如下：

（一）意象的捕捉

詩與散文不同，散文內容易於理解，一看就懂，詩則需回想下才體會得到。詩不是直接的敘述，有隱約的空隙，而這空隙就由意象去填補。

一意多象的取得，可透過聯想的方式，方便作者尋找寫作的材料。例如以「樹」為主題，思考有哪些可運用的意象：

聯想法	接近聯想	相似聯想	對比聯想
用法	描繪事物的特性、形態、背景等。	藉由類比作用，將兩相似物強制產生關聯。	將兩相反事物並置，收到對比鮮明的效果。

「樹」的意象	鳥、道路、葉子、毛毛蟲、泥土、天空等。	傘、涼亭、巨人、家、床、生命等。	小草、土石流、逃跑、飄零等。

一象多意的表現方法，則可從景物的狀態、性質、過程、功能等引發聯想，展開不同的立意。例如同樣以「樹」為主要意象，將所引發的聯想表列成九宮格形式如下：

遮蔽	高大	青綠
寂靜	向陽	失落
環保	堅固	生長

意象取得後，選取兩個或兩個以上加以強迫組合。組合越新奇越好，以造成意外的效果，例如「逃跑的天空」、「道路的巨人」、「飄零的床」，或是「青綠+失落」、「寂靜+生長」、「環保+遮蔽」的組合。有了新組合，便衍生出影像，產生各種不同的感覺，從而獲得詩句。而後運用六何法（為何、如何、何人、何時、何地、何事）結合個人經驗與情感擴展詩句，一首詩也就完成。

（二）韻律的經營

文學是精煉的語言，押韻更是韻文中不可少的寫作藝術。寫作童詩時，如能將字音與字意連結起來，讓情感隱含在聲音裡，必能輔助情境，增添詩意的效果。在聲情之美方面，發音響亮的陽聲韻，多用來表達開朗、高曠的風情；發音壓抑、暗沉的陰聲韻，則常用來抒發幽怨、哀思的抑鬱之情。寫作時如能依情感選用合適的音韻，當能聲

情合一,捕捉到詩人的情感。

　　寫作時首先需配合主題情境選擇適當的韻腳,而後運用國語字典所附的「字音查字表」,或「詩韻集成」上的資料予以檢索,找出同韻的字。由字造詞,再將這些詞分別與主題結合進行想像,看看能否產生關聯。由此出發,擴張詩句,寫就一首具有音韻之美的篇章。

(三)詩意的碰撞

　　詩的語言要在熟悉中展現不熟悉的新鮮感,才能出人意表,對寫作者而言,是一大挑戰。如何在文字的翰海裡撿拾詩句,完成一首創意詩篇,懷汀所提出的目錄技術法可善加運用。一邊翻閱書本的目錄,一邊強制地把出現在眼前的訊息與正在寫作的主題結合起來,不但能引發奇像,而靈感就在不經意的撞擊下產生。

　　除了書本目錄之外,街道上琳瑯滿目的招牌、過眼即逝的捷運站名、報章雜誌上斗大的標題、餐廳裡誘人的菜單、密密麻麻的電視節目單等,都是可引發想像的材料。運用此種方法不但可以擴大詞語間的距離,產生意想不到的佳句,而且可以激發靈感,有寫不完的題材任你擷取。

五　結語

　　強迫組合法運用在童詩寫作雖是限制,實是自由。張春榮[15]指出,要求自兩個或三個語詞的限制中,自由揮灑,恣縱翻騰,展開令人驚喜的創思。這樣的語文競技,猶如在圓桌上溜冰,帶著手鐐腳銬在跳舞,化阻力為助力,激發莘莘學子更寬廣的思維向度、更生動的

15　張春榮:《文學創作的途徑》(臺北市:爾雅出版社,2003年),頁17。

想像空間。

　　強迫組合法要在不相關的事物間，尋求彼此間的關聯，並且做成合理化的結合，化不可能為可能，是創造技法的一大挑戰，採用此方法進行童詩的寫作，更是一大考驗。它把詩逼到絕境，以擦撞出創意的詩句，雖是打破了靜態的平衡狀態，卻也引入新組合，形成一種難以阻擋的張力；它顛覆舊有的規範以產生新的組合，雖是一種冒險，卻也是啟發孩子創意思維的一帖良方，為童詩的寫作開啟一扇新窗。

張春榮：《作文新饗宴》（臺北市：萬卷樓
圖書公司，2002年8月初版）。

童詩的聲情教學

陳崑榮*

一 前言

詩歌自古重視聲音對情感抒發的功用，遠自詩經，近至現代詩也不不例外，劉勰《文心雕龍‧情采》更認為「形文」、「聲文」、「情文」是「立文之道」，可見聲音在文章中所扮演的重要角色。

從語言學的角度，詩歌是口頭語言的紀錄，將聲音轉換為文字，去除口頭語言的紛雜、凌亂、隨意等毛病，顯得簡潔細膩，但已化為文字的符號，其語音情狀並不能圓滿地顯露於讀者面前。因此，「書面語言是一種不完全的語言，它難以完整地傳播作者的信息。只有直接用聲音傳播的語言，才能使書面表述上受到限制的音態得以完整的體現。作品靠朗讀增強了活力，充滿了生機。」[1]詩歌倚仗朗讀，為詩歌文字不僅帶來聲音，還帶來語言情感的狀態，使詩歌添上生動的語音，彷彿穿上一層「有聲」的生命。

從事語文教學，除了指導學生析理詩歌的中心思想、遣詞造句、修辭章法，闡述詩歌蘊含的情感氣節、風格神韻外，對於『文句間的聲音、節奏，也富有傳達的責任。所以「美讀」並非國文教學過程以

---

* 現任臺北市老松國小教師。
1 沈祥源：《文藝音韻學》（武漢市：武漢大學出版社，1998年），頁9-10。

外的特技,而是教師輔助教學的必備修養。」[2]「聲情」是「以人聲傳達文學作品的情意」,「美讀」是聲情的手法之一,「聲情」讓靜態的文字變成跳躍的音符,為語文教學拓展活潑的面貌,使語文教學更趨完整性。詩歌的情韻,不透過聲情的示範指導,文情的教學只達到一半,稱不上全面的語文教學。

二 童詩──聲情教學的敲門環

聲情著重以聲傳情,聲音要能完滿的傳達到聽者,使聽者瞭解字句,領會意涵,是聲情藝術的首要條件。要把聲音完滿的傳達到聽者,除了要注意聲音的正確清晰外,詩歌的選材也相當重要,選材的恰當與否,間接影響到聲情藝術的傳達功效。聲情的詩歌的選材,在內容上,應貼近生活,易理解,易親近,注意多元和普遍性,文字宜明朗且深入淺出,捨去政治和訓示意味濃厚的作品;意象上,講求具象鮮明,明白活潑,避免晦澀難懂、繁複紛雜的意象;文句上,通順清楚,易懂為佳,長短句子交錯變化,減少拗口、冗長和形容詞過度堆砌的句子;音韻上,應富音樂特質,音節明朗,音韻鏗鏘[3]。

從選材的觀點,童詩有許多先天的特質,適合聲情藝術,尤其是做為聲情教學的入門教材。陳正治認為童詩具有四項要素:兒童性、抒情性、精鍊美和語言美。兒童性是指內容和形式,適合兒童的思想、情感、想像和需要;抒情性是指童詩本質在抒發情感,情感投入必須真摯;精鍊性是指以最精要的文字,表達豐富動人的情意;語言

---

2 王更生:《國文教學面面觀》(臺北市:國立臺灣師範大學中等教育輔導委員會,1996年),頁137。

3 彭菊英:《現代詩聲情藝術研究──以朗誦為主》(臺北市:國立臺灣師範大學國文系碩士論文,2004年),頁41-42。

美是指童詩的用字遣詞，具有新鮮、簡鍊、意象、音樂之美[4]。從這四項要素而言，童詩擁有詩歌不可或缺的抒情美、精鍊美和意象美外，既以兒童的生活經驗為主，其內容與日常生活非常貼近，絕少政治或訓示意味。此外，童詩如同一般的兒童文學，是「運用兒童所熟悉的真實語言來寫」[5]，使用的語言頗富童趣之外，其文字淺顯易懂，順口流暢，意象簡明，形象具體，絕無拗口、冗長等奇異詩句。童詩雖不一定押韻，以押韻來營造音樂性，但同樣重視聲音和節奏的經營，講究語言自然流淌的音韻。趙天儀即認為：「兒童詩應有其音樂性，有其自然的韻律與節奏。」[6]童詩為了適合兒童閱讀，必須以「淺語」書寫，而這淺白的語言，加上具有的「詩質」，非常符合聲情藝術的選材條件。

　　邱燮友認為，聲情教學三個最基本的要求不外乎是「發音正確」、「音節清晰」、「聲調自然」[7]。古典詩的發音，有時牽涉到古音，如《詩經・周南・關雎》中「求之不得，寤寐思服。悠哉悠哉，輾轉反側。」「服」古音〔ㄅㄧ〕；有時又需使用讀音，如「白」讀〔ㄅㄛˊ〕、「熟」讀〔ㄕㄨˊ〕等。在聲情教學時，必須依賴教師點明，如不慎訛誤，即達不到「發音正確」的基本要求，對學生聲情自學時更是一大困擾。現代詩的句型常有歐化、冗長的現象，讀來語調已不自然，更何況以聲傳情時，聽者必然感到音節雜沓，詩意模糊。如「只有三隻白犬，躺在秋天的早晨的大馬路上，伸展四肢曬那種這裏才有的冷不冷涼不涼濕不濕的半上午的老的滿臉皺紋的秋

4　陳正治：《兒童詩寫作研究》（臺北市：五南圖書公司，2002年），頁7-22。
5　林良：《淺語的藝術》（臺北市：國語日報附設出版部，1985年），頁19。
6　趙天儀：《兒童詩初探》（臺北市：富春文化事業公司，1992年），頁238。
7　邱燮友：《美讀與朗讀》（臺北市：幼獅文化事業公司，1991年），頁235。

陽。」[8]現代詩有的文句扭曲、意象誨澀、排列跳躍等等，不易達到「音節清晰」、「聲調自然」的地步時，對聲情的表現就顯得毫無意義[9]。

從聲情教學三個最基本的要求「發音正確」、「音節清晰」、「聲調自然」而言，童詩的發音以現代語音為主，無古音和讀音的困擾，發音容易正確；童詩口語化的音節清晰易辨，無扭曲變形的詩句；童詩講究自然的音韻，聲調不矯情做作，又與生活語言貼近。無論是從聲情選材的條件，還是從聲情教學的基本要求來看，童詩都是進行聲情教學時，優良的「練習曲」，上選的「敲門環」。

三　教學──聲情美育的媒介劑

俄羅斯語言學家羅曼‧雅可布遜（P. O. Якобсон）於〈結論發言：語言學與詩學〉中，提出語言傳達過程中有不可或缺的六要素，此六要素可以用下圖表示：

發送者（addresser）　　語境（contex）

　　　　　　　　　　　信息（message）　　接收者（addressee）

　　　　　　　　　　　接觸（contact）

　　　　　　　　　　　信碼（code）

圖一　語言六要素[10]

8　辛鬱等編：《創世紀詩選一九八四──一九九四》（臺北市：爾雅出版公司，1994年），頁164。

9　尤信雄等：《詩詞曲教學輔導論文集》（臺北市：國立臺灣師範大學中等教育輔導委員會，1990年），頁364。

10　趙毅衡：《符號學文學論文集》（天津市：百花文藝出版社，2004年），頁175。

　　語言的傳達，是由發送者與接受者接觸，在某種語境下，依據信碼對於信息進行編碼，傳遞給接收者。以聲情教學而言，聲情的傳遞著重於「發送者」和「信息」兩要素。「發送者」是聲情的演出者，對聲音進行編碼；「信息」則是「有聲」的文學作品。而聲情藝術的手法依照音樂性，由淺至深有「讀」、「誦」、「吟」、「唱」（歌）、「弦」、「舞」等數種表現方式[11]，童詩聲情教學則以「讀」、「誦」為主。以下從信息和發送者兩方面，探討教師如何指導學生，以「讀」或「誦」表達童詩的情意。

（一）信息——文本是聲情的劇本

　　聲情教學在以聲傳情之前，教師必須先「選擇」詩歌，引導學生「理解」詩歌，「想像」詩歌。

　　在選擇上，童詩雖是聲情教學入門的良好教材，但也應考慮學生的年齡、性別、認知和興趣。十二、三歲的少年朗誦六十歲老人的心聲，就有些牽強。童詩雖不至於出現六十歲老人的心聲，但低年級學生畢竟與高年級學生的心智、認知不同；而童詩若要應用於青、少年進行聲情教學，過度稚氣的作品也不恰當。此外，童詩作品的時代背景與涉及環境，也是選材考慮的要素，習於都市生活的學生，對鄉野別具特色的童詩，體會上畢竟隔閡，反之亦然。

　　在理解上，葉鍵得認為可以從以下三方面著手：「（1）充分瞭解文意（2）了解作者寫作背景（3）了解作者」[12]。惟童詩使用淺白的語言，對於「了解作者寫作背景」和「了解作者」方面，雖然有助

11　潘麗珠：〈古典詩歌聲情藝術及其美學義涵〉，《國文學報》第30期（2001年6月），頁128。

12　葉鍵得：〈談朗讀的技巧〉，《國教新知》第45卷第3、4期（1999年3月），頁38。

於文意視角的拓展，但並不是絕對的必要。至於文意的了解，童詩淺
顯容易了解，唯獨情意上的「詩趣」，聲情的重要情態，需要用心揣
摩。邱燮友認為：「詩趣可分為情趣、畫趣、理趣、諧趣、拙趣和禪
趣六大類」。[13]在童詩中，如詹冰的〈插秧〉：「水田是鏡子／照映
著藍天／照映著白雲／照映著青山／照映著綠樹／農夫在插秧／插在
綠樹上／插在青天上／插在白雲上／插在藍天上」。[14]第一節是農田
靜態的景物呈現，第二節是插秧動態的畫面描寫，都是圖畫的展現，
是童詩的「畫趣」所在。除了注意詩趣外，詩歌的文意是由詩句組合
而成，詩句內的「形容詞」與「副詞」，有助勾勒文意細節的情態。
如李滄浪〈小星星〉：「黎明時／東方一顆／最明亮的星星／是個熱
心／又可愛的小詩人／天上的同伴／都關門去睡了／只有她──／為
尋找一首／最新的小詩／還獨自停留在天空中／眨著盼望的眼睛／覓
覓尋尋……」。[15]詩中「明亮」、「熱心」、「可愛」、「最新」、
「盼望」和「獨自」等詞彙，便表現出一首詩的情態細節，有如聲情
的字眼。理解童詩作品應從大處著眼，明白詩趣；從小處著手，豐富
聲情細膩的情態。

　　有了適當的童詩教材，理解了童詩的文意和「詩趣」，不能只是
照著字面誦讀，要進一步「揣摩作者的的心意，再現作者的感情，非
得運用些想像力不可。」[16]在童詩上，要從兒童的眼光去看待事情，
從純真的心靈去說理、抒情，把握文本的神氣，發揮想像，帶自己

13　邱燮友：《品詩吟詩》（臺北市：東大圖書公司，1989年），頁3。

14　詹冰：《詹冰詩全集（二）》（苗栗縣：苗栗縣文化局，2001年），頁16。

15　陳木城、賴慶雄、李書慧：《國語日報童詩選》（臺北市：國語日報社，2009
　　年），頁60-61。

16　陳麗紅：〈中國文學聲情之美──談文言文・白話文的朗讀〉，《國文天地》第
　　15卷第9期（2000年2月），頁63。

「入詩」。教師除了運用自身語言的魅力，引導學生設身處地的想像外，也可以相關的圖片或影片輔助，或帶領學生親歷「詩境」，以具體的經驗接觸，增進想像的深度。

（二）發送者──為文本進行聲音編碼

聲音的物理性質包括：音高、音強、音長和音色。音色圓潤是聲情的良好條件，可是音色是先天的，能夠改變的幅度不大。但音高、音強與音長的可塑性強，可藉由後天的學習，增加聲音編碼的表現度。『詩歌朗誦動容與否，關鍵在朗讀本身的「感染力」強不強；「感染力」強不強的關鍵在「氣勢」夠不夠』。[17]氣勢夠不夠，在於能否巧妙運用聲音的「音高」、「音強」和「音長」，彼此搭配，形成抑揚頓挫、高低起伏、大小強弱和輕重緩急，隨著文氣使聲音富有變化，氣韻動人。在童詩聲情教學上，用「氣勢」一詞，容易讓人誤以為得像駱賓王〈為徐敬業討武曌檄〉般的口氣，但其講究「感染力」的內涵，凸顯文情氣氛的概念是一致的。

1 音高

音高是指聲音的高低，語言上形成音調。「抑揚頓挫」中的「抑揚」和「高低起伏」便是指聲音的高低而言。國音中的四聲音調具有高低，發聲時，第一聲平穩不下降，第二聲必須讀到，第三聲必須讀滿，第四聲起音不應過低。第二聲的後半必須上揚充足；第三聲聲音較長，在句尾用「全」上，在句中用半上。除此之外，第三聲和「一、七、八、不」的變調，以及輕聲詞尾音調的變化，也應多加留

---

17 蘇蘭：〈朗誦教學的理論與實踐〉，《幼獅文藝》第595期（2003年7月），頁43。

意。四聲字調的排列,自然產生音調的起伏,但畢竟單調,實有必要
在句調上加以變化。一般而言,祈使句使用高降調;疑問句逐漸為高
升調;感嘆句則語調降低;驚嘆句大都聲調提高。[18]在童詩聲情教學
時,可以斟酌文意加以應用和變化。

2 音強

音強是指聲音的強度,表現出音量的大小和聲音的輕重。詩句裡
「意義」的中心語詞,發音應較重且長。從詞性來看,實詞應重,虛
詞宜輕。如前文「眨著盼望的眼睛」裡「盼望」一詞是中心語詞,讀
時較其他字詞為重,其次是實詞「眨著」和「眼睛」,虛字「的」
與「盼望」連讀且應稍快而輕。但要注意的是,有些字詞本就具有
「輕」的意味,如「輕風」、「溫柔」等,讀音時不宜加重。此外,
聲音高時不宜加強聲量,以免破音;聲音低時不宜聲量過小,以致於
聽不清楚。童詩一般長度不長,但遇段落較多的情況,則必須注意段
與段之間音量的起伏關係,重點段落字詞的音強平均要重,次要段落
字應稍弱,使段落彼此音量起伏映照。在安排上有一原則:「要加重
前先要放輕,如此才能收到襯托的效果。」[19]

3 音長

音長是指聲音持續的長度。聲音的長度和停頓,影響說話的速
度。句子由詞構成,在文意與文法的組合下,形成句子的音節,不同
的音節長度,音長不同。如前文「天上的同伴/都關門去睡了」音節排

---

18 葉慈芬:〈兒童朗讀指導〉,《國教輔導》第40卷第5期(2001年6月),頁
1119。

19 曾家麒:〈朗讀教學訓練架構剖析〉,《國文天地》第18卷第6期(2002年11
月),頁103。

列為「32/33」。通常童詩的詩句需一口氣讀完，中間並不換氣，但音節間要稍微區分。詩句與詩句間稍做停頓，時間比音節間長，但又比段落間短。童詩中如有標點也應注意停頓時間的長短，曾家祺認為：標點符號的停頓長度是問號＞句號＝分號＞逗號＞頓號，而段與段間的停頓約二至三秒。[20]明白句子的音節、句段的停頓，以及聲音快、慢、緩、急的操作，將更能彰顯聲情的層次感。蘇蘭認為：一般人運用聲音的習慣，在速度的改變、節奏的控制，恐怕比「聲的大小」、「調的高低」難上許多。但唯有「速度」的操控，才能抓得住聽眾的心。[21]操控速度便要練習運氣呼吸，以「腹式呼吸法」，才易延聲引氣、變化語調，產生感染力。

四　結語

　　童詩是用另一種角度看世界，聲情是用另一種途徑活化語文教學。童詩的聲情教學具有以下兩項特點：

　　（一）童詩具有詩歌共有的特質，同樣擁有詩歌美育上的功能。童詩意象和美，音韻自然，有助於想像的拓展，情意的抒發，心智的陶冶。童詩文字精鍊，淺白近乎的口語，無讀音上的困擾；文句通暢，極易朗朗上口，符合聲情教學上「發音正確」、「音節清晰」、「聲調自然」的三項基本要求。

　　（二）童詩的預設讀者是兒童，書寫以貼近生活為主調，是聲情選材上的敲門環。童詩不涉政治，不激情地訓示讀者，容易讓

20　曾家祺：〈朗讀教學訓練架構剖析〉，《國文天地》第18卷第6期（2002年11月），頁103。

21　蘇蘭：〈朗誦教學的理論與實踐〉，《幼獅文藝》第595期（2003年7月），頁43。

人接受。聲情藝術讓語文教學立體化，讓文字音樂化，童詩則是作為聲情教學良好的練習教材，引領學生踏入詩歌「有聲」世界的理想媒介。

綜上觀之，建構聲情教學貴在學生的參與，教師不是教學中唯一的主角，也不是聲情演出的唯一的標準。從事聲情教學時，只要提示重點，擔任引導和啟發的工作，讓學生有自我思維，自我詮釋，和自我表達的機會。不但可以增進學生的參與感，激發興趣，更能建立自我的信心。

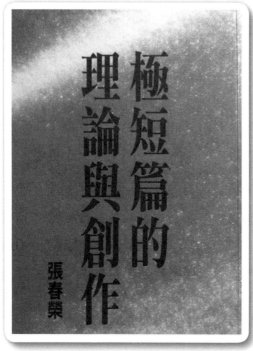

張春榮：《極短篇的理論與創作》（臺北市：爾雅出版社，1999年11月初版）。

六頂思考帽在極短篇教學的應用
——以王鼎鈞〈失鳥記〉為例

何貞慧[*]

一　前言

　　六頂思考帽寫作教學，藉由範文與限制式寫作題型開展學生的思維脈絡，可進行「讀寫結合」。因此，建議未來的課程設計，能結合不同的文類，例如：童詩、短篇小說、極短篇、故事等，或不同的閱讀題材，如繪本、電影多媒體等，引導學生應用多元的閱讀媒材，開發六頂思考帽更寬廣的用途，依據不同的教學目的設計、更新六頂思考帽寫作教學課程。

　　以極短篇小說為例，極短篇小說以「情節變化」為主，注重戲劇性。因此，在「情節變化」上，特重「綠色」水平思考的運用。不管是改善（開低走高）或惡化（開高走低）的情節變化，最後的結局要能「出人意外」，由「不可能」至「可能」，由「偶然」至「必然」；最後在大家「沒想到」、「想不到」的地方，形成「驚奇」陡轉，因此，特重由懸念至驚奇的「結局」設計。這樣的「結局」，則必須善用「綠色」思考帽，才能展開創意的書寫。

＊　現任基隆市七堵國小教師。

二　學生實作評量

　　閱讀王鼎鈞〈失鳥記〉一文，分析其第一、二段使用的是紅色思考帽，敘述主角愛鳥的心情，以及失去愛鳥的情緒起伏；第三段則使用白色思考帽，冷靜的旁觀，鳥的長相一樣，除非他的愛鳥認得他，出來相認。看景況，愛鳥不會回到他身邊了。

　　文中第四段，以「不知道到底那隻鳥是他的鳥？他只有愛所有的鳥。從此，它變成了一個愛鳥者，一個保護野鳥的人。」運用黃色思考帽來作結，只是其中一種可能，鳥兒還是可能會回來，作者也可能因為思念而改變人生……

　　請從第四段開始，使用應用五頂思考帽，續寫出作者文未盡意的心情、想法或見解。

王鼎鈞〈失鳥記〉

　　有人養了一隻鳥，那是他最心愛的寶貝，每天伺候牠、欣賞牠，連作夢也夢見牠。

　　可是，有一天，鳥不見了，他忘記把籠子的門關好，鳥飛走了。他實在很心痛，很想把那隻鳥再找回來，看見鳥就注意觀察，聽見鳥叫就把耳朵轉過去，可是那些鳥都不是他的鳥。

　　有時候，他看見成群的鳥，他希望那隻鳥就在裡面，其實，就是在裡面，他也認不出來。

　　不知道到底那隻鳥是他的鳥？他只有愛所有的鳥。從此，它變成了一個愛鳥者，一個保護野鳥的人。

──選自《靈感》（一九八九・爾雅）

　　與兩位參與研究老師，按照六項思考帽寫作評分量表，對學生作品進行評分，學生寫作表現成果：學生實作表現：高表現有四篇（13.33%）、中表現有二十篇（66.67%）；低表現有六篇（20%）。以下就高、中、低表現作品各選兩篇呈現，分別進行評析。

（一）高表現

S09〈愛就是給牠自由〉

> 　　他後來想想這樣下去不是辦法，所以他決定振作起來，走出失去愛鳥的痛苦。某天，他到公園時，看見可憐的小鳥被小孩虐待，當他正想挺身而出時，一個美麗的身影，跑到小孩的面前阻止了他們，並救出奄奄一息的小鳥，他倆含情對望，深深為對方所吸引，於是他們墜入情網，她告訴他，愛牠就要給牠自由和快樂，而不是一味的佔有，所以牠們在陽台擺了食物與水，供給過路鳥食用，與他們和平共處。

S20〈為愛癡狂〉

> 　　他因為愛鳥離開受到刺激，所以開始夢想自己是隻大鳥，走路時還張開雙臂假裝在飛，連吃食物都吃鳥飼料，還訂做大鳥籠，把自己塞進去，講話都啾啾叫，看到鳥就興奮的和鳥講話，雖然雙方都聽不懂，但他還是樂在其中，甚至坐飛機時，從空中跳下去，幸好他本人有待降落傘，才保住小命，常常從高處跳下去，最後在一陣掙扎中，被送進瘋人院，就沒有他的消息了。

1 立意取材

　　S09立意在黃色思考帽「正面」，以「愛就是給牠自由」為題，取材邂逅一位很有愛心的美麗女子，受女子精神感召，領悟到愛不是佔有，而是放牠自由；而S20則立意在紅色思考帽「情緒」，立「為愛癡狂」為題，取材他因太思念愛鳥，而幻想自己就是一隻大鳥，行為舉止失常。就立意取材來看S09和S20，S09往高處看，向著光明正面，S20則是往近處看，沉溺在情緒的漩渦裡，S09層次高於S20。

2 結構組織

　　S09應用黃色思考帽續寫第四段，使得文章由第一、二段的紅色思考帽「情緒」絕望傷心的谷底攀升，迎向黃色思考帽的光明世界，第四段先以「他後來想想這樣下去不是辦法」作為紅色思考帽轉為黃色思考帽的連接句，引導他振作起來，走出失去愛鳥的傷痛。然後以黃色思考帽「加法」安排一位有愛心的美麗女子與他邂逅，最後應用黃色思考帽「正面、樂觀」不再飼養鳥，化小愛為大愛，施食陽台偶到的鳥兒。而S20則是放縱紅色思考帽「情緒」的一再沉淪，除了第三段出現一小段白色思考帽「客觀、中立、知性」的力挽狂瀾，卻無力回天，通篇一頂紅色思考帽「情緒」到底，由抒發、抒情，蔓延到失控，迷走在傷痛中，最後終結一生的悲情文章。

3 遣詞造句

　　S09應用黃色思考帽於遣詞造句，屢現智慧語錄，例如：應用「自由」和「佔有」的映襯修辭，寫出「愛牠就要給牠自由和快樂，而不是一味的佔有。」也藉由文字的修辭營造出心裡的畫面情境，例如：「他倆含情對望，深深為對方所吸引。」比之「他們兩個戀愛

了。」更具有文學之美。S20應用紅色思考帽「情緒」於遣詞造句，為形容出他為愛的「癡」與「狂」，S20發揮了極佳的想像力和聯想力，想像「鳥人」可能會出現「吃鳥飼料、住大鳥籠、學飛」違常行為。S09和S20於遣詞造句表現優異。

（二）中表現

S13〈愛的發明〉

自從這件事後，他瞭解必須管好自己的鳥，他發明了特殊的晶片植入鳥的身上，養鳥人只要按一下，籠子就可偵查到小鳥飛往何處，他為了怕小鳥走失，又發明了萬種動物語翻譯機，你說人語，狗聽得懂；鳥說鳥語，你聽得懂，為了預防萬一，怕翻譯機壞掉，還去學鳥語等語言，皇天不負苦心人，他終於找到了，從此，他和鳥就形影不離，過著幸福的日子。

S28〈禍不單行〉

對於一個人來說，失去愛鳥已經很痛苦了，沒想到他的老婆竟然也在此時離開了他，他受到重大的雙重打擊後發瘋了，他發現愛鳥會離開他，是因為隔壁的公鳥求愛才飛走的，所以他大量蒐購公鳥，剪掉牠們的嘴巴，由於公鳥的關係，他的鳥竟飛回來了，但他的鳥看見心愛的郎君被虐待致死，也撞牆自殺了，主人突然清醒了，也對自己的行為感到悔恨自殺了。

1 立意取材

　　S13以綠色思考帽「創意」，立意在「發明新儀器，找回愛鳥」，取材「追蹤鳥的晶片」、「萬種動物語言翻譯機」等自行研發的儀器，S13認為這些發明，真實世界還沒有發明出來，他是「言人所未言」，所以認定他寫的是綠色思考帽，研究者引導S13逆向思維，設想「你又怎麼證明，這將來一定會發明出來呢？如果不能證明，別人可以說你『不合邏輯』」因為綠色思考帽除了要「言人所罕言」，而且必須建立在邏輯的基礎上。比較S28是以黑色思考帽「悲劇」，立意在屋漏偏逢連夜雨的「禍不單行」，才剛失去愛鳥，老婆又突然離開他了的雙重打擊，撞擊出接二連三的悲劇。

2 結構組織

　　S13應用「變化原則」，嘗試用綠色思考帽「創意」的發明，使文章揭開紅色思考帽「情緒」的帷幕，應用發明終於找回愛鳥，以黃色思考帽的「喜劇」收場。S13發揮邏輯思維的縝密性，除了發明找鳥的機器，也為了預防鳥兒來再走失，發明了機器，唯恐所有機器萬一失靈，還去學鳥語，層層密密的思維力，提升了結構組織的精進力。S28特別安排了一個令人不勝唏噓橋段，就是愛鳥回來了，見家破人亡，卻自我了斷。

3 遣詞造句

　　S13和S28於取材立意和結構組織表現不亞於高表現的S09和S20，惟S09和S20在遣詞造句的經營，較有畫面意境，略勝一籌。S13應用綠色思考帽「創意」於遣詞造句，善用修辭，仔細描述這些新發明，是成功之法，可以看到S13運用排比修辭形容「萬種動物語翻譯機」

是「你說人語，狗聽得懂；鳥說人語，你聽得懂」，展現了獨創力。S20應用黑色思考帽於遣詞造句，只是用堆積一些「負面」語詞堆積情境，例如：「痛苦」、「雙重打擊」、「悔恨」等，不如S13精進。

（三）低表現

S15〈「怨」子發明家〉

> 他因為傷心，所以他當起第二代愛因斯坦，整天關在實驗室，發明了核子武器：「怨」子筆、「怨」子小金鋼、「怨」子彈，等等……人們使用它後，可以把怨氣發洩。

S25〈不再愛了〉

> 他說：「算了！沒差。這世界還有很多鳥，又不是只有一隻。」他去改養綠繡眼，那隻鳥跟一般鳥一樣，但他沒那麼愛牠，他自己知道，這隻鳥有一天也會從身邊離開。

1 立意取材

　　S15企圖以綠色思考帽「創意」，立意為「成為『怨』子發明家」，用「怨子」發明很多武器，供人們發洩怨氣。與中表現一樣嘗試用綠色思考帽立意的S13比較，S15立意在供人發洩怨氣，與S13立意在藉此發明找回愛鳥，並且保護愛鳥不再走失，比較之下S15顯然遜色，列低表現。研究者認為此應屬於以黑色思考帽「負面」於立意取材，鳥主人為消除怨氣而做壞事（發明武器），武器是悲劇裡的道具，不是立意的重點。S25以白色思考帽「中立」，立意在鳥主人根

本不在意失去愛鳥，取材鳥主人馬上去買了另一隻鳥的無情，研究者認為由前三段推理，此立意不符合邏輯思維，意即鳥主人不可能那麼無情，為一在「立意」上失敗的作品。

2 結構組織

　　S15應用綠色思考帽於結構組織，只舉出發明物的名稱，「怨」子筆、「怨」子小金鋼、「怨」子彈等，卻未對其功能或特質詳加敘述，無法開展綠色思考帽的效用，若S15能嘗試應用黑色思考帽於結構組織，敘述鳥主人用「怨」子筆寫下心中怨恨的字字血淚；用「怨」子彈去摧毀所有幸福的國家，因為他得不到的，別人也得不到；「怨」子小金鋼去破壞人與人之間的情感，所到之處，「怨」聲載道，會更有進路。S25應用白色思考帽於結構組織，卻未能達到由紅色思考帽的近處，觀照到白色思考帽的遠處，殊為可惜，研究者建議S25可以應用白色思考帽「客觀」，想到世間萬物都是一時的因緣際會，相遇自然歡喜，離別也是為了下一次的重逢，帶出豁達的思想。

3 遣詞造句

　　S15優點在應用雙關修辭，將「原」子彈和「怨」子彈做了音近義異的雙關連結，缺點則是將綠色思考帽應用於遣詞造句時，未能發揮修辭技巧，仔細形容武器，從武器的獨特去驗證綠色思考帽的效用。S25遣詞造句太過白話，出現「算了！沒差。」等句子，在遣詞造句上宜多加油。

三 教學省思

就教學設計而言，可自五方面加以省思：

1 應用六頂思考帽提升寫作綜合能力

前四個教學單元，已經個別應用思考帽於立意取材、結構組織和遣詞造句的寫作能力訓練，此次希望藉由「續寫」寫作題型，統整學生在立意取材、結構組織和遣詞造句三方面的綜合寫作能力訓練，重點在讓學生從立意取材、從結構組織，也從遣詞造句全方位的進行六頂思考帽寫作教學。

與參與研究之教師（TC和TL）討論後，決定以範文為例，引導學生回憶之前四個單元的重點，分別就六頂思考帽應用於立意取材、結構組織和遣詞造句的原理原則作複習與說明，並引用張春榮教授應用六頂思考帽評析王鼎鈞〈失鳥記〉[1]，與學生討論，藉由張教授的解析，對此篇即將應用於寫作的範文，有更深的認識。

2 應用「續寫」寫作題型於六頂思考帽寫作教學

指導學生從〈失鳥記〉第四段進行續寫，希望學生每一頂頂思考帽都可以嘗試應用，有位學生詢問教師是否可以舉例，於是教師再次引用張春榮教授的示範，其如何應用六頂思考帽續寫〈失鳥記〉，該名學生心領神會，始動筆寫作。

3 角色想像法使思考帽應用更靈活

為了讓學生更能體會〈失鳥記〉中鳥主人的心情，以便進行續

1　張春榮：《實用修辭寫作學》（臺北市：萬卷樓圖書公司，2009年），頁57-58。

寫，研究者應用角色想像法，讓學生從文章中鳥主人的角度來詮釋失去愛鳥的感知、感念和感悟，也由於擔任虛構人的代言人，更能於虛擬人物世界中，作思考帽的冒險假設和想像。

有位學生很特別，發揮綠色思考帽「不同視角、挖掘另一種可能」，從鳥兒的觀點，運用形象思維，觀察、解說鳥兒主人失去牠的心情，也從邏輯思維，提出身為「鳥類一族」嚮往自由、不被囚禁的心聲。

4 以選文進行寫作綜合能力訓練

六頂思考帽對於寫作之立意取材、結構組織和遣詞造句之應用，應不只適用於課文，故於此次教學選擇課本以外，王鼎鈞〈失鳥記〉一文為本次教學之範文。

藉由範文，引導學生感受失去心愛的人事物，以「失而復得」或「永遠失去」為題旨，應用思考帽立意取材；由找尋失物、確定失去和心理變化等事態發展步驟，應用思考帽結構組織；文章的內涵有賴應用思考帽進行遣詞造句，美化修辭。

5 綠色思考帽的課程設計

大部分學生最先寫的竟然是前幾個單元敬而遠之的綠色思考帽，因為範文所設定的問題情境，誘使學生思索如何用新穎創意的好法子，為鳥主人找回愛鳥，然而也讓我們反思幾個問題：「發明」就是綠色思考帽嗎？如果不從鳥主人的觀點，從鳥的觀點，即改變視角進行續寫，算不算是綠色思考帽呢？擬於下一單元針對「綠色思考帽」設計寫作教學課程，讓學生對此一啟發創造性思考甚有助益的思考帽，有更深入的瞭解。

類比法在高年級議論文寫作教學之應用

吳艷鴻*

一 前言

在國小階段的語文教學中，寫作教學是所有老師們最覺得艱難的一部分。要激發孩子的寫作動機，除了要本身的素養外，老師若能提供較輕鬆與實用的方法，讓孩子熟悉使用，自然增加孩子在寫作之路的踏腳石。

類比法在中國古代即知識分子或發明者常使用的既簡單又實用的思考模式，將思維中陌生的或不明確的情況，用相似的狀況做適當的推測，讓問題能順利解決。劉仲林《中國創造學概論》[1]中指出類比為四大創造技法的第二位，顯現類比法在創造力中使用的重要，若能善加運用，將能激發學童思維的發展。因此，將類比法與寫作相結合，引導激發學童思維運作，讓類比法融入國小高年級學童的議論文寫作教學之中，讓寫作的核心——思維力，成為帶得走的能力，讓作文成為未來文學創作的暖身活動，如此重要方法若能詳加理解運用，可說影響深遠。

---

* 現任臺北市南湖國小教師。

1　劉仲林：《中國創造學概論》（天津市：天津人民出版社，2005年）。

二 類比法定義與理論

　　類比，指的是選擇兩個不同的事物對其某些相似性進行考察比較。[2]類比法（類比推理），就是根據兩個對象之間在某些方面的相似或相同，而推出它們在其他方面也可能相似或相同的一種方法。日本高橋浩認為：「從構造相似或形象相似的東西中求得思想上的啟發，我們稱這種做法為類比思考，人類從遠古起就有意無意的用這種方法完成了許多發明。」[3]不管在哪種領域中，應用類比法創造出新的理論或發明的例子比比皆是。

　　在寫作上，類比法可以使用在論證的過程中，將兩個屬性屬性類似的事物放在一起比較，從而得出相關結論。劉勵操指出：「類比是一種形象化的論證方法。它有時可以對事物起比喻的作用。」[4]將類比法適當運用，能將事物特徵明白揭示，從而有力證明論點的正確性。在議論文寫作時，類比法能讓作者透過事實材料的陳述和邏輯推理來闡明自己的觀點，做明確、有力的表達。

　　「類比」源於古典詩歌的感物吟志，在「引譬連類」的感物中更是傳統認識論的重要根基。在「詩人感物，聯類無窮」（《文心雕龍・物色》）中，展現書寫的多樣性與創造性。現代研究寫作思維的學者朱行能也明白指出：「創造性思維是以感知能力、記憶力、思維能力和語言表達能力等各種智力因素，與技能、技巧等非智力因素為基礎，在創造活動中表現出來，具有獨創性、能產生新事物或新成果

2　陸稼祥、池太寧主編：《修辭方式例解詞典》（杭州市：浙江教育出版社，1991年），頁61。

3　劉仲林：《中國創造學概論》（天津市：天津人民出版社，2005年），頁119。

4　劉勵操：《寫作方法一百例》（臺北市：萬卷樓圖書公司，1990年），頁470。

的一種高級而複雜的思維活動。」[5]寫作思維要能敏覺、變通，必須經由多樣化、創造性的思維靈活運用。這種創造性思維的具體手法需積極求異，研究出事物間的差異性與特殊性，並透過高度的推理想像能力演繹、歸納、類比。

無可置疑，類比是人類認知的理解，內在關係的推論。「類比推理使人們觸類旁通，從已知事物的特徵推知未知事物的特徵，從中獲得新的知識。」[6]因此在寫作思維運用中，要達到多樣化思維的展現必須能發揮類比的推理能力，與分析、比較、演繹、歸納能力綜合運用。在議論文中，類比的推論，論證的展開，正是這些能力的高度展現。可見推理能力不強，就無法寫出邏輯性強、內在聯繫嚴密，富有見解的議論文。

三　類比法在寫作修辭上的運用

類比思維是由物體的相似性平行類推的邏輯思考，在古代中國先秦諸子即將此類比思維作為說理喻人的重要方法；類比法運用在寫作中，可與修辭相結合，增添文章書寫的美感與質感，也為議論文的寫作增加引用說服的力量。以類比法的類推邏輯來看，可與以下四類修辭的運用相結合：

（一）譬喻

類比以具體形象的相似點，類推到事物的抽象特徵；與譬喻中的略喻十分類似。劉大為指出：「文學注重的是類比思維過程的本身，

5　朱行能：《寫作思維學》（北京市：人民出版社，2007年），頁344。
6　朱行能：《寫作思維學》（北京市：人民出版社，2007年），頁346。

文學家必須用各種形式的比喻將它表現出來,成為文學作品的一個重
要組成部分,文學的價值就體現在它們身上。」[7]文學中的譬喻,通過
類比,發現兩個事物間隱蔽的聯繫,於是可以透過認識這種事物的方
式,去探尋另一種事物的形式,事物就顯現出我們平時觀察不到的形
象了。因此劉大為也認為:「比喻就是在本體與喻體之間進行類比。
類比涉及兩個對象之間的同與異:有同,這兩個對象才可能放在一起
比較;有異,才有了經驗轉移的可能性。」能發現本體與喻體之間的
同與異,由此說明解析,提出見解,令人回味無窮。

　　事實上,譬喻就是類喻。楊子嬰、孫芳銘、王宜早指出:「類喻
就是把相類似的事物或道理引出來,然後再說出主體的事物或道理,
使前者充當後者的比喻。」[8]這裡的類喻即略喻,本體和喻體都出現,
但不需要喻詞出現似用類比的作用,在諺語中相當常見,如:「路遙
知馬力,日久見人心」、「刀在石上磨,人在事上磨」正是類喻的具
體使用。

(二)映襯

　　類比法在修辭中展現,亦可在映襯中呈現。在映襯(對比)的正
比,又稱為類比,陸稼祥等指出:「是把相同或相類似或僅僅在某一
頂上相似的事物放在一起進行比較對比。」[9]這裡指的是對比的兩體之
間是一種相對的關係,互相補充、烘托、映襯,而使各自的特點更加
鮮明。張春榮亦說明:「映襯家族(映照、襯托)在對比之餘,則平

7　劉大為:《比喻與創新思維》(濟南市:山東人民出版社,2012年)。

8　楊子嬰、孫芳銘、王宜早:《文學與語文裡的修辭》(香港:麥克米倫,1987
　　年)。

9　陸稼祥、池太寧主編:《修辭方式例解詞典》(杭州市:浙江教育出版社,1991
　　年)。

行開展，再加上不同層次的對比聯想。」[10]因此，類比思維在映襯的對比過程中，自兩者相似性加以類推。

（三）排比

類比法若一再運用結合流暢力，展開三個或三個以上得相似性結構敘述，即可成為排比。張春榮指出：「平行的排比，用以表達『共相的分化』，表現『多樣的統一』呈現異中有同的相似情境。」[11]在排比中使用類比思維，創造情境的類比，將使道理陳述更加有力。藉由歷時性、共時性排比設計，可由實至虛，由事至理，由景至情，展現多層次的描寫與敘述。

（四）引用

寫作中能在適切處引經據典，可印證論點並豐富內蘊。所謂選擇，就是一種判斷，引用正是類比思維的展現；在相似點上適當引用名言佳句，正能將前賢智慧結晶結合至文章中，作為輔助論點的重要依據。王鼎鈞《講理》中主張要在議論文中「如果可能，準備一個小故事」、「如果可能，準備一兩位權威的話」、「如果需要，準備一些詩句」。[12]張春榮指出：「『引用』是莘莘學子『選擇』學養，在『積學儲寶，酌理富才』中，展現取材立意的本領，彰顯獨到的理解力與思維力。」[13]引用是展現個人學養與累積的舞臺，運用類比思維，將引用加以活用，引伸為積極書寫，亦能借力使力，激發書寫的創思。

10　張春榮：《實用修辭寫作學》（臺北市：萬卷樓圖書公司，2009年），頁156。

11　張春榮：《實用修辭寫作學》（臺北市：萬卷樓圖書公司，2009年），頁75。

12　王鼎鈞：《講理》（臺北市：大地出版社，2000年），頁55。

13　張春榮：《作文教學風向球》（臺北市：萬卷樓圖書公司，2008年），頁99-100。

四　類比法寫作教學設計

　　將寫作教學結合類比法設計可行的教學活動，以生動易了解的寫作過程，讓高年級學童能確切掌握類比的思考方式，並以類比法增強自己寫作的內容，展現思維的活力，拓展寫作實力，是教學設計的主軸。張春榮指出：「寫作教學要以學生為主體，教師為主導，設計為主線。」[14]從此三個方向著手，形成系統，讓學習轉化為學生能力，才能讓學生的學習更為扎實。

　　議論文的寫作目的在於說理，以理服人，說理合乎邏輯才能使人信服。李建榮等認為：「議論文常用的論證方式有五：歸納法、演繹法、類比法、反證法、歸謬法。」[15]類比法正是要從已知的事例，推理至類似的相關的未知事例，透過這類的推理來講道理，以確鑿的事證作為理由，才能讓人心悅誠服。將類比法應用在議論文寫作的整個教學過程，是以循序漸進的方式來作為設計的主線，首先，由類比技法結合修辭的仿寫出發；其次，從仿到創，由句成段，逐步將類比思維拓展至段落中；最後，利用類比的邏輯推至整篇，讓學童完成議論文的寫作。此環環相扣的步驟，逐步讓學生熟悉類比，使用類比，進而內化為能力，展現在作品中；每篇作品的成果評分，正可以檢視學生寫作能力的成長，進而成為下一篇作品的基礎。

　　依據設計理念，類比法應用於議論文寫作的教學活動內容，分為四個主題八個單元來進行。每次主題的教學目標有三：

（一）由閱讀作品，認識與練習類比法類型。

（二）以修辭結合仿寫句型，熟悉類比法。

14　張春榮：《作文教學風向球》（臺北市：萬卷樓圖書公司，2008年），頁3。

15　李建榮等：《小學作文教學大全》（成都市：四川大學出版社，2002年），頁181。

（三）充分應用類比，擴句成段、擴段成篇，完成能說道理的議論
　　文。

　　各教學活動單元內容設計如下表：

週次	類比	單元名稱
一	類比與譬喻	讀書像什麼
二		開卷有益
三	類比與排比	說話的重要
四		如何說話
五	類比與映襯（對比）	迎向挑戰
六		尊重他人
七	類比與引用	活得快樂
八		珍惜時間

　　每個單元教學之後，由教學者與兩位觀察教師進行觀察後會談，
並根據四篇議論文作品依據評分規準給分，根據評分結果及觀察結果
交叉比對學生學習成效與教學實施成果。

五　結語

　　在經過八個單元與四種類比教學後，可以發現學生們在反覆運用
類比法，操作逐漸熟練，也在作品上一一展現出豐富的成果。學生在
寫作能力的整體表現可依下列三方面分別檢視：

1 立意取材

高表現學生的意旨的掌握更清楚，並能確立文章的論點，材料的選擇較為多元。中表現學生論點確立雖不若高表現學生穩定，但都能提出論點；材料選擇上還不夠多樣，但能盡力完成。低表現學生則在立意及取材上尚待努力。

2 結構組織

高表現學生在結構的建立能十分明確，在組織的過程也能為流暢；中表現學生在結構上都能明確，組織材料也還通順。低表現學生結構尚可，組織則較弱，還不構通順。

3 遣詞造句

高表現在遣詞用語上更加豐富，而在造句上經過修辭的提升更為完整。中表現學生雖在遣詞上還不夠多變化，但在句子表達上則能有較多進步。低表現學生在遣詞造句上都較落後，仍須引導體會。

在進行為期四個月的類比法的訓練過程，老師與學生都能從參與中獲得成長。學生在思考時較能整體建構說理的思維，也能自行推演出具體的寫作目標，寫作時更有自信。而這正是將類比法帶入議論文寫作的最終目的。

第四輯

王鼎鈞散文的「言外之意」

黃淑靜*

一　前言

　　所謂「言外之意」，即是強調通篇協調的深刻性，展現多層次的豐美內涵，寫出耐人尋味，充滿弦外之音的作品，綻放文字背後的內蘊魅力。張春榮指出：

> 貴乎內蘊，強調「好」的修辭是篇中聚焦的亮點，有機性的協調統攝，十足發揮挹注、強化的功用，絕非孤立隔絕的存在；進而在整體的統合上，奕奕含光，展現借喻、雙關、婉曲、反諷、象徵的深層意涵，綻放豐約的文學魅力。[1]

「言外之意」注重語言上的暗示，特別是以「多義性」為主的辭格，最能形塑精妙的警語；以下就「象徵」加以考察王鼎鈞的散文。

二　象徵

　　就修辭學角度而言，黃慶萱指出「象徵」的媒介是某種具體的形

---

* 　現任新北市興化國小教師。

1 　張春榮：《修辭新思維》（臺北市：萬卷樓圖書公司，2005年），頁32-33。

象，它的構成必須出於理性的關聯，社會的約定，表達方式必須是間接陳述，而非直接指明。「象徵」是語言的一種修辭方式，可用於表意方法的調整（狹義），也可用於篇章結構的經營（廣義）。事實上，它是文學藝術創作的一種表現手法。黃慶萱引用海明威的理論指出：「好的短篇像一座冰山，十之七八浸在水裡，露出水面不過十之二三。」王鼎鈞散文中的高度象徵，張瑞芬指出：

> 王鼎鈞的人生與文學，既傳統又悖逆傳統，方正、敦厚、內蘊、深沉，一個戰亂流亡的年代裡，舊私塾進士府教出來的王謝子弟。他和王書川、羊令野、張拓蕪等軍職出身作家固然有別，甚至與子敏、思果的親切絮語也不同。表面上是古今第一說書人，事實上他的作品是抽象思維的，文學化約了一切，成為一種高度的象徵。像他自己比喻的，有一個間諜組織，成員都是盲人，他們以杖擊地傳送著密碼，卻從來沒有被識破過。[2]

從現代散文角度而言，徐學以為象徵是暗示性、多義性和超越性的美學方法，作為臺灣散文的重要美學型態，主要表現在散文的「意象化」與「寓言化」兩方面。[3]

為條分理析王鼎鈞散文的象徵技巧，以下分為「意象化」與「寓言化」分述探討。

2　張瑞芬：《狩獵月光——當代文學及散文論評》（臺北市：聯合文學出版社，2007年），頁33。

3　徐學：《臺灣當代散文綜論》（福州市：海峽文藝出版社，1994年），頁229-230。

（一）意象化

王鼎鈞的作品，「意象」占有重要地位。〈意象〉（《文學種籽》）中他指出：「意象是『意中之象，象中有意』」、「意象是作家的開業執照」、「不能產生意象的作家，猶之不能懷孕的母親」、「文學作品是字句組成的，也是意象組成的」、「好意象的條件是：鮮明、生動、新鮮」[4]，他使用大量的意象，如：樹、山、水、路、花、蟬、鐘、牛、夢、鴿子、地圖、高樓、鏡子等等，以營造豐富的象徵世界。他曾提及：「我久已嚮慕『狹義的文學』，那就是透過『意象』來表現思想感情，除了修辭技巧，還具有形式美和象徵意義。這是文學的本門和獨門，倘若作品只炫示自己的思想，怎麼樣對哲學也遜一籌，倘若只以記述事實取勝，怎麼樣也輸給歷史，文學自有它不可企及不能取代的特性。」[5]徐學也指出意象是作家作為審美的主體，運用其悟性與知性，將由外界得來的感知表象化為具有豐富內涵，超出具體特定概念名詞表述的形象顯現。[6]

從散文研究領域來說，關於散文「意象」的討論[7]，可以鄭明娳討論「散文意象論」，將「意象」視為散文創作構成的重要環節：

> 意象正是一切語言藝術中最具特色的符號功能——因為透過意象旨趣的繁複投射，形成作者情緒綜合的媒介，傳達出種種特殊的訊息。因為這些訊息，使文學正文有別於一般被簡

4　王鼎鈞：《文學種籽》（臺北市：爾雅出版社，2003年），頁50、52、54。

5　王鼎鈞：《文學江湖》（臺北市：爾雅出版社，2009年），頁460。

6　徐學：《臺灣當代散文綜論》（福州市：海峽文藝出版社，1994年），頁229-230。

7　鄭明娳：《現代散文構成論》第3版（臺北市：大安出版社，2000年），頁73-92。

易化、概念化的哲學或科學正文。[8]

鄭氏指出「意象」在純文學的功用，文學作品之異於哲學或科學文本，乃是透過意象的繁複投射，心物交感而形成「意中之象」、「象外之意」。關於意象和修辭的關係，她說：

> 意象，可以說就是文學作品意義構成的基礎元素之一，它並不僅具有裝飾性的功能，而且是文學美的重要成因。意象的基礎就是心象，經由心象，作者內心的造型和思維，進一步透過文學的媒介、語言的轉義借喻等而成生的一種形象就是意象。簡言之，意象是以心象為基礎，以各種譬喻手法作為表現程序的一種語言圖像──轉義、象徵、隱喻、類比，正是構成意象的幾個主要修辭途徑。[9]

可知意象是散文藝術中相當重要的質素，王鼎鈞善用鍊字、鍊詞、鍊句作意象組合，有的是「單一意象結構」，整篇散文以一個意象為中心輻射開來，籠括全文；有的是「複合意象結構」，以多個相對獨立的單一意象，組合成一個整體意象，寄託整體意涵。[10]

就單一意象結構而言，如〈紙〉（《千手捕蝶》）中，紙的意象是「善」，善可以包容一切，可以消弭人我間的隔閡，然得慎防「善」的付出不可毫無節制，否則終將毀滅它本身，以紙的故事象徵「善」也有它的侷限性。就複合意象結構而言，如〈那樹〉（《情人眼》）中的老樹形象，從生長、被伐，到被清理，都能屹立挺然，老

8　鄭明娳：《現代散文構成論》第3版（臺北市：大安出版社，2000年），頁71。

9　鄭明娳：《現代散文構成論》第3版（臺北市：大安出版社，2000年），頁73。

10　鄭明娳：《現代散文構成論》第3版（臺北市：大安出版社，2000年），頁93-98。

樹是全文的中心意象，其中輔以路人、計程車司機、清道婦、伐樹工人與遠征的螞蟻等意象。這些意象都環繞在老樹的命運上，各具內涵，共構一個時代的氛圍，使得老樹具有多層次的涵義。徐學以為本篇文章的成功，在於時代變遷的無情與人情感上的念舊產生內在衝突，歷史主義與倫理主義二律的背反，使社會往往在悲劇性的矛盾中潛行，以「於是那樹，沉默的樹，暗中伸展它的根，加大它所能蔭庇的土地，一公分一公分的向外」、「但是，這世界上還有別的東西，別的東西延伸得很快，柏油一里一里鋪過來，高壓線一千碼一千碼架過來，公寓樓房一排一排挨過來。」運用鮮明的對比，象徵老樹難抵現實的逼迫，一步步走入死亡，就如同工業文明對傳統文化的進逼。

（二）寓言化

寓言式的象徵通常由一個虛擬（或變形）的人物及事件組成形象體系，以這形象暗示和寄託著第二項涵義[11]。對此，徐學以為王鼎鈞首開風氣：

> 較早在散文中採用寓言象徵的是王鼎鈞，也許是少年時熟讀《聊齋誌異》所受到的習染薰陶，他開始其感性散文創作時，便時常運用寓言點化的技巧，虛實相生的變形，甚至不避誇張怪誕的想像，將民間傳說，鄉野軼事融入其中。[12]

可知王鼎鈞不以傳統早期寓言的比喻方式表達主旨，而是運用象徵技巧，以迂迴、暗示、雙關的方式傳達言外之意。他將作品視為整體結構，隱喻某種抽象的概念、思想與情感。徐學評論道：

11　徐學：《臺灣當代散文綜論》（福州市：海峽文藝出版社，1994年），頁236。
12　徐學：《臺灣當代散文綜論》（福州市：海峽文藝出版社，1994年），頁237。

《情人眼》一書中的〈石頭記〉、〈人頭山〉、〈興亡〉諸篇都是借助一些超現實的故事來表達一種人生見解，作品的知性似乎大於感性，不免留有較多的說理的傾向，情感顯得比較單一。到了《碎琉璃》一書作者將自己獨特人生體驗和審美觀照結合得更為完美。在那裡，〈一方陽光〉、〈失樓台〉、〈哭屋〉都借助寓言象徵的手法，投射出作者複雜而多重的情感表現出無法簡單定義的深遠意蘊。……在創作於80年代的《左心房漩渦》中，寓言象徵顯得更為婉轉內斂，沉郁警策。[13]

其中〈一方陽光〉藉著琉璃的破碎，象徵一個即將碎裂的世界；〈失樓臺〉由樓臺的由盛轉衰，象徵時代的更替；〈哭屋〉則透過昔日士子的殞沒，象徵人事的興衰。張春榮評〈紅頭繩兒〉時，則稱貫穿全文卻驚鴻一瞥的「紅頭繩兒」成為男孩心中純情浪漫的象徵，並一躍為男子理想戀人永遠青春不老的象徵。[14]早期傳統寓言，以簡潔明快的筆調敘述一個短篇的故事，使人從中領會人生經驗，是一種普遍的道理（某一倫理教訓或某一為人處世的箴言）。現代散文家則開始以各種「幻化」、「變形」、「子虛烏有」的形象，極盡真幻交錯，超越時空之能事，以非人間的變異，挖掘人間的真相，探討人性的根本。[15]王鼎鈞掌握此重要的質素，可與他所提倡的「荒謬」、「新解釋」互通。

此外，張春榮指出象徵可分為兩類，一類為約定俗成（conven-

---

13 徐學：《臺灣當代散文綜論》（福州市：海峽文藝出版社，1994年），頁237-238。

14 張春榮：《修辭新思維》（臺北市：萬卷樓圖書公司，2005年），頁86-87。

15 徐學：《臺灣當代散文綜論》（福州市：海峽文藝出版社，1994年），頁236-237。

tional）的固定象徵，屬於「字句修辭」；一類為創造性（created）的特殊象徵，以事件、物象形成「沾滿情思或理趣的客觀投影」，具有多重意義的美學效果，充滿積極的創意。[16]就創造性的特殊象徵而言，王鼎鈞能將舊題材以新思維作詮釋，展現精進的創造力，以《千手捕蝶》中的篇章〈吳剛造林〉為例，吳剛原是廣寒宮永遠的伐桂工人，王鼎鈞安排他能參透了悟，與桂樹共存成為造林者，象徵著人若無法改變現狀，何不換個心態面對。又如〈夏羿射月〉，王鼎鈞揣摩嫦娥偷吃仙丹的動機，假想逢蒙殺夏羿的多種原因，象徵人看事物不可只以表面作論斷。此外，《情人眼》中的〈最美與最醜〉一篇，則是藉由太監的行為，象徵人在面對改變時的無奈與悲哀；其中〈洗手〉、〈勝利的代價〉也可以有好幾種解讀法，在在顯示他提高象徵的層次，使之有多義或歧義。

由上述，可知王鼎鈞善以反諷、象徵的筆法，發揮逆向思考，形成反思觀照，藉由語言的不確定性，意義的多義性，造成弦外之音、言外之意，形成「有意思」的書寫。

三 結語

王鼎鈞的作品多言外之意，他指出：「作品可以是符號，可以是高級象徵的符號，常常從具體中見抽象，從有限中見無限。萬花是春，春是萬花；道在螻蟻，道也在雞毛蒜皮。」[17]他肯定文本的地位，也認同「落花水面皆文章」、「以微見大」，能透過作品展現超於常人的歷練與寫作技巧。在散文意境上，能透過語言藝術的加工，

---

16 張春榮：《修辭新思維》（臺北市：萬卷樓圖書公司，2005年），頁87。
17 王鼎鈞：《心靈分享》（臺北市：爾雅出版社，1998年），頁72。

如「比喻」、「象徵」，含蓄不露地「浸潤」於作品之字裡行間，以生花妙筆創造豐美的思維空間，使讀者能以不同的角度體會散文的藝術魅力。

他主張文學應具多義性：

> 文學作品，我並不主張有什麼說什麼，我認為不能說一是一、說二是二。我常勸朋友「將真事隱去」，我常標榜「橫看成嶺，側看成峰」。我也曾放言高論：作家寫出來的千言萬語，都不是他要說的，他真正要說的，始終沒寫出來，雖然沒寫出來，我們讀了他寫出來的這一部分，能知道（或者自以為知道）他沒有說出來的是什麼。」[18]

王鼎鈞鼓勵讀者從不同思維切入人生議題，藉由言外之意，供讀者從中細細咀嚼。至於意象的呈現，亦是王鼎鈞展現散文「意在言外」相當重要的一環，透過語言具體「象」的描述，作抽象「意」的傳達，他說道：「意象是『意中之象，象中有意』。」又說：「語文的記錄功能和論斷功能都是使人『知』，描寫則是使人『感』，作者不應該企圖使讀者『知道』有那麼一個意象，而是企圖使那意象成為讀者的感覺。」[19]王鼎鈞著力於「象」的呈現，以進入讀者的「意」中，如他提及：「小說就是『不說』，雖然不說，卻又多半等於已說。」[20]反觀散文，象徵技巧亦能使散文中「不說」的部分，隱隱若現。如熊小菊所言：「王鼎鈞家國抒寫對創作技巧的強調，主要表

18　王鼎鈞：《滄海幾顆珠》（臺北市：爾雅出版社，2000年），頁237。
19　王鼎鈞：《文學種籽》（臺北市：爾雅出版社，2003年），頁54。
20　王鼎鈞：《文學種籽》（臺北市：爾雅出版社，2003年），頁84。

現為對語言文字、意象、結構的獨到經營。」[21]以〈興亡〉（《情人眼》）一篇為例，就題目來看，彷彿是描寫國家的作品，實則論述一隻公雞，由雛鳥到成長，歷經雞瘟、家破人亡的劫難，茫茫然遺忘自己是「雞」，最後則因遇上少女型母雞，而重振公雞雄風。王鼎鈞取材貼近生活，卻立意深遠，內容似乎僅論述雞的興亡，卻以此象徵中國人歷經爭戰，無可奈何的亡與浴火重生的興，以小見大，其「言外有意」的散文，也僅有讀者咀嚼再三，方能領略其精髓。

黃淑靜：《走盡天涯，歌盡桃花：王鼎鈞的散文藝術》（臺北市：爾雅出版社，2009年12月初版）。

21　熊小菊：《王鼎鈞散文家國抒寫初探》（廈門市：廈門大學中國現當代文學碩士論文，2007年），頁44。

簡媜散文的語言風格

余宛蒨[*]

一　前言

　　散文的語言風格係作家駕馭文字的整體情調與氛圍。顏元叔指出：「語氣（Tone）指一部文學作品對其題材與讀者所採的態度。語氣可能屬正式的、非正式的、親切的、莊重的、戲謔的、陰沉的、嚴肅的、諷刺的，或任何其他類型的態度。」而簡媜能依不同語境擇以不同的語言，時而藻麗繁豐，時而平實簡潔，亦莊亦諧，展現作家多姿的風格樣貌，發揮散文內蘊的情理效果。以下就依此檢視簡媜風格體系。

　　何寄澎言：「簡媜的語言原就雕琢鍛鍊，但各書風格仍有差異。」簡媜早期以文字優美驚艷文壇，隨著寫作題材的變異，語言文字由奇而正，由麗返樸，形成平實中蘊有真意的敘述。「藻麗與平實」、「繁豐與簡潔」互為兩兩相對的風格，看似互相對立的風格，正是展現散文描寫真實生活的「對立統一」，因「生活中多種事物都是互為襯托而存在的，作為真實地表現生活的文學，也就不能孤立地進行描寫。」簡媜以此為創作基調，隨著題材立意，隨物賦形，靈活變化。

---

[*]　現任慈濟基金會文教推展組職員。

　　王希杰《漢語修辭學》中將語言風格分為四組相互對立的八種類型，分別是藻麗、平實、明快、含蓄、繁豐、簡潔、典雅、通俗，而細究其語言內涵定義，藻麗與繁豐可歸為同一項；平實與簡潔則能納為同一類。故以下依「藻麗繁豐」、「平實簡潔」，探究簡娟的風格表現。

二　藻麗繁豐

　　言及藻麗，又稱「華美」、「絢爛」，多用譬喻、誇飾、轉化，極態盡妍，營造「華麗絢爛」之感。藻麗，強調語言藝術的加工，力求情思豐富、辭采繽紛，展現作家瑰麗多姿的語言，以下細分「譬喻」、「誇飾」、「轉化」上加以探討：

（一）譬喻

　　譬喻是「相似聯想」的具體實踐，為「抽象與具體」的類比。藻麗中的譬喻，強調詳喻，善用譬喻的完整格式是具備本體、喻詞（如、像、是）、喻體、喻解，著重喻體的感染力、形像化，喻解的穿透力、深刻性，能塑造華而不俗的語言藝術。如：

> 1. 蟬聲宛如狂浪淘沙般地攫走了你緊緊扯在手裏的輕愁。蟬聲亦有甜美溫柔如夜的語言的時候，那該是情歌吧！總是一句三疊，像那傾吐不盡的纏綿。而蟬聲的急促，在最高漲的音符處突然戛然而止，更像一篇錦繡文章被猛然撕裂，散落一地的鏗鏘字句，擲地如金石聲，而後寂寂寥寥成了斷簡殘篇。
> 2. 有些女人說話，如麥芽糖，黏你一身；有的像西北雨，嘩

啦啦潑你一身；有的如暴起之風，氣呼呼颳你一陣。

第一、二例展現作家「詳喻」的精進力，與多元視角的變通。第一例寫出各種情境的「蟬聲」，如「狂浪淘沙」、「溫柔如夜的情歌」、「被撕裂的錦繡文章」，以比喻的名詞（蟬聲）為主體，並配合各種動詞，體現出深而細的思維。第二例則是發揮不同角度，不同喻體的聯想，將女人說話的方式，以各種具體之物為喻，並展開精彩的喻解。第三例中以相似聯想為主軸，將「手機」、「性器官」、「牌位」三者並置展開想像力的迸發，自手機震動韻律、響鈴呻吟，彰顯「現代生活數位情慾之面貌」；並以現代人用手機顯示「自我定位」與重要性，如人死後怕被人遺忘，而豎立牌位。

（二）誇飾

誇飾是「語出驚人」的渲染，局部變形的描繪；藉由逸出常軌的偏離，形成特殊荒唐趣味，可自「空間」、「時間」、「物象」、「人情」、「數量」著手，凸顯語言感受的強度。如：

1. 孩子們一放學就沿家沿戶搜，一見到茉草，眼睛就會噴火，樂得比拿第一名還痛快。
2. 老悲發財了，可能天上的財神為了補償他所受的苦難，或是受不了那張補蚊燈到處夾死快樂蚊蠅的皺褶臉。

第一例則是在「物象」上，藉著「眼睛噴火」的誇張描寫，形容孩童找到茉草時那高漲的情緒與灼亮的眼神。第二例是由「人情」上著手，透過老悲眉頭深鎖如「補蚊燈到處夾死快樂蚊蠅」的臉，強調其極度的悲觀心態。

（三）轉化

　　轉化，是在描述一件事物時，轉變它原來的性質，化成另一種與原性質不同的事物，可分為「擬人」與「擬物」，為作家主觀情意的寫作手法。簡媜常運用「擬人」，著重移情作用的感性造境，內模倣作用的真實體現，其中包括，「具象景物」的擬人、「抽象概念的擬人」。如：

> 1. 蟬聲，是一陣襲人的浪，不小心掉進小孩子的心湖，於是湖心拋出千萬圈漣漪如千萬條繩子，要逮捕那陣浪。
> 2. 小河總愛曲折地拐了老大的彎，從上游竹圍人家的門前溜過，再穿過中游誰家的菜園子借個路。最後，嘩啦啦地向下游人家打聲招呼，便不知去向了。

第一例中把「蟬聲」譬喻為「襲人的浪」，再帶出因「浪」而激起心湖的「漣漪」，並將漣漪喻為「繩子」，以轉化的手法寫出繩子要去「逮捕」那「襲人的浪」，將孩子興奮愉悅的情緒加以具象擬人，並用多元繁複的修辭手法，令整句話顯得生動而熱鬧。第二例塑造一鮮活情境，整篇文章予人繁麗豐富之感。第二例將具體景物「小河」擬人，以「拐了彎」、「溜過」、「穿過」、「打招呼」，呈現河水生動活潑的性格。

　　其次，繁豐，又稱「細緻」、「豐贍」，多用排比、長句、細節，盡情揮豪，不吝筆墨，用力鋪陳描寫，彰顯語言的體貼入微與細膩到味。以下自「排比」、「長句」、「細節」三點分述。

（一）排比

　　排比，是指將三個或三個以上結構、語氣相似的語句，平行並

置。藉由量的擴充，意象的重重組合，使行文更豐腴，呈現作家文辭上的豐滿與華麗。如：

1. 月如鉤嗎？鉤不鉤得起沉睡的盛唐？

   月如牙嗎？吟不吟得出李白低頭思故鄉？

   月如鐮嗎？割不割得斷人間癡愛情腸？

2. 比大地遼闊的是海，比海洋廣袤的是天，比蒼穹無限的是想像，使想像壯麗的是靈，……使靈不墜的是愛，使愛發出烈焰的是冰雪人格。

第一例運用三句排比，以類似的句法並列，展現語式繁豐之美，並發揮作家的「變通力」，針對「月」本身展開綿密細膩的「譬喻」，形容月「如鉤」、「如牙」、「如鐮」，分別對應到三組乍看下不相干的詞；但細究李白是盛唐詩人，而其詩〈靜夜思〉是對家鄉的思念之情，也就是人間之情，「盛唐」、「李白詩」、「痴愛情腸」，三者間實則息息相關。第二例則是在排比的運用下，擴大文勢，由「大地」至「海洋」再擴至「天」，進而是抽象的「想像」、「靈」、「愛」，逐層遞進，在鋪排中，形成層遞的擴大深化。

（二）長句

長句，是千言萬語慢慢傾吐，一言難盡的抽絲剝繭，讓整體文句的節奏變慢，使內容更為詳盡地表達而出，與短句的活潑跳躍不同。簡媜常運用長句營造文辭的繁富：

1. 生命的理由並非只將自己棲居在無塵無沙的地域，而更嚴肅的行動乃是眷顧前塵後又回到紅塵的中心成就一肩慷慨所謂對人世的不忍。

2. 這蔓藤便舞著蓮步去探測樹的闊足、去攀爬樹的腰、去避諱樹的陷阱、用千片葉萬片葉去保溫樹的身體，終因忍不住又回頭纏繞在樹幹與樹枝之間去聆聽樹洞內山鳥的眠聲。

第一例運用二十一字與三十六字長句，藉由形容詞「無塵無沙」、「更嚴肅」、「一肩慷慨」的增添包孕，串成長句，細膩抒發對生命中「不忍」的深刻感懷。第二例則運用七十一字長句，細細描繪蔓藤與樹之間的纏綿悱惻，別有幽微的延長轉念，若將句子改為「去探測、去攀爬、去避諱、去保溫、去聆聽樹」，語言較為簡潔卻失去藤蔓與樹交纏的意味。

（三）細節

細節是作家心靈之眼的觀照，往微處看，往細處說。因此掌握細節，是體現繁豐風格的重要因素。細節的描寫，是由大而小，由粗而細，勾勒出景物的特質或神態，源自於作家敏覺的觀察，細密的感知，微妙的捕捉。如：

1. 踱到井邊，隔一步遙，丟碗入池，水嚥了一聲，把碗吃下去，吐出一層浮油。
2. 如果，不是貪戀燦亮的陽光，我不會取消約會待在家裡做點事，如果不待在家裡，我當然不會上書房整理開箱上架但尚未歸類的四、五千本書，要不是得在書房耗很久，我就不會超量地煮一壺咖啡端上來喝。如果不把咖啡壺放在櫃子上，當然不會失手打翻。

第一例中簡媜將碗丟入池內，水隨後浮出一層油的細節部份，以工筆

細細描出，有別於一般「噗通一聲，將碗丟入池中，碗沉了下去」的寫法。第二例彷彿將打翻咖啡前的動作與原因，一一分解描繪而出。

三　平實簡潔

論及平實，又稱「樸素」、「平易」，少用形容詞，少用修辭，直抒胸臆，寫的真，寫的深，注重白描；善用動詞、名詞，用語極淺，用意極深，強調平凡中見功力，尋常中見真金；簡媜化繁為簡，化精心雕琢為天然本色，營造真實有味的書寫。

1 善用動詞、名詞

文章要寫得平實而不平庸，可藉由變化動詞、善用名詞來振挺一篇文章，活化文章之氣血。簡媜便巧用「動詞」、「名詞」的轉換，如關鍵「文眼」，提升平實文句的質感。如：

> 1. 新婚的丈夫睡成墳頭。
> 2. 我在悲傷裏抽絲剝繭，紡織快樂；她將快樂的錦衣剪裁，
>   分給悲傷的人。

第一例簡媜巧用「睡」字，將「新婚」與「墳頭」兩種截然不同的意象加以並置，將丈夫離世長眠之意一語點出。第二例則善用「悲傷」、「快樂」兩名詞，搭配「抽絲」、「紡織」、「剪裁」等製衣流程，直指「相反相成」的生命情境。

2 白描的語淺意深

作家若沒有豐富的生活經歷，與厚實的語言學養，是無法寫出「用語極淺，用意極真」的平實風格。王希杰明言道：「要達到平實

是比藻麗風格更加艱難的。」以下自簡媜的作品檢視其「平淡中蘊真味」的平實風格：

    1. 讓陽光，回到陽光不到的國度。

    2. 萬家燈火，哪一盞不需勤勞擦拭就能點亮呢？

第一例用字遣詞相當淺白，卻寫出作者期待人間不再有陰影與不幸的深刻含義。第二例中在樸素的用語下，揭示了「家家有本難唸經」的實相，而每一個家庭的維繫，都需要家人用心付出。

    其次，簡潔，又稱「精約」、「經濟」，多用複詞、短句、婉曲。簡媜藉由話少意多，別有寄託的簡潔語言，表達深刻意涵。如：

（一）複詞

    文約而事豐，是簡潔風格的真意。用少量的詞語表達豐富的內容，做到寓繁於簡，以一當十，就顯得語言簡約。如：

    1. 西北雨摔下，彷彿有位開懷大笑的農夫站在雲端倒一百擔黃豆。「逃啊！──」他們尖叫，故意奔跑讓西北雨追，彷彿每粒雨都是小鬼。妳看到迷濛的雨野上，⋯⋯一張張潮濕而興奮的小臉在手掌縫、雨豆跳動間繼續向天空鬼叫⋯⋯。

    2. 我相信眼淚裡有「愛」與「信仰」的光，妳對某處土地所流的淚愈多，意味著妳已經用淚磚將那塊不起眼的窮壤砌成「理想國」了。

第一例中以「淚磚」，將液體的淚水固體化，轉而能「推砌」，讓原本屬性不相同的具體之物，相互結合，揭示「理想」往往是要經過一番寒徹骨，才能逐步達成。第二例不以「雨水」、「雨滴」描寫雨，

而是將豆大般的雨，縮成「雨豆」兩個字來表現，讓語句簡潔又靈活。由此可見簡媜運用極簡的文字，表達豐富意涵。

（二）短句

簡潔的語言風格，體現於句式上，便能達到簡約凝鍊的效用，而短句最能突顯作家將豐富的內涵概括於一句之中的功力。如：

> 1. 人之將老，若無忠言，必有落葉。
> 2. 貴人，指自己。
> 3. 以公分量他人，以公尺量身邊人，用公里量自己。

第一例中以「落葉」點出經過風霜的人生，並蘊含著葉落化作春泥更護花的深意。第二例以一句短短的話，說明人們希冀有貴人相助，自己要先去當他人的貴人，才能為自己結下貴人之緣。第三例用「公分」、「公尺」、「公里」，簡潔扼要點出人們往往用顯微鏡看別人，用放大鏡看親友，用望遠鏡看自己，形成「律己以春風，待人如嚴冬」的處事態度，比起傳寫「嚴以律己，寬以待人」的敘述，更見層次，更為深刻。

（三）婉曲

婉曲是曲折、委婉的修辭技巧，避開直接、正面敘述的一覽無疑，留下空白，情餘句外，使人尋味。簡媜通過婉曲的手法點到為止，使餘韻不絕。如：

> 1. 把我野鶴般的油黑頭顱變成銀白吧，讓我每次對鏡，都能生出「雪夜歸來」的想像。
> 2. 杯子以為自己最大，直到碰見了碟子。

第一例中不直接敘述自己「老了」,而透過「油黑」、「銀白」的對照,與「雪夜歸來」的畫面聯想,婉曲地突顯「老」字。第二例中以杯子、碟子為喻,揭示人不可自大自滿,以拐個彎的方式說明「人外有人天外有天」,此例為作家「變通力」的展現,將格言意象化,以不同的方式來表達。

四 結語

簡媜作品的語言風格,隨著其取材與立意,呈現不同風格的色彩。在抒情寫景上,當文章偏向審美或生活細節地描述時,簡媜會偏向「藻麗繁豐」的語言風格,將「美」以華麗的文句鋪排而出,或以相同的句式,突出細膩有味的細節;在敘事說理上,強調世事的穿透,內蘊的照見,簡媜則偏向以「平實簡潔」的風格,以語言背後蘊藏的哲思為重,不強調語言的華美。若從簡媜作品的分期著眼,簡媜前期的語言風格較偏向「藻麗繁豐」,而後期的作品則趨向「平實簡潔」,形塑作家「豪華落盡見之真淳」的生命之姿與語言之姿。

簡媜:《老師的十二樣見面禮》(新北市:印刻出版社,2007年6月初版)。

張曉風散文創作觀的「作品論」

易元章*

一 前言

　　張曉風為第三代散文大家，她形塑散文的新格局，在其風格多變的藝術渲染下，將一綢綢散文的布匹，裁製成一襲襲典麗的雲裳，嘗試前人未敢碰觸的新語言；她用詩一般的譬喻手法，鎔鑄古典與現代，以行雲流水的精言妙語，時而知性，時而感性，卻絕不衝突；她像一個形貌多變的戲劇主角，在創作的舞台上，舞動其健筆，一展英姿。欲一窺張曉風的散文創作觀，需從張曉風對散文的體悟、看法上著手，並從其中縱理出其創作核心精神。因此，本文將自張曉風所發表之言論及他人訪談等面向，多方探析其創作觀之整體脈絡。

　　大抵張曉風創作觀可自「作者論」、「作品論」切入。本文自其「作品論」檢視張曉風之創作大要，多方探析張曉風在作品中之創作理念，彼此互為援引，延展擴大。以下就「多元開拓的藝術饗宴」、「鎔鑄古典的文字魔法」分別敘述。

---

*　現任新北市泰山國小教師。

二　多元開拓的藝術饗宴

　　張曉風的作品除散文為大宗外，另具多元創作之風格，舉凡雜文、戲劇、小說、兒童故事、報導文學等皆為其創作之面向，可謂文壇上的「千面女郎」（沈謙，《書本就像降落傘》）。王大空曾言：「張曉風的寫作才華是多方面的，無論戲劇、小說、詩歌、散文……都寫得極好，我從不懷疑她會寫什麼，我只懷疑她不會寫什麼。」由此可知，張曉風的寫作舞台創作多元、風格丕變。

　　文類互涉，使張曉風發揮文類的包容性，開拓文體的辯證性，並成為她深刻自覺、兼採眾體的實踐書寫。其形樣多變的藝術創作，展現在多元美感的作品之中，與詩、戲劇、報導文學的交融、跨越及滲透，給予讀者多重美感與質感的心靈饗宴，展現其獨樹一格之語言風姿。她將散文徹底解構再重組，形成另一種與其他文體交融的現象。

　　張曉風善於提煉生活中的對話描繪一個人的性格，並生動建構其戲劇性語體，因此其散文自然地融入戲劇性的對白及場景的布置，因為她血液中的戲劇因子呼之欲出，並且不時注入新的戲劇疫苗，使其散文血液永保清透澄澈。此外，她以戲劇模式與技巧融入散文中，使其散文在戲劇的蘊化中，呈現濃郁之戲劇性，不但使其文散發出散文的豪秀與豐美，亦融入戲劇的明快與緊湊之感。她借鏡戲劇模式，使散文融入戲劇分幕、序幕及尾聲之結構；挹注戲劇技巧，使散文盈滿戲劇情境、衝突及戲劇性對白等戲劇技巧，甚至嘲弄政治、揶揄世態，不但洞察人性，並且蘊含深刻哲理，甚且將東西方之衝突及和諧融為一爐。她多變的戲劇手法如川劇變臉，時而是威風凜凜的武生，一瞬間又幻為蓮步輕移的花旦，再一拂袖已成歸藏大化、處處關情的老生；在視覺、聽覺和語言的多重美感書寫中，造就跨界豐贍的審美藝術。

　　最後，張曉風的創作中仍有一項令人驚異的便是「報導文學」。
早在七〇年代初期，張曉風泰北之行回來後，因觸動其血濃於水
之情，因而催生《心繫》及《鄉音千里》兩本報學文學之書籍。
一九七八年，張曉風又以〈新燈舊燈──林安泰古厝拆除一日記實〉
榮獲時報文學獎佳作。張曉風在報導文學的第二黃金時代崛起，並獲
得海峽兩岸報導文學獎及收錄集刊之肯定，顯示其關懷社會之心，其
報導文學寫作皆出自親身經歷，真實中湧現曖曖含光的文學書寫。

　　綜上觀之，張曉風創作多元，具有多元的美感，彼此互為表裡，
不但有知性的哲思，亦有感性的想像。張曉風的散文向詩出位，在古
典與詩的交融間，增添詩的語言密度及詩的意象；向戲劇出位，在戲
劇的麵糰裡，她揉合了戲劇的模式與技巧，在一次次拍打的動作及對
白間，產生戲劇性衝突，其戲劇作品以中國古代故事為主幹，融入基
督教救世精神，探討宇宙生命最終極的天人合一的理想境界；向報導
文學出位，著重真實性、客觀性與文學性，使其報導不但「真」，亦
兼及「善」與「美」，引出其救贖精神最徹底的實踐。她將東方審美
智慧及宗教哲學精神在其多元的創作中表露無遺，因為她敬畏生命，
敬畏萬物。唯將散文出位，仍須思考散文之主體性，因為出位只是一
種手法，無論向詩、向戲劇或是向報導文學出位，藉由其重新凝鑄新
語言，是一種顛覆傳統的挑戰，此種跨文類之書寫，求新、求異、求
變，對散文來說，可謂新世紀的散文變體革命。

三　鎔鑄古典的文字魔法

　　對於散文，張曉風曾說：「詩歌如重磅（拳擊），散文如內功，
越老越見爐火純青。」張曉風所言「內功」，並非依恃其天賦異秉，
而是一種經由長期修練，即廣袤的知識、精實的微觀、深厚的閱歷，

和鎔裁鍛鑄等寫作功力所獲得。張曉風認為：「文學英雄的較力是要等千兒八百年的，千年之後，孰高孰下才見分曉。」

張曉風精純的內功，除前述原由外，多來自於古典文學的涵泳，她認為在未讀中文系之前，雖然自己是中國人，卻不明白中國人的思考方式及價值觀，「直到大量閱讀古典文學，情形明顯改觀，尤其詞義的辨析、文句內含的節奏及韻律，都變成本能的敏感。」可知四年中文系古典文學的養成教育，對張曉風而言，是其日後散文書寫審美質感的醇厚基礎，由此展開她多維度多面向的縱橫書寫。陳義芝形容張曉風的散文「沒有古典與現代的扞格，沒有知性或感性的躊躇。」可見張曉風的散文已將古典與現代自然地融為一體，打破古典與現代二元對立的形式，以知性提升感性，讓讀者領悟其對於中華文化的深沈底蘊及哲理思辯。

（一）意象

張曉風曾言：「如果傳統散文一向包含倫常之美在內而今日散文仍然沿襲此風，並且仍然情深意摯深切動人，何嘗不可傲世？」由此可知真情摯意是一個優秀散文家不可或缺的要素。「意象」是表達作家真情摯意最佳方式，在「一象多意」中，張曉風自對比聯想、相似聯想的交互作用中，藉由意象的組合，由單一至多層，由局部至全面，成就其散文深化理蘊。此外，張曉風借景抒情，從物與景的功能、狀態，延展其想像，呈現多元風貌。所謂「單一意象」，是作家局部營造情境，藉由平面意象觸動感懷，進而釀造出不同情境之法。

如〈林木篇‧梧桐〉：

> 在離它不遠的地方有山泉的細響，泠泠如一曲琴音。漸漸地，那些琴音嵌在它的年輪裡，使得桐木成為最完美的音樂

木材。

本例以「山泉的細響」嵌進梧桐之年輪，以聽覺意象詮釋山泉為琴音，而梧桐木成為最佳音樂木材以「功能」立意，細數梧桐木隱身深林間的空靈之美。

「多層意象」多以整體為主，並以多元意象之性質深化其意，且融多意於一象。張春榮謂在多層意象中「圖底共構，有背景必有主體；……因此藉由『關鍵』、『主要』意象的聚焦，可以掌握通篇脈絡，得以透視象中有徵，強化意象的多重認知，深化全篇的豐富內蘊。」由此可知，多層意象藉由作者畫面之鋪陳，將文章突出亮點，並用以貫串全篇意旨，映射其文化積累的弦外之音。

以〈春水初泮的身體〉為例：

> 如果說，人體有百分之七十的成分是水，則舞者體內的水必是親吻著海沙的潮汐，是生態豐富的沼澤，是暗夜中靜靜自墜的淚滴，是深情眷眷的欲雨濕雲，是喜悅的眼波，是一捧老茶盞上裊裊漫起的煙氣。

文中以「舞者體內的水」為主要意象，張曉風將舞者的身體由固態化為液態，書寫其身體像水一般柔軟，並由「功能」（「親吻海沙的潮汐」、「生態豐富的沼澤」）、「狀態」（「靜靜自墜的淚滴」、「喜悅的眼波」）、「性質」（「深情眷眷的欲雨濕雲」、「老茶盞上的煙氣」）上立意，以六種不同意象形容舞者身體的水，每一種相似思維並不相同，那汩汩而流、圓柔無憾的身體，在張曉風的筆下被稱作「被祝福的身體」，是上天選中的「特權份子」，這六象分別為其舞蹈中六種不同之動作，然舞者用其如水般靈動飄渺的身體詮釋「水月」，在騰、躍、轉、旋之間領悟深刻的哲思理蘊。

　　在「一意多象」中，其筆下意象由主觀情感投射客觀物象，在歷時性與共時性及其組合中，開發語言新感性。方忠曾謂張曉風的散文作品：「結構縝密，技巧圓熟，想像豐富，語言精美，意境雋永，情愫濃重，其關懷面之廣，內蘊之深，筆力之勁健，在台灣當代作家中是出類拔萃的。」張曉風時而從小處著眼，將由虛入實抽象之理具象化；時而呈現出一種大開大闔的廣闊氣象，成就一番壯麗豐美的意象群，展現其豐富的創造力。以下自張曉風「意象展現」上，觀察其抽象之一意生成變化之多重具象組合；而「意象組合」探索其意象延展交織之多樣美感。應以「譬喻」、「轉化」（擬人）兩方面著手，逮及「移覺」、「誇飾」、「婉曲」、「示現」，重啟意象生成的魔術盒。

　　以「移覺」、「誇飾」、「婉曲」、「示現」等生成意象，如：

> 1. 每次走過別人牆頭冒出來的，花香如沸的樹蘭，微微的失悵裡我總想起那花匠悲冷的聲音。
> 2. 我坐著，無效地告誡著自己，從金門來的火種在會場裏點著了，赤膊的漢子在表演蛙人操，儀隊的槍托冷凝如紫電，特別看台上面的大紅柱子，直辣辣地逼到眼前來。

第一例中發揮「移覺」通感，「花香如沸」中以觸覺意象的「沸」（溫暖），傳達出對嗅覺「香」之領悟；而在「沸」（溫暖）與「花匠」（悲冷）的對比意象中，更凸顯張曉風對樹蘭「香」之惋惜與渴望；第二例發揮「誇飾」的誇張變形，馳騁想像力的極限，以「槍托冷凝如紫電」、「大紅柱子，直辣辣地逼到眼前」兩組視覺意象，兜出瞬間悚然的情境。

　　「意象連結」包括「歷時性」與「共時性」的對比及調和，其中「歷時性」著重在時間先後關係之協調；「共時性」則注重空間畫面的對比鋪陳，因此，藉由「歷時性」與「共時性」的組合，呈現交錯

完整的意象系統。

以下例子是以「歷時性」的時間意象與「共時性」的空間意象雙重組合，綜合時間意象與空間意象，營造出統一中有變化，變化中有統一的景深與縱深，以〈也是水湄〉為例：

> 新生南路的前身原是兩條美麗的夾堤，柳枝曾在這裡垂煙，杜鵑花曾把它開成一條「絲路」——五彩的絲，而我們房子的地基便掘在當年的稻香裡。我固執地相信，那古老的水聲仍在。……
>
> 今夜，新生南路仍是圳水，今夜，我是泊舟水湄的舟子。忽然，我安下心平下氣來，春仍在，雖然這已是陰曆三月的最後一夜了。正如題詩在壁，壁壞詩消，但其實詩仍在，壁仍在——因為泥仍在。曾經存在過的便不會消失。春天不曾匿跡，它只是更強烈地投身入夏，原來夏竟是更樸實更渾茂的春，正如雨是更細心更捨己的液態的雲。
>
> 今夜，繫舟水湄，我發現，只要有一點情意，我是可以把車聲寵成水響，把公寓愛成山色的。就如此，今夜，我將繫舟在也是水湄的地方。

本例自時間跳躍中展開空間的綿密聯想。回顧張曉風所住之房子前身，呈現過去新生南路景象。隨著時間的推移，「那古老的水聲仍在」一句將過去拉回現在，但作者將新生南路仍想像為圳水，而她是「泊舟水湄的舟子」（譬喻）。接著以「題詩在壁，壁壞詩消」（頂真）、「詩仍在，壁仍在——因為泥仍在」（排比）形容春天，再以「春投入夏」、「夏竟是春」、「雨是液態的雲」（譬喻）比喻春即將結束，但春天的足跡不曾消失，夏也顯得更質樸厚醇，春夏交替之際真是糾纏不清啊！最後「把車聲寵成水響」、「把公寓愛成山色」

（轉化）雙重意象兜出作者意欲逃離這個水泥叢林，並暫時拋開一切凡塵俗事，展現其對大自然的想望之情，思索自己生存的意義。於是她運用色彩黯淡的詞彙，單調、枯燥、重複的句法傳達作為一個妻子、母親的不快。徐學言：「但她總能以詩意的想像、包容的愛心來排遣種種不快，化解由性別、家庭、社會共同組成的命運之網束縛下產生的停滯感與沈悶。」[1]因為張曉風覺得只要有情、有愛，她可以將這一切淡忘，並將世界化為種種有情的天地。

（二）詩化散文

張曉風以古典文學為滋養料，卻不耽溺於古典，加上現代文學的創作洗禮，靈巧的展延出「意在言外」的辭趣，使其散文綻放出多層次的靈性創思，並展示對生命的感懷與體悟。

張曉風詩化散文，使其作品呈現出詩般的畫面及節奏。這類型散文，亦即散文和詩的相互滲透，兼具詩的繪畫性與音樂性，發揮「由音而義」的辭趣。張曉風深闇此道，因為她從文字音節的變化中，讓行文更加瀏亮俐落，敘述更加明快有勁。鄭明娳說：「詩主題的歧義性，乃至音樂及圖像的豐富理論，有助於散文聲采形成的理論。」因此，散文的音樂性理論本是源自於詩的理論。張智輝亦言：「如果把散文比作生命，那麼旋律與節奏就是散文的脈搏，它貫穿於文章的始終。」可見打通散文的旋律與節奏，就像打通任督二脈般的重要。

以〈杜鵑之箋注〉為例：

> 杜鵑花的花時如情人的乍見與相守，聚是久違的狂歡，離是遲遲的駐步，發乎其不得不發，止乎其所當止。……能否容

1　徐學：《當代臺灣文學與中華傳統文化》（廈門市：鷺江出版社，2007年），頁85。

> 我為山作箋，為水作注，為大地繫傳，為群樹作疏證。

文言句法凝鍊，頗具詩的密度，字字著實，表現出張曉風非凡之筆力。前半例首以一對情人之乍見與相守為譬喻，接著以兩句承接，相聚時如同久違之歡愉，時間如狂歡之急，而離別時卻希望時間凝駐在原點。後半例以四句「為……」文言排比，呈現節奏，漸次加長，形成變化。

四　結語

　　陳芳明、張瑞芬指出六〇年代的女性作家中，張曉風代表了一個重要的轉折，她把散文技巧的各種可能推到了極限，她能夠寫出幽默的散文，也可以寫報導散文；她實驗中國文字的速度、彈性與密度；她勇於創新句法，敢於扭曲文字；她懂得使用超現實主義的技巧，也懂得後設的手法。由此可知，張曉風的散文在詞性的幻化與流轉間靈活如龍蛇盤旋而上，增一分嫌太多，少一分則太少，文字拿捏，恰如其份。

　　張曉風寫作持續不輟。她自述：「我還沒有學會寫作，我還在學寫作。寫作這件事無從簡單回答，你等於要求我向你述說一生。」王文興曾引蘇子由之言，說明文章貴在「不帶聲色」。他覺得「『不帶聲色』是一種反璞歸真，自圓自足的最高文字藝術的境畛。」而他認為張曉風的創作已一步步走向最真、最善、最美的境界。

　　在基督救贖精神的使命下，張曉風感懷繫世，對文學的熱情始終不減，而那平淡卻真實生活中的況味，是其詩性智慧的哲理發想。在她如魔法師般的多元創作中，不但擴大其視野，並在人生體悟中俯拾而上，自第一本創作《地毯的那一端》問世後，就註定要踏上這條文

學之路，並自古典中汲取養分，自「小我」之懷，擴大為「大我」之觀照，以典麗華美的文字語言，書寫社會、人生及家國民族，一步步邁向豐美精鍊的寫意人生。

張曉風：《地毯的那一端》（臺北市：道聲出版社，1997年1月2版）。

隱地散文的意義探索

林雪香*

一 前言

　　隱地為文，開挖文學新創意，拓寬另類想像空間，發現獨特表現技法，挹注口語生動野性，鍛鑄充滿密度、質感的語言。既能強調對抗語言、美感經驗的磨損，打破固定反應之慣性與惰性。（《修辭新思維》）如同俄國形式主義「陌生化」的文學性，隱地作品始於「語言的陌生化」，終於「感覺經驗的陌生化」，恢復對生活、事物的感覺，化腐朽為神奇，化平常為超凡，發揮作品的「趣」「味」魅力，吸引讀者目光。

　　隱地透過敏銳細膩的觀察後，為文時呈現不斷求變的挑戰精神，反對抄襲自己。運用文字的物質性，呈現繪畫性、音樂性、意義性的文學性寫作，以文字陌生化開挖新創意。隱地散文的語言特徵之一，行文不避用詞重複，由內而外，由近而遠，結合形與義，在形音義的綜合妙用中，帶出豐富內蘊，形成組合。以下即以審美物件外在形式中，由形而義的繪畫性及由音而義的音樂性、延生深化的意義層，援例說明隱地在遣詞造句上，形文、聲文、情文上的新穎。（《文心雕龍·情采篇》）

---

*　臺北市民生國小退休老師。

就意義的探索而言，隱地立於二元對立的思維「好時代就是壞時代」、「完美加遺憾」、「公平加不公平」「有道理與無道理」這是隱地常用的對立詞；進而聚焦逆向思維的揭示、擴大深化的開展、對立統一的超越、相反相成的宏觀共構隱地作品意義層的衍生到深化的意義層：

二　逆向思維的揭示

自隱地清新的哲思小品，我們目睹許多被淡忘的真諦重新浮現，許多疲乏的陳言再度恢復活潑彈性。有意無意間，在此我們發現古今智慧珠璣作跨越時空的呼應。如：

1. 悲在喜裡，喜在悲中；愛在恨裡，恨在愛中；樂在苦裡，苦在樂中；禍在福裡，福在禍中；生命在輪迴裡，輪迴在生命中。（《人性三書合集》）
2. 世界總是這樣黑夜等不到黎明，黎明也等不到黑夜。
3. 我滿意自己的不滿意，我不滿意自己的滿意。（《我的眼睛》）

似此省思辨析，無不反映作者思維的縝密與價值取向。使得句子相對的集中，聚合文本意義，「生命在輪迴裡，輪迴在生命中」令讀者更能反覆思考主題。在回文鐘擺裡，往往盪出生命中令人難堪「喜悲，愛恨，苦樂，福禍」的輪迴。「黑夜等不到黎明，黎明也等不到黑夜。」的絕望；及「我滿意自己的不滿意，我不滿意自己的滿意。」不安現狀的真實。

許多深層真實係躲在貌似扞格的敘述裡。秉持對生命的洞察體悟。隱地又討論「人世間美」：

1. 人世間哪裡有乾淨。乾淨的就不是人世間。（《人啊
   人！》）
2. 美是一種瞬間，也因為瞬，才有美。（《心的掙扎》）

以上敘述仍以回文的方式，相同語詞、不同語序所形成的語詞顛倒回
去，敘述人世間醜陋善惡並存的特點及美的特性短暫而永恆。而其中
之駁雜不淨、瞬間無法永存的缺失，正是人世間與美之所以存在的理
由，令人感慨。回文則是以運用回文，最能呈現對立的觀點，掌握事
理的全貌。也由於「美為瞬間，瞬間為美……」逆向思維的揭示，能
捕捉互動變化的哲理，形成深層的推論闡釋，是智慧火花的相映。

三　擴大深化的開展

隱地常以層遞的方法，來達到強調的目的，慢慢推論，直接擴
大，逐漸深化。如：

1. 忙碌造成壓力，壓力讓人沮喪。長期的沮喪更使許多人生
   趣全無。也可這麼說，世界上聰明的人，謀殺了無數的失
   敗者。（《隱地二百擊》）
2. 昨天的快樂，可能帶來今天的受罪。今天的幸福，並不保
   證明天的美滿。今天變成昨天，昨天立即成為歷史。歷史
   讓人緬懷，我們對昨天的自己只能悼念。眾人皆睡我獨
   醒。睡著人看不見醒著的人。醒的人，也一樣看不見睡著
   的人。（《隱地二百擊》）

第一例，有遞升的情勢，將重要觀念置於後，輕重有序。第二例，銜
尾相接句法，依因求果，加以概括，衍生，造成不容間斷的語勢。

　　隱地以文字（構成元素）的交互作用、文字操縱、文學內在營照出文體雄偉，並應用美感及語言技巧風格，大抵以層遞技巧入文最能使文思重重翻疊，另起高拳。或層層逼入，直指核心，使文理更嚴謹、更深入。自下而上，由內而外，最後將深沉的弗嘆逼出。

　　一般而言，欲使文章深刻變化，層遞修辭的觀念要多加運用。尤其在析理論證上，層遞最能由嚴謹推論形成犀利明快的氣勢，使人折服。隱地的散文就比例而言，以時間、數字、空間為脈絡的層遞，以數字展開，時間先後，分出不同階段的不同特質清晰，最為明顯；或以因果層遞句來表現，由近而遠，層次分明，來達到強調的目的。來造成進逼的語勢，都能使文句有力，下筆如有神。如：

> 人們只看到戰爭時候人的殘酷。其實殘酷無所不在。連優雅的藝術國度裡，也有更多的殘酷。沒有藝術細胞，沒有創作才華，卻要自命為藝術家，在別人眼裏，簡直是狗屎。而自己渾然不知，有時還洋洋自得，這種情形，與其說是可憐，還不如說是殘酷。

此例，將優雅的藝術比成無所不在殘酷的戰爭，是本質的確立，真相的闡述，可憐的江郎才盡藝術家，只得坦然面對現實。以反覆層遞造成的效果，如何在表達深層含意時，利用層遞之類型，傳達情意作用，造成效果，此為其散文創作觀的意義性的延伸。

四　對立統一的超越

　　對立統一建立在是非關係不統一，文句定向、動勢、緊湊、繁團織錦中有脈絡，同歸大海；旨在突顯主題內涵、意象群敘述觀點。

　　張春榮指出：「對立的統一，是辯證性思維的核心，由事物自身

特殊的矛盾出發，打破「二元對立」的簡單鮮明，跨出「非此即彼」的涇渭分明，超越「似是而非」的矛盾批判，跳開「是非易分」的單一觀點。走向「亦此亦彼」的複雜糾繞，邁入「似非而是」的融合創造，照見「是非難分」的微妙相攝。直指事理開展的正反變化，透視似礙實通的深層內蘊。（《文心萬彩》）基於這樣的認知，隱地用兩隻眼睛看世界之餘，俯仰品察，進而用兩個對立的角度（優點缺點、積極消極、正面負面（《國中國文修辭教學》）；再以正向字或詞彙正襯，彰顯世理的曖昧難測。復以，運用「雙襯」修辭，觀照世態的負陰抱陽，彰顯世理的曖昧難測。

「雙襯」是同一對象（同一主語），運用矛盾語法，展開兩種的思維，形成對立的統一。其中對立的統一是辯證性思維的核心，由事物自身特殊的矛盾出發，打破「二元對立」的簡單鮮明，並由「正反」的雙軌對峙，揭示特殊中的普遍，體現「相互對立，相互依存」的複雜真實。觀照世態的負陰抱陽，彰顯世理的曖昧難測（《國中國文修辭教學》），如：

1. 每一本書，都是作家一筆一畫辛苦寫成，寫白了頭髮，寫老了青春。

2. 寫一日的長，也寫一生的短。才過早晨，就是黃昏。人從青春年少到白髮疏落，多麼像匆匆一日行軍。（《回頭》）

3. 世間的美都是偽裝的，真正的美短暫且不堪一擊。美目巧分都在轉瞬間隱遁，美不長久，美永不停留。留住的，都是不美。美是一種虛幻，虛幻得有些不真實，美真殘酷，所有真實的，都會逐漸掩蓋美。（《隱地二百擊》）

第一例，每一本書主題，寫白了頭髮寫老了青春分別的意義，白髮青

春形成對立的統一。第二例，「一日的長、一生的短」，青春到白髮匆匆如一日，往往始料所未及。亦是。同一主題分寫意義，形成對立的統一。以上是以情境的來作抽象對比。此外，對比係指把兩種不同事物安排再一起，以強調顯露他們彼此之間的差異，故有比較之意。運用在相反的事實，對列起來，使兩相比較，互為映襯。從而語氣增強，使意義鮮明，在修辭上常見。第三例，偶然必然，打破「美」的虛幻，由真美帶出美得偽裝。由合理帶出荒謬。常常由真實走向殘酷。每每由短暫導至不堪一擊。反之，美也可以短暫，不長久不停留，確實「留住的」可以是不美。畢竟「美永不停留」，看你如何辨識真美、虛幻美。

五　相反相成的宏觀

隱地散文，由事說理，自相反相成中，全書通過螺旋形的深化擴大，醒心豁目，深刻揭示。如：

1. 不喜歡的人，你可以設法閃躲，讓自己看不見。但我們無法閃躲自己。自己的臉就在自己身上，而鏡子在浴室、在臥房，甚至走進百貨公司，隨便一望，就是一面鏡子，鏡子裡一定有一個自己，看到失去了青春的自己，讓人感到疲累。青春，多好，可是青春其實只是一個影子，一晃，就不見了。（《盪著鞦韆喝咖啡》）

2. 走在別人前面的時候，要往後看，走在別人後面的時候，要往前看，知道自己和別人之間的距離，就是一種智慧。（《人性三書合集》）

第一例，以我們無法閃躲失去青春的自己。彷彿似是而非的言論，表

面上荒唐突兀，實質上蘊含「青春其實只是一個影子，一晃，就不見了。」的真理，是因果動態關係的悖論。第二例，以一串反正正反的道理，使智慧的意義相反相成。微妙變易知道雙軌互涉，形成了解自己和別人之間的距離，在接近遠離中，互動變化，相反相成，就是一種智慧。

六　結論

綜上所論，繪畫性的修辭能因平常作非常，感性文字作超常組合，合格又精妙，叫好又叫座，選擇是品味，組合的創造；共組文字的最佳組合，感性性感組合，平凡作超凡意義組合，語調溫婉自如，淺顯有餘味。

檢視隱地「言之有趣」「言之有味」的書寫，可以自「形/音/義」的選擇與組合上加以爬梳：第一、由形而義，藉由圖像思考（空間智能）展開「形」「義」的連結，論示形成立意的延展、變化。第二、由音而義，藉由聲音思考（音樂智能），展開「音」、「義」的連結，形成立意的感染、細緻。第三、綜合呈現，藉由多元智能（語文、空間、音樂、內省、人際），展開「形/音/義」的相互連線，形成立意豐美、精微。依此三個向度

林雪香：《散文隱地》（臺北市：爾雅出版社，2014年4月初版）。

的進路，沿波討源，探究化技術為藝術，由陌生化至深刻性，融道心於文心的精要所在。作品後面那個真正在承受歲月磨損的，可能隱地在生活中的心境與心態對作品具有關鍵性的影響。

顏崑陽散文的反諷藝術

呂汶玲[*]

一 前言

　　越是與現實接軌，越是看清人性的墮落，社會的混亂。於是顏崑陽不斷為文揭露各種社會問題，提出強烈的批判，特別是表裡不一的行為，更是他極力針砭的對象。因此，「反諷」是他眾多表現技巧中最常使用的一種，也是表現其批判精神最強而有力的技巧。就「言辭的反諷」而言，偏重空間、細節的矛盾揭示，主要表現在敘述層上，往往正話反說，口是心非，達到言與意反的效果。「情境的反諷」偏重時間、情節的矛盾變化，表現在故事層上，藉由情節的對比，表層結構的寓意，形成另有所指的深刻揭示。顏崑陽將此手法靈活運用至散文書寫，藉由言辭上的「正話反說」、「口是心非」，情節上的「對比」、「寓意」設計，將反諷藝術表現的淋漓盡致。其反諷往往會結合其他的辭格，達到綜合運用的表現，以下將以激問、譬喻、婉曲、仿擬四類兼用，逐一檢視其綜合運用的展現。

＊ 現任桃園縣龜山鄉幸福國小教師。

二　激問

　　激問是以疑問的形式，表達肯定意思；藉由激昂反詰方式提出，強化語氣，激起波瀾，吸引對方的注意，發揮感染力，揭示「答案在問題的反面」。顏崑陽常於在文章中拋出問題，一方面藉以表達其激昂的情感；另一方面是為了激起讀者的自省。由「人與自己」、「人與社會」、「人與自然」至「人與文化」，顏崑陽在各方面皆進行探視，並透過激問的方式表達其強烈的批判，就「人與自己」面向，在〈來到落雨的小鎮〉中，透過採石工人，聯結到「夸父追日」的故事，探討人們常因自以為是，自我欺瞞：

> 為什麼我們要將這種堅持到底的執著識為愚蠢？為什麼我們要將這份敢於追求的勇氣識為不自量力？知道做不到，而還肯去做的人，總比善於為自己的怠惰找藉口的人，來得聰明些吧！因為誰說過：「力之執著，即是智慧」。能將自己的生命投注在一份理想的追求中，總比徒然無謂的苟存，要有意義多了吧！因為誰說過：「殉真理而死，即是另一種存在。」如是，我們還能去譏誚夸父的荒誕嗎？（《秋風之外》，頁219）

這無疑也隱藏顏崑陽對自身的看法。什麼是「愚蠢」，什麼是「聰明」，順勢就是聰明；逆勢就是不自量力嗎？世俗對「價值」往往有一個既定的標準，不願苟同者就被視為異類，而人們也自然的依此標準進行自以為是的評判。顏崑陽透過激問，強迫讀者進行正逆思考，擺脫舊有的價值判斷方式，也藉此批判安於現狀，怯於追求理想之輩。

　　就「人與社會」面向，在〈另一種男人〉中談論的是「大男人」

的矛盾價值觀：「我只是想不通，這些高貴的男人們，每餐從高貴的
嘴巴吞進去的酒肉，卻是一雙雙低賤的手摸過捏過揉過的東西，這不
是很矛盾的價值觀念嗎？」（《手拿奶瓶的男人》，頁100）世人的
矛盾在於「說一套，做一套」卻又不自知，認為高尚的男人們，不應
該做低下的行為，然而卻樂於接受著些他視為低下本應遠離的事物。
廚房中的油煙、殺牲是君子所遠離的，然而食物端上前，他們卻吃
的津津有味，這不就是一種矛盾。殺生取得食物，雖為仁者所不願，
然而這些所謂的講仁者，他們的行為有時卻又比這些譏為低下者更為
低下。不同調的價值標準，在激問口吻中，更見「表裡不一」的假面
具。而〈沙漠，當然長出仙人掌〉一文，則點出人們自我欺瞞的可
悲，指出現代人的自相矛盾：「我們的年輕人怎麼是這樣？其實，不
必驚訝，沙漠中當然長出仙人掌，難道還會生產水稻嗎？」（《小飯
桶與小飯囚》，頁132）言簡意賅戳破世人自我欺瞞的心理，當我們
驚覺時代的改變，善良風俗不在的同時，是否曾捫心自問的檢視這個
被我們塑造出來的文明世界，當現代人將一切以金錢、權力、競爭來
衡量，處在這個環境中的孩子還能單純嗎？為人師長、父母總是一再
責備孩子的改變，卻不願承認是我讓他們變成這樣，豈不可悲！

　　對應到「人與自然」面向，在〈「忘根樹」的迷惘〉中，指出：

> 隨侯之珠與千仞之雀，孰重孰輕？這很清楚。但是，生命本
> 身的健康與當前的口腹之欲，孰重孰輕？心靈的寧靜與聲色
> 犬馬之娛，孰重孰輕？人與人之間的和諧與個人的金錢權
> 利，孰重孰輕？自然生態與工業利益，孰重孰輕？這種種問
> 題，很多人就不見的清楚。即使觀念上知道，但行動上也不
> 願清楚地去證明。因為他們永遠只相信眼前就看得到、抓得
> 到的利益，卻不相信以後才可能會發生的損害。（《人生因

夢而真實》，頁136）

顏崑陽利用激問的手法，一步步道出現代人無限度向自然予取予求的荒唐行徑，由典籍映證到自身價值、人際間的互動，再進一步論及與自然的相處，在層層遞進中，態度隨排比鋪陳延伸而逐漸拉高，使詰問的口吻不斷逼近讀者，讀來使人感到無所遁逃，只能在啞口無言之間靜聽其批判。

最後「人與文化」面向，在〈烏龜的研究〉中，顏崑陽藉由《莊子》中的故事，直指世人的無知，無法記取歷史的教訓：

> 何止烏龜必須以牠的屍骨才能驗證別人的吉凶、指示別人的明路；人類不也一樣必須以纍纍白骨才能驗證子孫的吉凶、指示子孫的明路嗎？（《智慧就是太陽》，頁45）

以人類經驗上「一將功成萬骨枯」血淋淋的例子，做為激問的依據，這難道不是人類所應引以為戒的最佳教訓，人類明白戰爭的殘酷與無情，指責發動戰爭的好事者，但是翻開一頁一頁的歷史，自相殘發、相互掠奪的事例卻不斷發生，這是人類的悲哀，在「知」與「行」，「應然」與「實然」間的距離，實為人類所跳不開的桎梏，顯出人類智慧始終未能提升。透過強烈對比與激問的方式，諷刺人類的愚昧。

三 譬喻

顏崑陽善於使用譬喻當表象，直指事物醜陋的本質。表面上談論一個人、一件事，其實所指事物皆有隱涉，頗有「指桑罵槐」的效果。黃慶萱《修辭學》謂：「譬喻是一種『借彼喻此』的修辭法，凡二件或二件以上的事物中有類似之點，說話作文時運用『那』有類似

點的事物來比方說明『這』件事物的，就叫譬喻。」運用譬喻，常見的模式有二：第一，生動的比喻，掌握相似性，化抽象為具體，化深奧為淺顯；第二、諷刺的譬喻，自喻體中揭示矛盾，自喻解中提出批判。（張春榮，〈反諷的綜合運用〉）在〈麻雀與老鷹〉中，顏崑陽藉由描述兩種特質不相同的鳥類「麻雀」和「老鷹」，點出現代社會中多的是揀拾現成的麻雀，少的是具有獨創的老鷹：

> 有一種鳥叫作「麻雀」，很平庸，讓人想不起如何賞心悅目的特色。但是，在鳥類中，他們的數量卻最多。……
> 牠們就是光會揀「現成」的，念頭裡從來只有「分配」而沒有「創獲」。有一種鳥叫作「鷹」，很特立，也很孤獨。看到牠們或甚至只要想到牠們，你便自然地抬頭仰望，從背脊間升起一種如對強者的凜凜之感。……生活對牠們來說，沒有什麼是「現成」的，必須依靠卓越的能力，在空闊、荒寂的山野，高飛、搜尋、速衝、攫取。這，不是從既有而有的「分配」，而是從沒有而有的「創獲」。（《上帝也得打卡》，頁129-131）

麻雀指的是社會上只知揀拾現實，卻不願努力創新的一群，但無奈，「麻雀卻有著驚人的繁殖力」，於是社會上到處充斥著這樣的人物，而具有獨創力的老鷹，反而數量越來越少，甚至可能瀕臨絕種了。處在這樣的社會中，顏崑陽不免心有所感，利用麻雀和老鷹的特徵與習性，藉此褒貶社會中的兩類型人物。傳達出內心的孤獨與擔憂，也感嘆無積極上進心之輩，終日成群結夥，只為飽足個人口腹之慾，心中早已無理想和操守，社會風氣日漸沉淪。

〈「威而鋼」座談會〉也是則是盡嘲諷的例子：

> 「重要，重要極了！我們男人等了上千年，終於等到你這個
> 穿著科學外衣、拿著政府執照的『春藥』。在女人面前，
> 我們總算可以站得『頂天立地』啦！」X男人興奮得臉紅耳
> 赤，頻頻豎直食指，高舉向天。（《上帝也得打卡》，頁
> 31）

將「威而鋼」說是「穿著科學外衣、拿著政府執照的春藥」，「政府
執照」表示著它的「合法性」，「春藥」卻顯示出它的「非法性」，
兩者並置，更顯出一種荒唐的錯誤。藉由男性觀點說出，更顯出錯
誤謬論，男性的自大，政府的無能，如此不該被推崇的價值，反而
使其合法，使錯誤日漸加深。男人等了上千年，今日總算可以「頂天
立地」，藉由時間的延伸，也可突顯出現代人做決策的草率，不計後
果。

　　另一個生動的譬喻，顏崑陽使用簡短的文字卻如實的傳遞出現代
人「只見利益，道德仁義皆可拋」的實況，在〈你叫蠍子不咬人，可
能嗎？〉中，寫道：「在商人的字典中，『賺錢』用的是一號鉛字，
『愛國』用的卻是六號鉛字。」（《智慧就是太陽》，頁76）藉由
「字體大小」，生動而貼切的表現出「商人」們所重視的事物。說的
是不爭的事實，卻叫人自內心發出深深的嘆息，無奈卻又無法反駁，
這就是現代人所創造出的文化。當一個社會普遍都缺乏道德良心，能
單單責備商人們不懂愛國嗎？

四　婉曲

　　張春榮《文心萬彩》中指出：「婉曲是文字『經濟效益』的充分
發揮，以約藏豐，以少總多，以暗示代替明示，致使情餘句外，意浮

篇末，理顯於餘音裊裊之中。」透過婉曲修辭顏崑陽含蓄而內斂的包裝其刀鋒，但並不因此而減低其批判的銳利度。在〈龍的研究〉中，即是最佳的表現：

> 帝王實在是一隻人間罕見的動物，從頭到腳，沒有一寸是「人」。不但如此，被他碰過的東西，也不是人能用的哩！
> （《智慧就是太陽》，頁36）

表面上說的含蓄，指的是「龍」，單就龍的意象來說，確實不是人，確實無法以人的角度來看待。但話鋒一轉，龍與皇帝相通，批判罵人的本領又出現，不但如此，罵的更兇，這句「不是人」，即為最嚴厲的指控！

另一篇〈我怕王寶釧〉，也是透過曲折描寫，突顯男人的自大：

> 十八年沒給這女人飯吃，男人第一樁關心的卻是他有沒有老老實實地待在「牢獄」裡？因此，他裝作「野男人」的樣子，用「性騷擾」試探她的反應。結果，男人相當的滿意。
> （《上帝也得打卡》，頁42-43）

像在訴說一項考試，顏崑陽以理性冷靜的方式，來呈現女性在社會上或在職場的處境，而以「男人相當滿意」，來結束這項測驗。這個社會追求「男女平等」，也標榜「男女平等」，但卻容許諸如此類的事件不斷發生，能說不是最大的矛盾和諷刺！

在〈「翹鼻子情聖」自傳〉中則是描述現代人的盲目和迷信，篇末更延伸至政客善於操弄人性，造成更大的荒謬：

> 每天晚上，「翹鼻子」和他老婆上床，究竟是「舉人」，還是「秀（朽）才」；是「中流抵柱」，還是「倦鳥歸巢」。

> 這這這，這完全要看牆上那條鼻子翹到什麼程度！（《上帝
> 也得打卡》，頁52）

十足嘲諷口吻，諷刺現代人的迷信和缺乏自信。凡事建立在外在的徵
兆，而不願相信自我內在的潛力。除了委婉表達出嘲諷的意味，顏崑
陽更利用文字的諧音和雙關，使內容增加趣味性，使嚴肅批判的主
題，讓人會心一笑。

另一個婉曲的表現，是藉由訴說他物，來帶出主要的意旨。在
〈人是唯一會讀書的動物〉中寫道：「『勞力士』再怎麼名牌，那也
只不過是一隻供人玩弄或使用的手錶罷了。」（《聖誕老人與虎姑
婆》，頁148）不直接點出「人類自主性的可貴」，反而逆向操作說
「勞力士也只不過是供人玩弄使用的手錶」，除了顛覆世人提到勞力
士的第一印象，產生陌生化的詮釋外，更因非直接讚揚自主性的可
貴，更讓人感受到言論的客觀性，達到鼓舞的效果。

五　仿擬

仿擬，立足「形式繼承，內容革新」的視角，將耳熟能詳的名言
佳句加以仿寫，讓舊瓶裝新酒，讓耳熟能詳的句子再顯新意。仿擬有
正仿和戲仿兩類。正仿化未密為精進，層樓更上；戲仿化嚴肅為詼
諧，開高走低，最能和反諷接軌。藉由前人作品，加以轉折變化，抑
揚升降，達到戲謔諷刺的效果。（張春榮，〈反諷的綜合運用〉）本
身為學者作家，對文學作品的熟稔度自然不在話下，仿擬技巧常表現
在散文作品中。以〈龍的研究〉為例：

> 帝王即位，就叫龍飛或龍升；帝王的身子，叫龍體；帝王的
> 面孔，叫龍顏；帝王穿的衣服，叫龍袍；帝王坐的椅子，叫

> 龍椅；帝王乘坐的車馬，叫龍馭⋯⋯以此類推，那麼帝王放
> 的屁，就可以叫做龍屁，其屎曰龍屎、其尿曰龍尿。（《智
> 慧就是太陽》，頁36）

前為依據中華文化對「龍」的崇拜，而延伸出的名詞定義，多為對世間「龍」的化身者「帝王」的讚揚，強調其高貴不俗。延伸推論，則筆鋒一變，「龍屁」、「龍屎」、「龍尿」盡出，結構形成先揚後抑，前褒後貶的安排，在「陡轉」中形成負面的仿諷。

再以〈顯微鏡下的蝨子〉為例：

> 銀河系中，有個星系叫『太陽系』。太陽系有九大行星，其
> 中一個叫『地球』。地球上有五大洲，其中有一個叫『亞
> 洲』。亞洲有一個很小的島叫『臺灣』。整個地球人類的歷
> 史上，曾經出現過幾千個帝王和總統，但絕大多數的名字，
> 早就被人們遺忘了。您說，一個總統和狗兒身上的一隻蝨子
> 有什麼差別呢？」（《上帝也得打卡》，頁62）

此為仿效《莊子》〈觸蠻之爭〉故事的形式，由巨觀到微觀，點出人的渺小，透過不斷推演的過程，讓人逐漸清明自身的渺小與微不足道，不論就廣大的空間或無垠的時間來看，人都只是滄海中的一栗。

〈石頭先生傳〉則仿〈五柳先生傳〉的形式，加以變形轉化而成，主要欲透過他人立傳的形式，傳達真有其人其事的戲仿效果。種種對「石頭先生」生活的描寫，其實都是作者刻意安排，欲對現實生活、價值觀念，有所針砭。由「五柳先生」轉變為「石頭先生」，本有貶低的意味，一為「閒適」，一為「固執」；然石頭先生雖被世人視為固執，但其堅持卻是獨世清流，又有肯定「褒讚」之意，整體而言，開低走高，看似固執不合時宜的行徑，卻突顯出個人的想法與意

念，使人頓悟立傳「石頭先生」之巧意。

六　結語

　　面對混亂而人性普遍墮落的時代，顏崑陽觀照社會文化現象的各各面向，提出強烈的批判。但是在不斷批判的同時，他發現這個社會，雖然大多數的人是沉醉靡爛，但是仍有一群人默默的堅持在自己的崗位上，只是盡心盡力的做自己該做的。顏崑陽體悟到「不要對這社會太失望，每個行業，固然有些拆爛污者，但光明的一面，卻仍是不斷地照耀這世界啊！」顏崑陽自身也在兒子顏樞天真的相信聖誕老公公始終存在的事件中，堅信人性中有其光明、真善的一面。因此，顏崑陽在書寫強烈的批判性文章外，開始記錄下時代小人物的正向行為，展現人性向上光明的一面。更關注到無法言語的動植物、環境，為其發聲，將對人世間的悲憫擴大到無生命生物的領域，最後再躍進至對整體人群的關懷，逐一提高自我關懷的層次。

陳義芝主編：《顏崑陽精選集》（臺北市：九歌出版社，2003年10月初版）。

張讓散文的女性書寫

何佳玲[*]

一　前言

　　《孟子・萬章》曰：「頌其詩，讀其書，不知其人可乎？是以論其世也。」在檢視作家的作品之前，應先探查作者的創作態度與身處時代背景，以作家觀點思想為基準，對照文本中論點展現，求證「作者論」是否落實。張讓視創作為「界定存在的方式」，可由「態度」、「原則」、「內涵」三個面向著手。首先本著對文學尊敬謹慎的態度，以冷靜之筆、熱情心腸，強調創作不追逐潮流、不矯揉造作；其次秉持「文學的範疇是感動」原則，以知性哲理的鷹架，構築感性抒情的文學殿堂，引發讀者共鳴。並針對作品的內涵，因循個人生活經驗與成長背景不同，書寫小我到大我的生命情調與人文精神。以下自「冷筆熱心的理性洞悉」檢視張讓散文的女性書寫。

二　女性本位的燭照

　　對於女性題材書寫，張讓在小說、散文中都刻劃入微。小說中張讓以女性為主角的篇章不在少數，關注女性的地位與形象，對女性心

---

[*]　現任新北市三重區集美國小教師。

理轉折與社會文化價值衝突有極為細膩的描述。散文裡張讓以自身性別為論點，洞察文化傳統對女性的歧視與不公，尤其是母者定位與象徵，張讓忿忿不平提出質疑與反駁，態度疾言厲色、字字鏗鏘有力。張瑞芬評述：「無論是理性／真實的辯證，或女性／母職間的矛盾，張讓以偏長的體式，奠下擅於剖析，意涵豐富，接近詩與哲學意境的文字基調。……這樣的省悟，在親歷生養子女的女作家當中，似乎只有簡媜數年後的《紅嬰仔》差堪比擬。」即使歷經生養育兒的過程，成為真正的母親，張讓不為世俗眼光左右思想，誠實面對自己，理性深刻剖析母親角色的意義。羅奇〈女作家的新育嬰書寫〉中亦指出，「若說挖掘母親角色立足地基的深度，則擅於堆疊知性思維積木的張讓，大約可以拔得頭籌。」張讓憑藉作家的敏覺力與感悟力，在「女性定位」、「母者考察」兩大面向著墨，通過自身生活體驗，結合內在理性省思，為女性發聲，提升散文新視野，形塑個人寫作風格。

（一）女性定位

身為一位女性，張讓在性別意識上格外敏銳，對女性的處境有很深的體認。她曾說：「女人是社會的附屬品，從小到大都要受很大的苦，我下輩子要做男人！」寫作時刻意隱去性別，讓讀者不要有先入為主的偏見，欲排除「男性善思考議論、女性談瑣事家常」的印象。黃基詮在訪談中記錄「她一直想避開因性別而被讀者刻板化的印象，包括張讓這個筆名，也是為破除性別藩籬而取，純粹以創作出發，以文字探索其所觀看的大千世界。但刻意採用中性化的筆名，也彷彿向男性沙文的投誠、艷羨，相互矛盾，張讓想製作這種效果，讓讀者知道，女作家不單只有溫柔婉約，文字風格與性別未必畫上等號。」儘管自相矛盾，或被誤認為老頭子，張讓避免被歸類為「閨怨作家」，企圖以知性冷靜的角度，「無性別聲腔演說理知系統」為女性發聲。

　　張讓最先關注的是自己的母親。身為一位傳統女性，歷經恐怖鬥爭的時代背景，流離失所，終得飄洋過海成家安頓，張讓在母親身上看見沉默犧牲、用心忍耐的特質，以她最大的可能創造她的世界，在時代的傷殘破碎中試圖建築一方小小快樂和完美。如同天下偉大的母親一般，張讓形容母親刻苦勤奮任勞任怨，反觀自己，她無法做到如此程度，故在母親面前，張讓自覺慚愧：

> 她不會接受我們的慚愧，因為生性的謙抑，不邀功。她從來自命無能，只有竭盡全力。飯菜無沙，吃的人不知道有人一粒一葉揀剔。衣食無憂，快活的人不知道有人挖洞補窗，以明年後年的生命抵押給現在。（《斷水的人・時間的臉》）

母親擎起兒女世界中的藍天，用善意與關懷溫暖照耀。張讓自嘆弗如，讚嘆母親給予奇蹟。此外，張讓也從母親身上看到藏拙的天性。如笑容，她笑起來永遠是嬌怯的小女孩模樣，即使笑得最無邪無心時仍擺不脫有東西要隱藏的自覺：

> 中國古老文化將我們貶入卑賤的性別、委屈的族類，那基因紋身到今天還洗不掉。母親的笑容裡因此永遠有那點卑賤驚慌的自覺，可能因為戰火流離和貧窮無依而鑿刻更深，我永難忘記。相對，今天的女性沒有那瑟縮的眼神、謙抑的笑容。現在的大女子小女子神色坦蕩，都是香吉士柳橙的金色青春和無懼。今天男女的「我」一概以大寫表達。（《當世界越老越年輕・一九九五年五月某一天》）

張讓藉由傳統矜持的母親，與現代新女性形成強烈對比，除認同時代變遷社會價值觀改變之外，也隱指女性應掙脫父權文化的包袱，勇敢做自己。

　　基於個性使然，張讓不願套用母親的生活模式，當個卑微忍讓的女性，她直率坦然，有話當說，不合理即反駁。於是在〈蒲公英〉中與女友阿妮可談到做女人的特權時，阿妮可認定身為女人給予女人做母親的門票，男人便沒有這個機會。創造生命會使一個女人覺得自己很大，像宇宙。張讓便提出質疑：

> 所有的女人都這樣覺得嗎？是不是所有女人在成為母親時，突然覺得比男人優越？這種權力之感維持多久？女人能夠以自己的生育能力為武器來反對男人，輕視男人嗎？這是談及女性主義時必得深入的關鍵問題。（《當風吹過想像的平原・蒲公英》）

張讓反對以生育來定義自己是女人，更無法接受女人生而為傳宗接代的工具，認為生命皆有生存的理由，如草坪上的蒲公英，不需被人的欲望與社會意志所控制。人類亦是，男女之間不單純是自己，而是彼此眼中的創造，包含想像、投射和期望。

　　兩性議題一直是備受矚目的話題，聽到「女人是半壁江山，沒有女人則人類何以為繼」的話語，張讓反駁：

> 然而這話有什麼意義？……女人是神，是魔，是一切矛盾的結合，是想像、虛幻，不可把握，而男人是人，是真實、天下。男人是主體，女人是男人的對象──女人何曾擁有半壁江山？「男人擁有世界，而女人擁有男人。」多麼雄辯動聽？如果女人不要男人而要世界，她能嗎？（《當風吹過想像的平原・兩點間的距離》）

女人不是男人的附屬品，就像生殖繁衍並非女人的職責所在。女人因生產而身材變形，男人則不必為成為父親重新調整骨架；女人是物

質，男人是精神。張讓振振有辭，在〈兩點間的距離〉中提到的她：她是女人，她是「他」─偉岸、強大、雄性。她是反叛自己、反叛自然。叛逆是她的本質。她是一個女人做男人的夢。儼然是張讓自己的投影。

其次，張讓《飛馬的翅膀·爺生氣！》借用男性口吻，為女權伸張正義。文中爺「是個她，聰明、強悍、任性、敏感、逼人發瘋、讓人讚嘆、極男性又極女性。爺認為，女性的悲慘一大半是女人自己造成的，如果那些女人勇敢出走，情況就會完全改觀。爺的意思是，女性忍氣吞聲根本是自己沒出息，不能怪男性。爺的世界很簡單，只要大家都勇於爭權，就不會有人吃虧了。」周芬伶認為如果把她視為張讓的內心折射，在女性聲腔選擇上與扮演比男性多元且豐富。只是女性急於向男性學舌，是否同時貶抑女性自我呢？無論如何，張讓從不同面向鑽研女性的定位，拋出論點來檢討與反省，期盼能認清自我，突破現有社會的性別觀感，將性別批判引向女性自身完善的新思路。

（二）母者考察

張讓對於母職的看法，在《斷水的人·親子沉思》中有深刻的描繪。一如她在女性定位時的堅持，直言不諱：「在我看來，一個母親就像原野中的獸，沒有思考可言，只有本能。」母親既美麗又醜惡，從懷孕過程開始，大腹便便，肚子突撐似要往前滾去，身體卻幾乎要往後栽倒。畸形的很。不見母愛的光輝，張讓形容懷孕的婦女堅忍、安詳，簡直是牛。即使後來親身經歷，張讓的抗拒仍然強烈：

> 為什麼？為什麼？我問，帶著憤怒、鄙夷。……我分裂為二，靈與肉，精神與物質，相互傾軋。當那燦爛整個星空的力量將我輝煌點燃如一盞燈時，我覺得受佔據，受利用，

> 受侮辱了。這獨立於自我的身體有一些非人的質素，屬於野
> 獸、無知、黑暗。我機械化的吃，如飼養豬牛。我的尊嚴
> 同自己的身體作戰，我是自己最大的敵人。在這不斷的衝突
> 中，我想要弄清楚自己是獸，還是人；是工具，還是自我。
> （《斷水的人‧初生》）

拒斥女人為生產工具，質疑製造子女將自己提升為神的說法，張讓看
清生命的真實是激烈霸道的，對斯文緩慢的沉思要不屑嘲笑，直至新
生命誕生，凝視嬰兒的無邪單純，她暫時放下激問與爭辯，回歸自我
內在的辯證，說服自己：「生殖固然是動物性的行為，而愛是精神
的。」親子之愛是道德發端，是純粹無私，張讓懷抱嬰兒，有更深切
的體會：

> 我的母親，多少母親，我，我們才要開始長久、緩慢的燃
> 燒，愚癡，持續，一代又一代，不向外尋找光源，而是向
> 內，發現自己，那個新生的母親。（《斷水的人‧初生》）

　　張讓在散文中對於女性生育一事反覆的思索、暴烈的掙扎以及堅
定的拒斥，終究抵不過無法辯證的生命，育兒歷程還是需要親身驗
證。於是生活日來夜去的重複，疲累與束縛如灰塵悄悄籠罩一切，張
讓面對母愛付出與事業開展間難以取得平衡，她有感而發：

> 我厭倦了，不平了，積壓滿腔的怒氣、自憐，定時爆發為
> 短暫的瘋狂。我的眼光投向遠方，不忍目睹生命在尿布、
> 奶瓶間失去。我胸中有文章澎湃，指下有畫蠢動，而我靜坐
> 窗前，盡職哺餵懷中小小的嬰兒。（《斷水的人‧永恆的邊
> 緣》）

張讓認為做母親的壞處，必須犧牲自我。同時張讓也反觀自己的母親，她是傳統意義下的母親，雖然也是職業婦女。擁有堅強、勤勞、容忍的特質，即使職業與家庭使她兩頭奔命，她咬了牙，以意志撐持自己。張讓成為母親後，更了解她當年的艱難。惟有理解認同，才能找到解決的方式。張讓體認到父母對我們之無我無私，正所以應和自然冥冥中給他們的無比鼓勵。所以他們的辛勞不乏快樂的回饋，所以我必須相信我的父母在憂患操勞之餘並非無歡。以同理心來調適自己，張讓在「母者」與「自我」間尋找平衡：

> 在全面自私和犧牲中間，我尋找一個均衡，一個快樂的折衷。仍然有拔起和跌落，但至少維持理性的可能。（《斷水的人·界定之外》）

石曉楓觀察當代女作家以己身為試煉，在浴火重生的育子經驗裡縱有苦痛、憤懣與徬徨，但無礙於她們對於母職的擁抱。張讓不斷的理性辯證後，亦不得不宣稱小孩的魅力無可爭辯，育兒之樂與生活結構性體質更動領受的喜悅，不動聲色滲透進張讓有如鋼骨混凝土雕塑的書寫風格。描繪親子間的生活感受中，展現母性的溫暖與光明面。

除記錄養育歷程之外，張讓還著重母親形象的思考。她由一年一度的母親節角度切入，認為社會加諸在母親身上的光環「無怨無尤、自我犧牲」有極度的偏頗，由自身經歷，重新界定衡量母親的意義：

> 母親的真相是兩面的：愛與恨，溫柔與暴力，犧牲與自私。她是兩個人：自己和母親。這裡的「母親」是自然和社會界定的產物，她沒有自己，完全投資到了子女身上。她做牛做馬，真正是鞠躬盡瘁，死而後已。當子女有一天頌讚母親，最強調的就是這近似牛馬的品質，譬如她怎麼忍人所不能

> 忍，怎樣不辭辛勞。社會所要求於母親的，也是這牛馬的品
> 質。（《斷水的人‧界定之外》）

社會所歌頌的母親是一個代號，一個形象，但形象只是表面，母親仍
是一位有血有肉的人，噓寒問暖、無微不至照顧的背後，強壓著天人
交戰、心力交瘁的負面情緒，她可敬又可憐，因為她在兩極間分裂，
對自己施以殘酷的精神暴力以成就愛。基於母親是複雜的人性，是神
性與魔性交揉的形象，再回頭檢視母親的象徵：

> 不管象徵什麼，母親已經脫離個人，變成一個社會體制，一
> 則神話。她是愛與慈悲的化身，是所有人靈魂深處那個孤獨
> 無助的小孩最終極的渴望。神或者在，或者不在，而她總是
> 在的。為此人間有慰藉，我們勇敢活下去。（《斷水的人‧
> 界定之外》）

張讓抗拒過母親節，因為母親是一個生物、心理、社會和文化的事
實，沒有典章節日能給她褒貶。母親節反而強化了母親的奉獻犧牲，
無意將她釋放。張讓認為母親需要的，是超越界定，也就是空間、尊
嚴和選擇。

三　結語

　　綜上所述，張讓由身分爬梳與辨析，在反覆辯證、親身踐履之
後，確實展現出無限的喜悅、驚奇與創造性能量，也從而印證了母職
經驗的獨特與神聖。程國君道：「現今女性散文，對於男權中心意識
型態合理性的質疑、批判、抗爭意識明顯增強，基於新的男女平等關
係的思考與重建，女性散文中的論證、說明、爭辯因素成了文體的主

導傾向，散文思辨氣息增強了，理性的內涵豐富了。」張讓有意識的
在女性議題的領域努力耕耘，企圖提供多重線索拓展散文視野，寫法
不落窠臼，以冷靜理性的言論，洞悉事物紋理與意義，藉由女性定位
及母者覺察，讓作家自我與作品中的女性形象印證與對話，提升散文
創作的思想維度。

張春榮、顏藹珠主編：《名家極短篇悅讀
與引導》（臺北市：萬卷樓圖書公司，
2004年7月初版）。

李安電影的場景反諷
——以西洋三部曲為例

張文霜*

一　前言

　　就電影的反諷修辭而言，立足於形式的對立，終於內容的對比，始於「言辭的反諷」，次於「場景的反諷」。言辭的反諷偏重空間、細節的矛盾揭示；場景的反諷偏重時間、情節的矛盾變化。導演為表現電影的藝術風格、敘事手法、題材內容、往往會加入理性的認知與客觀批判，從電影的文本上入手，運用不同的語法規則，藉由情節安排設計，由事與願違的強烈對比，形成「場景的反諷」，亦稱「情境的反諷」。反轉的衝突變化，可達到耐人尋味、低迴不已的效果。

　　論及反轉，張春榮、顏藹珠〈西洋電影的反諷修辭〉指出：

> 電影情節中的意外變化，以「反轉」（包括曲轉、陡轉、遞升）為核心，形成「糾葛—反轉—解決」的三部曲，其中「反轉」軌跡主要有二：（一）意外改善；（二）意外惡化。兩種模式交互運用，相輔相成，戲劇性開展，直指世態人情中的「應然」與「實然」不諧的悲歡辛酸。

* 現任臺北市明湖國中教師。

　　導演為了使電影的情節充滿戲劇性、高潮迭起，往往跳開平鋪直敘的敘述，製造衝突，設計轉折展開變化，而李安電影就經常出現「糾葛—反轉—解決」的三部曲，先是形成一種兩難的困境，產生問題糾葛，引人懸念；接著呈現出人意表的反轉，正是「山窮水盡疑無路，柳暗花明又一村」，最後淚中帶笑，笑中帶淚的解決問題。李安即擅於掌握情節變化開展的戲劇性。以下就「意外的改善」及「意外的惡化」來檢視李安電影「西洋三部曲」中場景反諷的情節反諷。

二　意外的改善

　　所謂「意外的改善」是人往往無法臆測有何意外會發生，幸運的就會遇到好的事情發生。禍兮福所倚，危機終成轉機。張春榮、顏藹珠〈西洋電影的反諷修辭〉指出：

> 所謂意外的改善，即由壞而好，否極泰來；藉由情節的開低走高，先抑後揚的戲劇性，由悲轉喜，漸入佳境，以喜劇收場。

　　有意外才是百態人生，正所謂「計畫比不上變化，變化趕不上一通電話」。人生唯一不變的事，就是人生一直都在變，這是既弔詭又那麼真實，而《老子‧四十章》：「反者，道之動」，是說「物極必反，盛極而衰，原為自然之理。」電影的情節也往往這樣上演，好人常常一直都是很倒霉，接二連三遇到不好的事情，等到否極泰來時就由剝而復，在開低走高，先抑後揚的情節中，由悲轉喜漸入佳境。

1　以《理性與感性》為例

　　在影片中，愛琳娜一直是個非常理性的人，對於感情的態度一直

都很謹慎。即使是感覺對的人出現了，她也會很理智去思考主客觀的問題。當她的母親告訴她說：「你一定很想念他」，愛琳娜馬上跟她媽媽說：「媽，我們又沒訂婚」。她心裡很清楚就算愛德華對她有意思，以當時的社會背景而言，結婚講究「門當戶對」。況且愛德華的媽媽以及姐姐芬妮都很勢利，加上之前又有一位史小姐出現，告訴她：「愛德華與他有婚約」，聽在耳裡，真是心痛如絞，卻又什麼都不能說。最後又聽說愛德華與史小姐結婚了，正所謂：「愛人要結婚，新娘不是我！」情何以堪？只能把這段感情深深埋藏在心裡。

好不容易平靜下來的心，因愛德華來訪又吹起了漣漪，這一家人的情緒也都被牽引著。當愛德華再次出現全家人都正襟危坐，看得出來那個年代女子，一生的志業就是把自己嫁出去，似乎也沒有其他的出路，愛琳娜也曾說過：「我們連要賺一點錢都很困難」。因此戴母要大家冷靜。一副要進入備戰狀態，等到母親及姊妹們如剝洋蔥式的問到核心問題時，愛琳娜再也按奈不住問：「那你……沒有結婚？」劇情整個由反而正，形成大逆轉，聽到愛德華沒有結婚，愛琳娜意外驚喜，喜極而泣，嚎啕大哭。

這一幕李安用全知觀點的鏡頭，將所有人都框在內，表示那個時代以家為中心的社會風氣，而畫面中的男性被放置在中心偏高的位置，女性全都面向男性，更象徵出家庭與當時社會獨尊男性的價值觀。這是李安對門當戶對、男尊女悲舊觀念的批判昭然若揭。

2 以《冰風暴》中父、子為例

從影片中對話來看，表面上是父子之間「男子」親密間的互動，由兒子角度觀之，似乎是爸媽之間的關係起了某種化學變化：「房事」不滿足，抑或……但若從全知的觀點來看，班胡佛真的是個不盡職的父親，小孩子面對他的問話都漫不經心，敷衍回答，從未和父親

交心，因此也不會有什麼良好互動，最後保羅告訴班胡佛他今年已經十六歲。試想班胡佛要教導保羅性知識，面授機宜也不該在保羅十六歲了才教，是否太晚了些。

另一方面班胡佛若要教導保羅正確性知識：應該要告訴他怎樣做才是安全又衛生，不會影響身心健康的，而不是告訴他不要浪費飲水與電源。李安在此暗諷班胡佛不是個好父親。不過晚覺悟總是比都沒覺悟好。最後班反思：「父子間應該無所不談……。」這是李安比較溫暖人性的一面，也給爸爸一個自身反省的機會，班胡佛因這次的對談，深刻體會到親子互動的重要，這一席對話也算是個意外改善的契機。

李安也是在暗諷許多父親只知道生小孩，養小孩給他食物吃，從來都不知道要注意小孩成長的心理變化。

三　意外的惡化

所謂「意外的惡化」是指事情的發展與當初的期望不一樣，一種「事與願違」的無奈，期待落空的落差，或「言與行反」的現象，讓人感嘆表裡不一的矛盾。人生往往就是這樣，很難就是百分百剛剛好。若以佛教的立場來說：「人生就是來修行，來作功課！」，上天要你做什麼樣的功課，就會讓你有什麼樣的缺憾，沒有誰的人生是沒有遺憾。就此而言，張春榮、顏藹珠〈西洋電影的反諷修辭〉指出：

> 所謂意外的惡化，即由好而壞，樂極生悲；藉由情節的開高走低，先揚後抑的戲劇性，每下愈況，失望相隨，以悲劇收場。

世人圓滿是暫時，再深情份終有時，無常變化，生老病死是常

事，電影情節亦如是，悲喜交集，開高走低非鮮事，先揚後抑，令人
刮目相視，扼腕噓唏。

1 以《冰風暴》為例

　　從這場家庭派對的對談中得知，在加州非常流行「鑰匙派對」，
也就是所謂「換妻派對」。一位太太本來循規蹈矩，她的先生硬拖她
去，她就在這樣的場合中認識另一個男人，最後導致她和老公離婚。
在這裡李安藉由女客人與女主人的口中說「真諷刺」、「諷刺？」來
反諷美國社會換妻派對的亂相，太太是婚姻關係中唯一可以發生性關
係的對象，可是人卻因為放縱自己情欲，不遵守這樣的戒律，想要更
多的肉體歡愉，最後不止自己的妻子被人淫，還失去了婚姻。

　　李安以一個外來者的身份批判《冰風暴》。二十世紀西方世界性
開放，家庭解體，親情不再，人與人之間出現信任危機，近來西風東
漸，西方文化的強勢霸權的侵入，東方人深受影響。自文化入侵的影
響，總在不之不覺間。這種「換妻派對」，在臺灣也時有所聞，臺灣
人也飽暖思淫欲，此刻該捫心自問：「是否見賢思齊，見不賢而內自
省？」而不是一味學西方。

　　其次，在米基家中偷情一段，在這場男歡女愛之後，男主角想要
藉由滿足另一個女性來證明自己的存在，並期待情婦成為他的心靈導
師，指引他人生方向。然而那個世代的女性也試圖突破傳統框架。於
是具有高度女性自覺的珍妮並不領情，只願單純追求女性魅力的展現
與性的解放，甚至主導著他和班的曖昧關係，時常冷不防的插入班長
篇大論的廢話中，直接打斷他的思路，展現出當代女性自覺，不屑於
男性父權的強勢作風。

　　李安在此反諷自以為是的男性，憑什麼認為和他做愛的女人都是
真心真意愛上他，男人為什麼都這麼「自我感覺良好」。從下面的場

景，更可看出女性在主導這次婚外情的局面。只要班胡佛講話不得體，珍妮就連理都不想理他，男主角往往猜不透情婦在想什麼，情婦不想做時，就連說都不跟他說了。也許就是這樣捉摸不定的感覺，更讓偷情的男主角深陷其中，而無法自拔，常言道：「妻不如妾，妾不如偷，偷不如偷不著」。李安在指涉偷情男人的詭異心態，並展現這場遊戲中珍妮才是真正性愛高手，只要性不要愛，因為「做」很簡單，而「愛」太沉重了。

繼而在女主人臥室，珍妮在這場性愛遊戲中，就只是單純的享受「性愛」，班胡佛又很白目，跟她說伊蓮娜可能已經知道她們的關係，因此導致珍妮「興趣缺缺」而不想理他，假裝避孕就再也沒回來了。由於女主人沒有回來，班胡佛只好穿著內褲在珍妮家晃來晃去，先是窮極無聊在那揮桿，後來又在珍妮家中地下室發現他女兒的事，這就是李安電影高明之處，透過小說筆法將情節與人物作更鮮明深刻的闡發，呈現「劇中劇」的多重趣味。父親偷情對母親的不忠就已夠諷刺，沒想到上樑不正下樑歪，正值青春期的女兒也跟著爸爸一樣行為不規矩，老爸偷吃未成，女兒正在地下室要上演春宮秀，更嘲諷的是女兒還戴上尼克森的面具，正在幫她的小情人愛撫，當時正是水門事件，真是多重反諷的指涉。

最後，在卡佛家地下室客廳，由於是父親自己做錯事在先，為偷情而出現在卡佛家，也沒什麼立場來指責溫蒂的越軌行為。而溫蒂也早已知道父親的脫序行為，所以義正辭嚴說：「你不必擺款給我看」，一副無所謂的態度，雖然父親說：「我不想聽你耍嘴皮，我們走！我們邊走邊談！」父親也不敢太責備他。最後只好跟她說：「我不會介意……」，其實父親很介意，這是「口是心非」的說法，俗話說：「女兒是爸爸上輩子的情人」，父親勉強說：「米基未必適合她，這是懷春過程必經的階段，總覺得不值得受傷害」，班胡佛為保

有父親慈祥的一面，將女兒抱起，化解尷尬場面。

是李安反諷的高明手法，藉著這段情節在諷刺許多大人，平常道貌岸然教小孩要有貞操觀念，自己卻是說一套做一套，大人們自己亂七八遭，並沒有以身作則。李安沒有直接對大人的行為做出嚴厲批判，但卻從小孩子的越軌行為被發現著手。所謂「身教重於言教」，班胡佛和珍妮都是為人父母的人，卻如此的放浪自己的形骸，這正是李安用另一種方式來指控大人不當的行為，正符合他溫柔敦厚個性。

2 以《與魔鬼共騎》為例

《與魔鬼共騎》講的是傑格與這群游擊隊的故事。南方人主張蓄奴，與主張解放黑奴的北軍形成對立的局面。傑格是個德裔的年輕小夥子，他的父親反對蓄奴，根本不想讓兒子捲入這場戰局，沒想到計畫比不上變化，北軍游擊隊趁夜來襲，縱火燒了傑克的家，殺了他的父親，傑格救出傑克，荒亂中逃跑……，傑格的父親還來不及送走他兒子，局勢的變化讓他措手不及，身陷困境，也可說是事與願違，期望的落空，最後變得父子不同調。

但儘管如此，血畢竟濃於水，當傑格遇到鄰居亞福波登時，所謂「親不親土親」，導演在此鋪陳一段「君自故鄉來，應知故鄉事」的意象，勾起思鄉的情懷。傑格非常思念的問起父親的近況，還好得到平安的消息。傑格並沒有把亞福波登當戰爭俘虜對待，反而對他很友善，並找食物給他，還伺機要救他，這證明傑格還沒有因戰爭而失去人性。但他一定沒有想到事情的發展超乎意外，會是如此惡化。

其次，在準備送交換人質書的場景，傑格其實不是話很多，或特別喜歡出風頭，他並不想當英雄，是戰爭選擇了他。他一直眷顧一份舊情，心繫老鄰居的安危，他在尋找機會救亞福波登，因此當要交換人質時，他提出用俘虜證明這個辦法，擔心夜長夢多，又提出時間上

很緊迫，只怕絞刑快執行了，並且要亞福波登回去說服交換人質。從這可看出對時代全無左右能力的小卒，是如何盡其所能的保護他的鄰居、朋友，這是出於人性本善的關懷。

尤其在游擊隊休息聊天的場景，戰爭只有殘酷，對敵人心軟，就是對自己殘酷。傑格好心放走了亞福波登，沒想到，他回去後，便揪出傑格父親來報復，在河邊射殺他，並拖到大街上將之凌遲至死。此刻傑格可能在內心裡後悔，為什麼沒有早點離開這個是非之地。李安在這裡要批判：除了戰爭外，還有什麼可以將暴力與愛國結合在以一起？恩將仇報卻能心安理得？慈悲卻變得好像與殺害親人相近？基於一個亞裔的導演，李安沒有歷史包袱，反而能客觀公正，以東方人的視角，將這段美國內戰中的南方游擊隊，亡命天涯的戰爭生活描寫得淋漓盡致，見證了美國這段歷史。

四　結語

場景反諷聚焦於「事與願違」、「言與行反」，呈現敘事的批判與省思。場景反諷可分為兩類：一、為情節的反諷，可分為（一）意外的改善。（二）意外的惡化。二、人物的反諷，可分為（一）命運的反諷。（二）天真無知的反諷。（三）自我欺瞞的反諷。本文著重於情節的反諷的兩大類。無論是「意外的改善」開低走高，還是「意外的惡化」開高走低。都是想造成一種懸疑弔詭的情節，策略運用，出人意外，進而揭示矛盾，諷刺批判，甚而達到滑稽突梯，幽默智巧，或者彼此互為因果，形塑強烈驚奇效果。使電影劇情達到更耐人尋味的境地。

縱觀李安電影就是沒有一個固定的形式，他不像某些導演固定於某一個類型的電影，也不局限於某一種種族、語言、文化、國家的電

影，早在紐約大學時期李安花了兩年時間，拍攝長度稍長的電影《分界線》（AFineLine,1985），做為他的碩士論文。這部電影描述年輕的中國女孩PiuPiu（劉靜敏飾），與蠻橫的義大利男孩瑪利歐（派特・庫柏〔PatCupo〕飾）的故事，是東方遇見西方這種橋段的初步版本，這是李安最早跨越疆界的電影。

李安電影的題材非常廣泛，他喜歡突破，超越自己，腳踏東西文化，向自己的腦內挖取金礦，在現實人生中就有許多無法實現的事情，他會在電影中馳騁他的想像，實現許多人生中無法圓滿的事物，或許可以說電影讓他美夢成真，所以他熱愛電影，因此他的電影素材一直都在更新，他曾經自言：

> 沒有事物是不變的，這是我電影的重心。人們希望相信某件事物，希望抓住某件事物，以獲得安全感，希望彼此信任。但世事多變。只要時間一拉長，沒有事物是不變的。我想，尋求安全感與缺乏安全感，將成為我電影中另一個〔重要主題〕。

李安喜歡挑戰自己，拍攝不同的主題，所謂典型的李安電影，就是求異求變，在十多年前同性戀還是很封閉的年代，他拍了《喜宴》，後來又拍了《斷背山》，這兩部電影明明就是同志議題的電影，李安卻說這兩部電影不是在討論同性戀的議題，《喜宴》是在講東西方文化碰觸時所產生的問題，《斷背山》是講當一分真愛遇到困境時所產生的問題，這實在是一個很有趣的現象，李安雖然站在時代的尖端，討論同志的議題卻又不敢承認，那是因為李安喜歡關懷弱勢，又深受儒家思想的影響，是否李安自己也有一些恐同情節，而不自知，因而有如此的衝突矛盾。

　　我覺得以現在眼光看來，中國古典的東西的確有不足之處，
必須藉助西方的知識及手法來補強。不論是從西方的心理分
析、社會學、戲劇性、語法、美學觀點，還是西方結構的情
節推理……等各方面的優勢，我都希望能做足，而不是靠個
人自我的藝術感做單線性發展。

　　李安二十三歲以前的教育都是在臺灣養成，加上父親是中學校
長，是很典型的中原庶民文化，中國思想的內涵是根深蒂固，長大後
到西方留學又受到西方思潮的影響，當西方碰上東方，交會時互放光
芒，相輔相成，因此他融合東西文化，以東方文化為主西方的論點為
輔，可以說是「中學為體西學為用」。

張春榮、顏藹珠編著：《電影智慧
語》（臺北市：爾雅出版社，2005年9
月初版）。

杏林子散文的結構藝術

劉家名[*]

　　杏林子的語言之姿，平凡中見深刻，無奇中見雋永，除了在敘述、結構上琢磨外，對於遣詞造句也句句斟酌，別具風格，誠如沈謙評論杏林子：「能化不幸為幸。讀她的作品，詮釋贊揚謳歌宇宙人生，敦品勵志的話。而且觀察細微，感受敏銳，文筆順暢。」杏林子的作品有其獨特的個人風格，令人讀其文如見其人，並使她的作品有著鮮明的個人形象。

　　范培松認為：「要重視散文的『散』。既要在思想上衝破禁錮，放開手腳創作散文；還要努力開闊自己的精神、知識視野。」杏林子在自己充滿挑戰的生命中，思辯人生哲理、充實內在涵養，在她的散文中，人、事、景物等各種材料被生動地串連起來，達到和諧的境界，賦予作品主觀抒情的色調，同時，又進一步使作品的意境得以充範展示，形成特有的抒情基調。她的題材通俗、情感真摯，並充滿正向豐沛的生命能量，形塑獨樹一格的語言姿態：她能表達一般讀者心智上的共同東西，為大家說出不會表達的新事，提示眾人忘卻的心靈境界──在短小精湛篇幅中，文字清朗婉麗，內容深入淺出，受到讀者的喜愛。

　　散文是文字間最佳次序的組合，必將文字千錘百鍊，並打破常

---

[*]　現任臺北市立啟聰學校。

規，重視文字之形、音、義的綜合呈現，充滿活力的語言建構。以下自杏林子散文中語言的「結構安排」剖析杏林子結構的特色，形塑其文字藝術的美感與質感。

一　結構安排

　　結構是支撐文章的骨架，是通篇文字的核心，它是文學形式技巧的重要表現方式之一，類同於文學理論中常論及的「章法佈局」，佘樹森《散文藝術初探·自序》中說：

> 其結構，看來由如散漫於沙石、草叢之間的山溪，曲、直、疾、徐、行、止、隱、現，自然賦形，似無結構可言，「只憑興感的聯絡」；然而撥沙披草觀之，亦不難發現其來龍去脈，秩序、連絡。此所謂「似連貫而未嘗有痕跡，似散漫而未嘗無伏線」，「文無定法」，而法度自在其中矣。

可見散文雖名中有「散」，卻實是散中有序、散中有理，並非意識思想的直接記錄，也絕非口語談天的隨意不拘。張堂錡認為：「不論文章是如何隨物賦形，結構是如何隱曲含蓄，它終究有其基本規律可循，有其章法可探。」在一篇散文中，作者如何經營結構，對整篇文章是有極大影響。結構安排的原則不脫「秩序、連絡、統一」並舉夏丏尊、葉聖陶《文心》中說法：

> 把所有的材料排列成適宜的次第，這是「秩序」；從頭到尾順當地連續下去，沒有勉強接筍的處所，這是「連絡」；通體維持著一致的意見、同樣的情調，這是「統一」。

　　由此可知，結構安排強調文章的整體美感，不僅在形式段落的安

排上要有秩序，其間行文脈絡的聯絡，也要有條有理，彼此關連，討論的議題則要焦點集中、理路清晰，才能建構一篇文章的良好結構。

由此觀之，散文美其名在題材上可以海闊天空、廣泛攝取，手法上也較其他文類更加靈活多姿，型態體勢也從無一定之規律，長篇大作可洋洋數千字，小品短文也可寥寥數百字，皆似隨興之所至，實則仍有其文章結構的美感要求。誠如熊述隆對文章結構型態所下的見解：「一成不變的呆板格式是沒有的，按一般審美原則而產生的大體格式仍然是存在的。」散文美，美在灑脫自然、靈活多變，但絕不是雜亂無章、隨心所欲。

杏林子散文多以小品文為主，在她眾多散文作品中，大體可以辨析出以「人、事入情、入理」為中心、為線索的類型結構。可以發現她的散文看似心情隨筆，實際上卻有結構安排上的巧思和手法。以下將以杏林子散文中結構安排「首尾呼應的秩序美」、「環環相扣的連絡美」、「保持情調的統一美」三點分述。

二　首尾呼應的秩序美

一篇文章的題目、開頭和結尾的重要性，是歷來文學評論家、學者們所看重的。好的題目能使讀者興起閱讀全文的興趣，並達到畫龍點睛之效。如鄭明娳所言：

> 題目的消極功能是提示全篇的重點，但是如果見了題目並讀了文章，讓讀者感到從題目就一覽無餘，則是失敗的題目。所以訂題應該努力建設積極的功能，除了切合文意，還要機智警策，使讀者一見題目就想看內文。

定題的重要性在於使題目與內文相輔相成，互相加分，要能抓住讀者

的眼光、吸引讀者的注意、並在讀完全文後對題目能留下深刻印象。

杏林子散文定題別具深意巧思，例如「笨媽媽的小孩」寫伊甸基金會由以杏林子為首，由一群沒有任何行政經歷人員組成的團隊，竟然能在短時間內蓬勃發展，聲勢浩大，令人驚艷，也令人好奇當中的奧秘，她以「笨媽媽養的小孩大多很能幹，因為媽媽笨，所以小孩不得不自我磨練，自求發揮。我——就是這個笨媽媽」譬喻自己帶領伊甸基金會幹部們的行情，不僅題目與內文彼此呼應，在初見題目「笨媽媽的小孩」時，也會產生濃厚的好奇心，到底一向寬厚正向的杏林子是在說哪位「笨媽媽」？「笨媽媽的小孩」又是指誰呢？讀了內文後，才會恍然大悟原來她指的就是她自己，不僅彼此呼應，更令人對這題目留下深刻的印象。

上就內文而言，開頭及結尾的彼此呼應也是秩序美的關鍵，如張堂錡言：

> 要呈現出結構上的秩序感，常用的方式有二：一是前後呼應，一是自然照應。不管如何安排，它的材料、段落都依主題的演繹而有先後、輕重、大小等秩序，而呼應與照應，則是呈現全篇結構秩序完整的常用技巧之一。

由上可知，秩序美指的便是文章的開頭語節尾的安排彼此互相對應、互相呼應。不論是較為刻意的「前後呼應」，或是較為幽微「自然照應」，講求的皆是開頭、結尾彼此的互相觀照、有頭有尾，讓結構上產生一種有機的秩序感。因此，熊述隆便論：「『開篇』與『結尾』，可以說是一切文體在結構型態中不可或缺的客觀存在，而且在作品全局的構成上具有不可忽視的特殊意義，因此往往為作者所十分注重。」散文雖是內心思想的記錄，但在書寫過程中對題材的排列組合也是非常重視，唯有將題材精心鋪排，才能使文章添加更豐富的藝

術性。

杏林子被收錄於國中國文教材的〈手的故事〉開頭便是：

> 我曾有過一雙美麗的手。白皙柔軟，十指纖纖，許多人都羨
> 慕、讚賞過，我也深以擁有這樣一雙手為榮。然而，曾幾何
> 時，食指的關節一個個在病魔的侵蝕下逐漸腫大、彎曲、僵
> 硬，變得古怪而醜陋。望著這雙不再美麗的手，我常不免黯
> 然神傷。

她先用直探題旨的破題法開頭，開門見山直述「手的故事」就是要描
寫她因為罹患類風濕關節炎而扭曲變形的手。文章的開頭單刀直入，
並立刻在第二段引入歷史上也有類似的手的故事。經過一連串生動的
描寫，在結尾處，杏林子再次呼應開頭：

> 雖然我的手不再美麗，但我希望它多學習一點付出的功課，
> 在別人危難時及時伸出援手；但願這也是一雙懂得安慰的
> 手，禱告的手。那麼，就是它外表再醜點又有什麼關係呢？

以手由美麗纖細到扭曲醜陋，杏林子以相似的情境，前後對照，將讀
者從中段的各種描寫中反思開頭處杏林子為她扭曲變形的手哀怨、傷
感的情感，與例子中人物的大智大愛相比，竟是那麼的愚昧、無知。
使讀者在閱讀時，在中段能回想開頭，對內容更有一種強化印象的感
受，產生反覆觀照、圓滿完潤的美感。無可置疑，跟著杏林子的敘
述，可以體會作者思路的條理，到結尾能發出和作者相同的感嘆、詰
問。杏林子將材料加以編排秩序，達到有秩序的描寫，使開頭和結尾
互相呼應，文章的結構自然妥穩適宜，可看出她對材料安排段落的謹
慎和用心。

三　環環相扣的聯絡美

關於文章中的聯絡，張堂錡的看法是：「各個環節之間的聯繫。……可以以情節為主線，以思維為主線，也可以時間推移、空間位置、物的變化為主線」聯絡，也可看作是古文中所說的「起承轉合」，將所有的材料進行最佳的組合，主線明顯、焦點集中，讓讀者可以隨著文章產生一種心境的連續、情緒的綿延之感。每一篇散文必然具有各節的元素結構，聯絡便是指將元素與元素連綴而成的情節發展，精彩的結構會在情節與細節之間環環相扣，並且除了情節本身所表現的意義之外，再透露許多訊息和想法，使散文讀來餘音嫋嫋，得以令人回味再三。

杏林子〈挑戰〉，即是以心境為主線，自述面對類風濕關節炎有如一場長期抗戰，一開始是面對身體上萬般疼痛的折磨、難以捉摸的發病原因，要挑戰得是肉體上的痛苦。等到經過長期磨練，慢慢開始學會將肉體與心靈分而為二，不再受到肉體上的折磨後，杏林子轉而發現自己接下來要面對的是心靈上的挑戰：

> 更大的挑戰來自內心，眼看美麗的臉龐因藥物的副作用變的腫脹難看，全身的關節一個個僵硬變形，周轉不靈，難免引起心理上的自憐和傷感，更加上長久臥病，精神上的厭煩和頹喪都是看不見的敵人。

杏林子將她的面對各種挑戰的心路歷程娓娓道來，可見杏林子在面對突如其來的類風濕關節炎這樣罕見的疾病時，所要面對的挑戰是一關接著一關。但是杏林子明確指出，自己不曾在各種挑戰中投降放棄，因為她知道「沒有一種苦難、一種打擊是我們所無法抗衡、無法克服的，除非你不敢面對它！」散文的結尾：

> 真正的困難和障礙不在外在的因素，而在你心理上的恐懼、
> 怯懦、消沉和失望，這才是我們最大的敵人。你什麼時候能
> 戰勝自己，什麼時候就能戰勝環境，戰勝命運。

這篇情理深刻的散文，即以自身心境的轉折起伏為主線結構，有時間
推演的次第，有聯絡全文的意念「挑戰」。從作者最後的誓言中，可
以感受到作者情緒和心念上的拓展增進。前後也自有其完美的照應，
在結構上，既生動聯絡，又巧妙呼應，結構完整有序。

四　保持情調的統一美

　　情調，即是作者在文章中展現出來的思維結構、情緒起伏。散文
作家展現出來的情調，應該是前後一致、完整清晰的。如果一個作家
呈現出來的情調混亂而變動，會使讀者為該作者表現的情感價值頗感
質疑。鄭明娳言：

> 思維包括作家的思想情感，乃是創作的原點，也是作品存在
> 的終極價值。思維結構隱身於文字之後，超越形式之上而存
> 在。作家體驗人生、觀察人生，必然有個人的思想、懷抱及
> 情結，成為作者創作的源頭，形諸作品，則是思維。

思維代表作者對人生的種種體悟，也是散文中最能與讀者互相心靈相
應、文心互照的部分。思維的統一，才能讓散文在主題的傳達上前後
一致，甚至在字句的使用、編排上，也要相輔相成，才能達到統一的
格調。因此，張堂錡認為「散文結構的安排不能不考慮到統一性的塑
造」，散文結構安排的統一性，是不可忽視的對象。此以杏林子的作
品〈重入紅塵〉為例說明。這篇相較於杏林子常見的小品文顯得較長

篇的散文作品，全篇以紅塵俗世的入與不入為主線聯絡。敘寫從城市
搬入山中居住，彷彿脫離紅塵般與世無爭，有的只是山和最親近的自
然。起首幾句便令人印象深刻：「綠色的風，帶著薄荷般的清涼……
還有我的小鳥朋友，春天的早晨，還在被窩裡的時候，就聽見牠們的
浦契尼和威爾第在作曲。」接著用豐富意象將山居歲月的清澈、美好
勾勒：

> 窗下的蘭溪自我一搬進來就夜夜敲著我的心。很多時後，我
> 靜靜躺在床上，聽它緩緩流著，彷彿自我身上漫過，逐漸分
> 不出誰是溪誰是我，渾然一體，物我兩忘。

虛實之間，讓人產生一種夢境般的舒暢感覺，使作者自然產生以下感
覺：「那兩年的夢中，總不時會走下蜿蜒的小徑，走入溪畔的花叢，
夢便在一片花色爛漫中醒來，醒來尤在夢中。」有過如此美好的山居
經驗，杏林子對於面對即將搬回塵世的日子不由得抗拒，在準備的日
子中「面對青山，鏡是不可抑的淚流滿面。」因此，她開始做夢，夢
著回到遠離紅塵的日子，她深知人容易在掌聲及人群中迷失自己，因
此她直言，最需要保持的，就是在這紛擾紅塵中，仍能潔身自持的安
定的心。入不入紅塵，其實只是外在環境的改變，最重要的都是自己
的心態想法。了悟之後，杏林子心中更加篤定：

> 那個熟悉的臺北又一點一點回來了。
> 我終於發現，不論怎麼愛山愛水，愛花鳥走獸，天地萬物，
> 我最愛的還是人。
> 這一想，不禁執筆長嘆。
> 罷了罷了，還是安安份份做我的「杜子春」吧！這剪不斷理
> 還亂的紅塵啊！

同樣以紅塵做結，與開頭相呼應。文中杏林子以自身入、出紅塵之間的心境、體悟為主線，聯結文中情感，形塑相互對照的完整感受，正是結構上的秩序之美、統一之美。除了形式上的表現外，杏林子在文中展現的內涵也是如此，一個人，身處紅塵之外能夠心靜平和，是因為外在環境的影響，但真正的大隱之人，是身處紅塵之中，依然能夠清心如鏡。從開頭至結尾的領悟，讓人跟隨著杏林子的思緒，同樣經歷一次心靈的成長和茁壯。

由上述可知，散文絕對不是隨心所欲的書寫，而是需要靈活精心的編排鋪敘，才能將散文中，作者欲求表現的精神價值、所思所想做最完美的呈現，將各項材料滲融於一體，達到「有序之美」，並能呈現出互相輝映的「聯絡之美」，透過秩序地、聯絡的編排後，將思維、想法展現終極的「統一之美」。杏林子散文中，處處可見她對結構編排的精心與技法，讓她的作品擁有結構安排的整體美感。

杏林子：《感謝玫瑰有刺》（臺北市：九歌出版社，1989年10月初版）。

簡媜散文的修辭特色

鄭如真[*]

一　前言

　　修辭正屬說服的藝術（Rhetoric is the art of persuasion），讓感性文字動人，如何讓一個字或一個句子發揮動人的最大效果，就是修辭學的特色，這往往超越了文法正確性（correctness）的層次，邁向屬於修辭有效性（effectiveness）的層次。亞里斯多德在《修辭學》中指出比喻、對比、生動三者為修辭最基本的原則，其中以想像力為主的重要辭格有：「譬喻」、「比擬」、「示現」、「象徵」這是屬於亞氏「譬喻」的系統；以平行、並列為主的「映襯」、「對偶」、「排比」、「層遞」、「反諷」的辭格則是屬於亞氏「對比」系統，亞氏所言之「譬喻」和「對比」是修辭的技巧，而「生動」則屬於修辭的效果，於其理論中可解釋為所有修辭共通的指導原則。

　　修辭是充滿活力的語言建構，俄國形式主義所主張的「陌生化」正是修辭上的「出乎意外」，不同於過去語言的慣性與惰性，形成嶄新、超常的組合，是修辭「積極」的原則。其次，「邏輯性」要求垂直思考的嚴謹，講求因果關係的有效推論，拒絕無厘頭的語詞與鬆垮無由的錯用。而「協調性」、「多義性」則著眼於有機結構的縝密配

---

[*]　現任臺南市北區文元國小教師。

合，以及修辭在美學上的豐富義蘊。因此，「新到讓人有感覺」，進而「好到讓人有感動」，是修辭「形音義」兼美的優質呈現。

評析文學作品中的修辭藝術可簡單的分為「字句修辭」和「篇章修辭」二方面來談。本節修辭特色傾向「字句修辭」。修辭學中「統一」（unity）、「秩序」（order）、「聯貫」（coherence）、「變化」（variety）是打通「字句修辭」、「篇章修辭」的四大規律，直探創作藝境的金針利器。「統一」強調集中、聚焦，言之有物，言之有理，在字句修辭上，揮翰發文，往往統一意思，變化語詞、變化句型、變化辭格，以求參伍錯綜，極態盡妍。「秩序」強調定向、層次，言之有序，是拯亂之藥，構思造句之基本功，由刻意至隨意，由規矩入巧，創造出競秀爭流的佳構。「聯貫」強調銜接、照應，言之縝密，是繁圖織錦，穿針引線的本領，而銜接常賴「頂真」，照應語多「類字」、「類句」，前者連綿迴旋，讓音節更流暢，文思更順勢衍生；後者重出關鍵字句，照應篇章主旨，讓樞紐更清晰，讓立旨更鮮明。「變化」則強調另類、創新，言之有趣，言之有味，以開發新感性、拓植新知性為上。

二　陌生化的創新

（一）語詞的陌生

簡媜喜以游刃於文法邊緣地帶的文字，刷新語感，創造似曾相識的新詞。如：「性別偏食」（《紅嬰仔》，頁26）、「情慾工讀生」（《紅嬰仔》，頁45）、「易開罐情人」（《紅嬰仔》，頁45）、「有機會從渣滓中發現愛的礦脈」（《紅嬰仔》，頁130）等，今以「淚磚」、「雨腳」為例：

1. 我相信眼淚裡有「愛」與「信仰」的光，妳對某處土地所流的淚愈多，意味著妳已經用淚磚將那塊不起眼的窮壤砌成「理想國」了。（《天涯海角》，頁206）

2. 窗外的路燈孤伶伶地吐著慘白的光，照亮凌亂的雨腳；遠處一兩扇昏黃的窗戶，隱約有人影移動。（《天涯海角》，頁201）

化「淚水」為罕見的「淚磚」，採古典詩中的「雨腳」而不用「雨水」，可見她遣詞的新穎生動。

（二）句子的陌生

簡媜擅長實境虛擬，變化靈動，並善用動詞，塑造出新的律動情境，內蘊無窮。如：

1. 我想，笑的部分是靈魂的表情，淚的部分是軀體的屋子，嚴格說不叫淚，那是屋子的牆壁滲水。（《胭脂盆地》，頁103）

2. 住在冬山河畔的姑丈與阿姑仍然守著上一代留下來的碾米廠，把孩子磨大，自己磨老了。（《胭脂盆地》，頁167）

或將駢散混用，形成文章的錯落之美，不致呆板凝滯。另如：

早晨，閒步寶橋過，有晨霧渺渺，有竹風徐徐，有蓮韻隱隱，有水聲潺潺！

寶橋，架起這邊兒的清風，那邊兒的朗月，架起天上的雲影，水中的蓮姿，我，合四方而立。（《只緣身在此山中‧蓮眾》，頁13）

連用四個「有」字視為「統一」的原則下,變換語詞,成為四個排句。第二段則「變化」為兩個較長的排偶句下,接「我,合四方而立」的散句。形成跌宕錯落的節奏。

(三)表現手法的陌生

簡媜自言「創作行業奇詭之處,在於作者的筆總是帶刀帶劍,不斷劈闢新的可能。假如,把文類比喻成作品的性別,我們顯然必須接受雙性、三性的存在了」因之,簡媜多方嘗試將散文向其他文類融合而成一種中間文類。如:《女兒紅》序中謂「雖屬散文,但多篇已是散文與小說的混血體。」《只緣身在此山中》一書初具小說規模,其中〈借宿〉有聊齋遺音,〈解髮夫妻〉則是宗教寓言。

如《私房書》裡:

> 故意把小粟小米灑在陽台上。
> 方磚鋪成的陽台很像棋盤。
> 三五麻雀飛來,啄米。
> 我觀棋。

則由白話句法轉入文言句句法,形成由寬鬆而緊勒的變化,形成錯落的音律之美,鏗鏘有聲,類似「詩化」的文字。

而《下午茶》、《私房書》、《浮在空中的魚群》則似札記類。諸如種種向其他文類滲透,發揮散文形式的最大自由,亦其創作理念的實踐。

(四)主題內涵的陌生

簡媜不同於以往女性主義者劍拔弩張的女性書寫,改以冷筆寫深情,探勘一系列顯而幽微的女性身影,代沈默者發聲,讓習見的素材

呈現新姿，擺脫閨秀的女性文本。一般作家常以「母親」為題材，寫的不外是母親辛苦持家的剪影。而《女兒紅·母者》以「母者」此一中性語詞為篇名，凸顯女性亦柔亦剛的特質。

> 她具備鋼鐵般的意志又不減溫婉善良，你不得不相信，蝴蝶與坦克可以並存於一個女人身上。（《女兒紅·母者》，頁148）

刻畫身為母者，面對生活的挑戰、命運的無常，呈現堅毅而溫柔的性格。

三　鮮活多樣的行文

　　不同的主題內涵有不同的修辭策略，內涵與修辭的攜手共進才能踏上創作的富贍殿堂。康來新以「琉璃瓶」、「瑪瑙盤」比喻簡媜令人驚豔的文字之美。倪金華讚嘆簡媜的語詞就像「放進了榨汁機下的葡萄，湧流不盡的蜜汁，它使我們陶醉，在我們心靈深處喚起新鮮的審美體驗。」而她那異乎常態，饒有新意的創造性語詞，是如何激發運用的呢？大陸學者倪金華提出他的觀察：

> 首先，是擬人性相似。簡媜散文的語詞，不時逸出通常的語言運用規則，形成獨特的組構方式，傳導一種新鮮的富有個性色彩的審美情感，這與她採用「擬人性相似」的語詞策略有關。而擬人性相似，是語言創造的重要法則，它能使語詞豐富，意義擴展，在表層相似的指稱意義中暗示引含的深層的情感意義，使讀者的讀解，從字面的符號意義向聯想義滑動，從外延向內涵理解並體驗觀照著自己的生命存在。……

其次，語詞共生。簡媜筆下的散文語言，經常是詞與詞互相激發互相感生，由動作跳接，或由句段的對舉組合，使語義不斷增殖，形成無限多元的語義……承受作者深沉的情感份量，又使語義表達無限多元，以其詩化的豐富內涵高揚主體意識的生命旗幟。

第三，想像嫁接。想像既是人向外投射主觀意向的心理活動，又是在人與物、物與物間建構相似性的思維運演方式。我們在閱讀簡媜散文時，常常會驚奇於她筆下事物間那種神秘的超常聯繫，佩服她那種想像嫁接的神奇功力。她總是把人們習見的自然景象或普通的日常生活體驗，通過想像的激發和黏連作用，調動並激活語言的表現力量，溝通表層義與深層義的聯繫。[1]

透過擬人、想像，運用相關、相似、相近的聯想，把抽象和具體的詞翻轉、聯繫，開創出抒情典雅、妍麗多彩、晦昧瑰豔的文字風格。以下以其最具特色的譬喻、雙關、移覺、示現為考察。

（一）譬喻

譬喻也就是所謂的「打比方」，是一種最常見的修辭法。譬喻的成分分做本體、喻體、喻詞、喻解四部分。「本體」是所要說明的事物主題，「喻體」是用來比方說明此一主體的另一事物，而「喻詞」就是連接本體和喻體的語詞。「喻解」是相似點的說明、解釋。又由於本體、喻詞之省略或改變，可以分做明喻、隱喻、略喻、借喻、博喻等。譬喻的使用技巧除了「喻體」出人意外的拈出外，端賴「喻

---

1 倪金華：〈簡媜散文的生命言說〉，《福建論壇》1988年01期，頁52-55。

解」入人意中的說明，使人信服。

> 生命像個鐘擺，不得不開始，不得不在死亡與疲倦之間擺
> 動，然後不得不停止。（《水問・陽光不到的國度》，頁
> 145）

可見「喻體」的聯想，應「大膽取喻」，力求「獨創性」；於「出乎
意外」的組合、取譬之間，令人眼睛為之一亮，嘖嘖稱奇。

其次，在「喻解」的說明、引申、推衍上，務必「小心解析」，
力求「共鳴性」；要在「入乎意中」的普遍認同下合乎邏輯，注意動
詞合理的運用。如：

> 夫妻之間的觀念鴻溝猶如滾滾大河，若赤手搏浪，突遭滅頂
> 而已，得學會架橋造舟，慢慢地渡。（《天涯海角・渡》，
> 頁268）

將待磨合的夫妻歧見以「滾滾大河」取譬，從反面推展、引申出若
「赤手搏浪」的後果是行不通的；再進一步從正面意義思考，面對
「滾滾大河」的解決之道，唯有「架橋造舟」，才能安然通過。
「渡」字實為本段文字化龍點睛之處，暗喻渡船亦渡人，含有修煉之
意，餘味無窮。又如：

> 快樂像乞丐碗內的剩飯殘羹般值得感恩，因為，挫敗與痛苦
> 才是我們本分的糧食。（《胭脂盆地・三隻螞蟻吊死一個
> 人》，頁49）

藉由「快樂」、「挫敗與痛苦」不同的譬喻「乞丐碗內的剩飯殘
羹」、「本分的糧食」，鮮明凸顯出作者對人生經驗的感悟。

再者，運用譬喻，除了注重譬喻本身的精彩動人外，更應注意比

喻與全篇文章的協調性，進而配合情境，塑造整體氣氛。如簡媜在
〈雨夜獸〉中，將「雨夜」視為吞噬生命的「無限」巨獸：

> 整個黑夜遂恢復牠自己——一頭掙脫時間刻度與空間經緯、
> 無限狂野的巨獸，自天空降下的雨絲只是牠頸項間飄揚的毫
> 毛吧。瑩瑩，我們從誕生跋涉到死亡，以為走得夠遠了，只
> 不過在牠兩節脊骨之間繞行；使盡一生氣力屬一堆有血有淚
> 的故事，以為夠悲壯了，也不過是牠撓癢時爪縫裡的塵垢。
> （《女兒紅‧雨夜獸》，頁76）

因之，譬喻實為檢視創作者想像力的馳騁與收放的功力，在「流
暢力」之外，欲求「精進力」、「獨創力」則以相關聯想最足以驗
證。所謂「相關聯想」源自於譬喻的升級，是「多組關係的對比與調
和，注重其間道理的相關引申及異同。」著重在「線與線之間的類
比，是譬喻與譬喻間的隸屬、協調，旨在發揮兩人或三人、四人團隊
間的合作默契。而不是只顧各自單打獨鬥。因此，相關聯想是同舟共
濟，既變化又統一，既平行開展，又心手相連。」如：

> 年輕像一件薄薄的花襯衫，即使是惡寒天氣也能招蜂引蝶把
> 春天騙回來。四十歲不是，像穿著別人悶了兩個冬天沒洗的
> 厚大衣，再怎麼談笑讌讌就是有霉味。（《好一座浮島‧我
> 有惑——四十歲不順眼手記》，頁3）

以「一件薄薄的花襯衫」喻「年輕」之熱力四射，足以驅寒成
春，繼而衍申出「兩個冬天沒洗的厚大衣」以喻「壯年」，開始準備
走下坡，染上時光的暗影。用「衣物」來譬喻「年紀」，均能推陳出
新，別具慧眼。另如：

> 時間像一個無聊的守獄者，不停地對我玩著黑白牌理。空間
> 像一座大石磨，慢慢地磨，非得把人身上的血脂榨壓竭盡，
> 連最後一滴血也滴下時，才肯俐落地扔掉。（《水問・美麗
> 的繭》，頁160）

以「無聊的守獄者」喻時間，進而以「大石磨」喻空間，將「人生在
無聊與死亡間擺盪」的命題，重新包裝，刷新語感，超脫常人用「流
水之逝」來喻時間的窠臼，創意十足。

（二）雙關

在修辭學上，以一語同時關顧到兩件事物或兼合兩種意義的表達
方式，稱做「雙關」（pun）。雙關包括字音的諧聲、詞義的兼指、
語義的暗示等，據此可分為諧音雙關、詞義雙關、句義雙關等三項。
雙關偏於辭趣，是機智的最低形式，最能開發、增加語詞新旨，使文
章生動。如：

> 一段蟬唱之後，自己的心靈也跟著透明澄淨起來，有一種
> 「何處惹塵埃」的了悟。蟬亦是禪。（《水問・夏之絕
> 句》，頁73）

「蟬亦是禪」，猶如落「髮」亦是「法」的開示。這樣的雙關，充滿
聲音上聯想的機智，展現兩層的語義，是文心與佛心交會的光輝。又
如：

> 他有精神了，侃侃而談現代台北上班族——尤其像他一樣
> 「五子登科」每月至少十萬才能打平（加上侍奉父母、紅白
> 獻金、弟兄彈性借貸）的中年男子隨時隨地充滿疲憊、無力
> 感，賺錢速度永遠比不上花錢速度，只看到腳下荊棘嗅不到

　　遠方玫瑰。（大概指沒能力奉養「外婆」──外面的老婆）
　　為了薪水及勞保，不敢對老闆拍桌子摔板凳；為了孩子，不
　　敢對老婆大小聲，狗還有狂吠的自由，他不如狗。（《胭脂
　　盆地・賴活宣言》，頁12-13）

將「外婆」解釋成「外面的老婆」，即是「雙關」的形式之一。

（三）移覺

　　移覺又稱通感（synesthesia）是指視覺、聽覺、味覺、嗅覺之間
的移轉運用。基於感官經驗共通的原理，創作者往往發揮敏銳細膩的
感受，綜合各種感覺，經營出新穎豐富的文字世界。移覺可分兩類，
第一類是直接用不同感官經驗加以形容、說明，第二類是間接移覺，
藉比喻形式讓感官經驗互為轉移。張春榮指出：

　　移覺貴於感性的滲透，發揮感官經驗的「相通性」，為感官
　　經驗（視覺、聽覺、嗅覺、味覺、觸覺）的相互溝通、切
　　換，補充、強化，將某一新的感官經驗移至固定反應的感官
　　經驗上，打破習以為常的敘述模式。

　　由此觀之，如：

　　我不禁想起童年，我的小童年。因為這些愉快的音符太像一
　　卷錄音帶，讓我把童年的聲音又一一撿回來。
　　首先，撿的是蟬聲（《水問・夏之絕句》，頁70）

「把童年的聲音又一一撿回來」，將觸覺感官切換成聽覺，呈現比喻
與移覺的關係。

（四）示現

　　「示現」是透過豐富的想像，運用形象化的語言，將某一個人或某件事物描繪得活靈活現，狀溢目前，讓讀者如身歷其境，親聞親見的修辭方法。「示現」是虛擬實境的「時空設計」，包括「預言示現」（未來）、「懸想示現」（眼前）、「追述示現」（回憶）三類，自由的延伸至虛構世界。如：

> 車在顛簸，心也在顛動。恨不得有一雙長臂，兩手一伸一攬，收集天上所有的雲朵，堆成一張彈簧床，輕輕拍一拍，縱身便依偎了進去。（《水問·問候天空》，頁66）

自「恨不得有一雙長臂」後，展開想像過程的細節描繪。「兩手一伸一攬，收集天上所有的雲朵，堆成一張彈簧床，輕輕拍一拍，縱身便依偎了進去。」，塑造較細膩的奇幻情境，分明是浪漫的神思本領。又如：

> 把現實的自己遺棄於大街，盤坐在高樓的玻璃窗前，帶著奢侈的悠哉，看那具瘦小的軀體像一條花俏的肉蛆在街頭蠕動，暫時跟她斷絕關係。（《女兒紅·女鬼》，頁96）

馳騁想像力，將自身抽離現實中那具瘦小的軀體，看著它在街頭蠕動，作者出入虛實，虛擬實境，是為「懸想示現」。

四　結語

　　簡媜心思細密，深受學院薰陶，表現出豐厚的古典文學修養，運用文字縱橫舒卷，不喜平凡，風格自成一派，是位藝術性相當強的女

作家。大抵動詞的運用常開拓字句的鮮活感性，簡媜擅長發揮想像力，續而鋪陳引申，並靠動詞營造出靈動的意境。由最早的《水問》（1985）至新作《誰在銀閃閃的地方，等你》（2013），可說與時俱進，一直展現充沛的創作能量，尤其用語極淺，用情極真，用意極深，在在綻放語言藝術的活力，湧動著現代女性的生命之姿，挑戰散文書寫的高度與廣度，令人仰止。

張春榮：《現代散文廣角鏡》（臺北市：爾雅出版社，2001年五月初版）。

論明代四大奇書之續書的研究價值

林景隆*

　　明代四大奇書之續書由明代萬曆年間酉陽野史的《續編三國志後傳》揭開序幕，刊本卷首有「晉平陽侯陳壽史餘雜紀，西蜀酉陽野史編次」，作者不詳，署名酉陽野史，聲稱取材自陳壽的「史餘雜紀」。描述蜀國國亡後，後人易名四散逃逸，劉備庶子劉理之子劉璩，易名劉淵，連同蜀國後人在匈奴起義，翦滅西晉的故事。原書有十卷一百四十五回，沒有結局，作者聲稱整篇有二集二十卷，至今不見，可能是作者來不及完成，或已散佚，現存有明萬曆三十七年（1609）刊本。如果按照四大奇書出版順序來推算，成書於清道光元年（1821）訥音居士的《三續金瓶梅》理應是四大奇書之續書的尾聲餘響，但在道光六年（1826）這年，俞萬春開始提筆創作《蕩寇志》，最後寫成於道光二十七年（1847），中間凡「三易其稿」，歷經二十二年，時序已進入晚清，成為四大奇書之續書最後完成的一部，從最早到最晚的續書，其時間跨幅將近二百四十年。本書鎖定「四大奇書之續書」做為研究對象，主要基於續書如何透過「重寫」經典產生的互文性對話以參與「歷史」，其敘事話語的續衍、出版又與明萬曆至晚清之間的歷史文化語境，具有息息相關的對話關係。

　　經由前人的研究啟發，闡發四大奇書之續書的「演義」文體／文

---

* 現任高雄市蔡文國小教師。

類觀念，挖掘其內在共相性質的橫向聯繫，並藉由研究視野的開拓，將四大奇書之續書做為研究取樣，經由筆者研究發現，明代四大奇書之續書作者以「演義」為基本創作型態，與四大奇書之間具有承衍與轉化的關係，以「適俗」、「導愚」、「娛樂」需求為編創前提，因此在「說話虛擬情境」的程式運用和「隨題選義」的話語展演方面，均有吸引讀者參與的文化功能。而四大奇書之續書各自的話語實踐上，均可見其著述意識更加通俗化的大眾取向，而從歷史演義、英雄傳奇、神魔幻怪、人情寫實等不同類型或流派觀之，續書嘗試在既定的敘事範式中展現跨類型的形式實驗，提供後續通俗小說在編創上珍貴的創作經驗，自然不能等閒視之，而這也是在奇書文體典範的影響下，在小說敘事形式上的突圍與合流。

明末清初是小說續書發展史上第一個高峰，在此政治與文化產生巨變的時期，四大奇書都有續書產生，美國學者浦安迪（Andrew H. Plaks）一反五四以來論者視四大奇書為通俗小說典範的共識，從「文人小說」創作觀點提出「奇書文體」的概念，而受限於寫定者身分因現存文獻資料不足，至今無法釐清明代四大奇書的創作屬性，但透過四大奇書之續書「演義」文體／文類的話語考察，筆者發現文人精神在四大奇書之續書有逐漸消退之勢，而回歸世俗成為續書創作的歸趨，其話語（discourse）與社會中的其他話語系統、「前文本」敘事話語進行對話，形成眾聲喧嘩的文學現象，歷來論者一般不考慮從共時性的基礎，探究「演義」觀念在四大奇書之續書的敘事本質和美學內涵，筆者除了借助新的理論視野重新闡釋之外，根據四大奇書之續書「重寫經典」的視角切入，經過深入探討之後，基本上確立幾項重要的研究觀點，今據研究所見予以統整。

一 文化轉向：經典轉化與讀者詮釋

在文學發展史上，一種文類的經典名著，由於長時間被不同時代的讀者，以各自審美角度進行理解，同時又不斷被文人評點者以不同角度進行詮釋與批評，因此文學經典如何被接受、內化、傳播的歷程，本身即具有豐富、複雜的內涵，足以成為後繼研究者不斷探究的學術議題。在中國文學史上，明代小說毫無疑問當以《三國演義》、《水滸傳》、《西遊記》、《金瓶梅》四部作品為藝術頂峰，當時文人以「奇書」、「才子書」來指稱這四部小說，是寓有深意的，將通俗小說稱之為「奇書」者，如張無咎〈批評北宋三遂平妖傳敘〉所稱。而用「才子書」一詞評價通俗小說或許是金聖嘆首創，金氏擇取歷史上各體文學之典範，名之為「六才子書」，曰《莊子》、《離騷》、《史記》、《杜詩》、《水滸》、《西廂》。自從《第五才子書水滸傳》刊行之後，「才子書」便成為清代指稱小說的普遍定見，四大奇書的成書本身，即充滿文人編創意識與審美文化理想。因此，浦安迪將四大奇書稱為「文人小說」（scholar novel），但這樣的看法是從四大奇書的「修訂本」和晚明諸多評點家意見做為參考依據：

> 上述這四種修訂本一問世，便立即成為隨後小說（國外漢學通常稱作傳統中國的「novel」）發展的範本。事實上，我還可以進一步宣稱：正是這四部書，給明、清嚴肅小說的形式勾畫出了總的輪廓。這四部作品構成小說文類本源的重要地位，恰恰由於作品本身的卓越超群而有點被人忽視，因為它們無比豐富的內容和精巧絕倫的寫作手法，同類作品中很少有能與之媲美者，因而，這四部「奇書」在一個半世紀裡一直鶴立難群，自成一體，直到《儒林外史》與《紅樓夢》

問世之後，才形成所謂「六大古典小說」。[1]

但是就四大奇書早期版本而言，這樣的看法卻可能忽略「演義」在早期發展階段，大體上迎合庶民文化在閱讀趣味與審美感受為主的情形，從筆者研究四大奇書之續書，透過文本的分析可知，四大奇書之續書融合士人與庶民意識的文化價值，並沿襲著前文本「通俗為義」的創作定勢繼續發展，四大奇書之續書的創作發生，基本上呈現「史官文化」與「市民文化」相互交融的創作意識，面對四大奇書的經典地位，續書以讀者之姿進行詮釋與批評，經由重寫經典的文本實踐，體現對經典神聖性與權威性的質疑與解構，續書作者對四大奇書的「前理解」（fore-understanding）各自不同，因而在敘事開端產生不同的「預述性敘事框架」，王瓈玲以「消費文化」的角度看待文學經典意義的轉化，可做為四大奇書之續書「重寫」的文化觀點：

> 消費文化按照自身內在的邏輯與動力，將經典的神聖性與權威性腐蝕，對文學經典進行翻譯、戲擬、拼貼、改寫。這使得追求經典文本的通俗性，逐漸成為消費文化對文學經典所採取的態度。此種文化經典神聖性的消解與消費化趨勢，體現著現代性中的世俗化需求，而經過戲仿（parody）、改編後的文學經典，其實已不復是原初意義上的文學經典，充其量，原作與改作兩者間，也僅祇是保持著可辨識的互文性（intertextuality）關係而已。事實上，消費文化正是以一種社會機制的方式，無意識地通過戲仿及改寫等滑稽方式，來瓦解傳統經典文本其在歷史中的尊貴地位，以彌合高雅與通

---

1 〔美〕浦安迪（Andrew H. Plaks）撰，沈亨壽譯：《明代小說四大奇書》（北京市：生活‧讀書‧新知三聯書店，2006年9月北京第1版），頁1-2。

　　俗、菁英與大眾之間的鴻溝。[2]

四大奇書之續書出版動機背後隱藏的娛樂性及商業機制，透過小說序跋的推薦、評論，甚至在文本（《續編三國志後傳》）結尾作者現身招攬讀者購買，均可視為一種消費心態的反映，四大奇書之續書對前文本抱持的態度可說複雜而多元，從接納理解前文本的文化語境，到質疑否定前文本的意識形態；從憤世嫉俗的抗爭姿態，到歸順天命的心靈安頓，莫不與當時創作時空的歷史文化語境、思想價值觀念相呼應，筆者發現這與當代文化研究的兩個重要特徵，即是：「非菁英化」與「去經典化」（de-canonization），具有理論上的參照可供借鏡。四大奇書之續書透過對文學經典的轉化與詮釋，充分體現「非菁英化」與「去經典化」的「通俗文化」傾向，如〈新刻序編三國志引〉曰：

　　　　但不過取悅一時，結尾有成，終始有就爾。大抵觀是書者，宜作小說而覽，毋執正史而觀，雖不能比翼前書，亦有感追蹤《前傳》，以解世間一時之通暢，並豁人世之感懷君子云。[3]

樵餘〈水滸後傳論略〉以「定勿使施羅專美於前也」創作心態指出：

　　　　文人著述，固有幸不幸焉，《前傳》膾炙海內，雖至屠沽負販，無不千口成誦，而此稿近三百年，無一知者。聞向藏括

2　王瓊玲：〈重寫文學史──「經典性」重構與明清文學之新詮釋〉，收入王瓊玲、胡曉真主編：《經典轉化與明清敘事文學》（臺北市：聯經出版事業公司，2009年8月初版），頁2-3。

3　〔明〕佚名：〈新刻序編三國志引〉，見高玉海：《古代小說續書序跋釋論》（北京市：中國社會科學出版社，2007年5月第1版），頁6。

蒼民家，又遭傖父改竄，幾不可句讀。余懸重價久而得之，
細加紬繹，匯訂成編，倘遇有心人，剞劂傳世，定勿使施羅
專美於前也，跂予望之。[4]

蔡元放在〈水滸後傳讀法〉以《水滸傳》對地煞人物刻劃不足指出：

本傳雖是將《前傳》山泊殘剩諸人重加渲染，但《前傳》諸
人，雖是寫出許多英雄豪傑，而論其大體，只不過是山泊為
盜，則好煞亦不足為重輕。況《前傳》只於天罡諸人加意描
寫，至於地煞如樂和、穆春、樊瑞等諸人，不過順帶略敘，
殊為不見所長。[5]

忽來道人肯定《水滸傳》前七十回，而否定七十回後的主題思想，在
〈蕩寇志引言〉指出：

乃有羅貫中者，忽撰出一部《後水滸》來，竟說得宋江是真
忠真義，從此天下後世做強盜的無不看了宋江的樣：心裡強
盜，口裡忠義。殺人放火也叫忠義，打家劫舍也叫忠義，戕
官拒捕、攻陷城邑也叫忠義。看官你想，這喚做甚麼說話？
真是邪說淫辭，壞人心術，貽害無窮。此等書若容他存留人
間，成何事體！[6]

4　〔清〕樵餘：〈水滸後傳論略〉，見高玉海：《古代小說續書序跋釋論》（北京
　　市：中國社會科學出版社，2007年5月第1版），頁43。

5　〔清〕蔡元放：〈水滸後傳讀法〉，見高玉海：《古代小說續書序跋釋論》（北
　　京市：中國社會科學出版社，2007年5月第1版），頁51。

6　〔清〕忽來道人：〈蕩寇志引言〉，見高玉海：《古代小說續書序跋釋論》（北
　　京市：中國社會科學出版社，2007年5月第1版），頁71。

在《三國演義》、《水滸傳》、《西遊記》、《金瓶梅》四部奇書所建立的敘事範式中，續書文本建立起一種批評語境，經由思想內容、故事情節、人物形象、藝術形式、藝術手法和語言文字等方面的創造性加工處理，展現對四大奇書經典敘事的個人式解讀，四大奇書之續書透過不同類型演義之作的話語表現，基本上皆秉持儒家本位的中心思想，以宗教思想做為修辭手段，藉由互文性對話進行歷史闡釋。

總體而言，四大奇書之續書通過文化的「闡釋」或「翻譯」，呈現對前文本的「重寫」，《續編三國志後傳》面對既定史實，藉復興漢業傳達「興滅國，繼絕世」、「四海困窮，天祿永終」的歷史教訓，《後水滸傳》則是暗諷「君王不德，使一體之人，皆成敵國」的妖魔轉世傳奇，《水滸後傳》則是寄託作者海外乾坤的政治烏托邦理想，《蕩寇志》在「嚴世道人心之防」的教化心態上，凸顯忠義與盜賊之辨，《續西遊記》在取經心態上，強調「機變生魔」之微旨，《後西遊記》以嘲佛諷儒的遊戲之筆，質疑求解之有效性，《西遊補》以情緣夢幻的敘事框架，寄託作者家國身世之感懷，《續金瓶梅》以善書因果報應觀念，闡釋前文本勸懲教化之旨，《三續金瓶梅》以還陽償債的因果報應，宣揚度脫出世的觀念。因此，面對文學經典的挑戰，四大奇書之續書各有相對應的轉化與詮釋，具有一種審美意義上的對話美學。

二 話語實踐：創作認知與歷史回應

透過四大奇書之續書的書寫，我們認識到每個續書作者心目中的四大奇書，經由特定意指的話語表現，續書作者在書寫過程中，除了融入個人對前文本的「前理解」以外，此外，續書作者閱讀四大奇書後，也形成了言人人殊的意識形態呈現，更在書中建構「世變」的歷

史背景，續書作者嘗試在小說敘事中與原書人物、情節產生連結，也透過「演義」的創作觀念抵抗四大奇書的深刻影響，然而，要如何在小說文本重塑故事題材，以建立虛構世界與時空體，同樣也是續書創作過程必須面對的課題。

　　四大奇書之續書作者以「世變」情境為書寫對象，因而小說文本各自創造出反映特定歷史現實的時空體形式，而每一部續書也因為創作者的歷史觀念與審美意識的差異，在小說文本呈現出不同樣貌的世界圖景，高小康認為：

> 就中國敘事文化傳統而言，在具體的敘述活動中，這種所謂的意識形態實際上並不總是以觀念體系的形式通過敘述的內容顯現為「宏大敘述」，而更多的是滲透在敘述者所構造的社會與自然環境、人物的性格和行為、人與人的關係以及蘊含在敘述中的情感態度與審美趣味等等。這一切凝聚、整合成為敘事中的內在統一結構，可以被稱作敘事中的世界圖景。[7]

每一部續書建構出一個小說世界，四大奇書之續書敘事結構的背後呈現的世界圖景，均蘊含了天道運行下的歷史道德秩序，而個人命運的興衰有時臣服於天命，有時取決於個人性格，但作者往往從敘事開端就為人物定下基調，而與最後的結局相呼應，四大奇書之續書的人物形象，通常都不是作者所戮力刻劃的重心，四大奇書寫定者以超常的創作才華傾注在人物形象、性格塑造上，給予續書作者發揮的空間較為有限，因而通過特定的話語實踐以維護作品的意識形態，以批判性

7　高小康：《中國古代敘事觀念與意識形態》（北京市：北京大學出版社，2005年9月第1版），頁3。

視角對四大奇書的敘事意圖提出不同的詮解，是自我意識在自我與他者對話互動的形成過程。處於明末清初續書創作第一次高峰的文化轉型與裂變時期，四大奇書之續書敘事意識到底呈現何種樣貌？米哈伊爾·巴赫金（Mikhail Mikhailovich Bakhtin）提出複調小說理論，足以詮釋四大奇書之續書敘事生成的文化現象：

> 各種獨立的不相混合的聲音與意識之多樣性、各種有充分價值的聲音之正的複調，這就是陀思妥耶夫斯基小說的基本特徵。但這並不是多種性格和命運在他的作品裡在統一的作者意識這層意義上的統一客體世界裡被展開，而這正是多種多樣的具有其世界的平等意識結合成某種事件的統一，同時這些意識有保持著自己的不相混合性。正是在藝術家的創作構思中，陀思妥耶夫斯基的主要主人公們實際上不僅僅是作者話語的客體，而且也是自身的、直接具有意義的話語之主體。[8]

四大奇書之續書正是透過與前文本的對話，逐步建立起自身敘事話語的主體性。

　　四大奇書之續書身處明末清初的「世變」之際，與續書群敘事創造的共通性，主要在「世變」情境的關注，形成現實與虛構敘事之間的「指涉性」，而明清易代之際小說的因革，體現在作家主體意識的增強、小說傳統流派有所變化、各小說流派之間相互影響，出現兼容化趨勢、話本小說的創作出現繁榮面貌等方面，[9]經由四大奇書之續書

8　〔俄〕米哈伊爾·巴赫金（Mikhail Mikhailovich Bakhtin）撰，劉虎譯：〈陀思妥耶夫斯基的複調小說及評論界的有關闡述〉，見氏著：《陀思妥耶夫斯基的詩學問題》（北京市：中央編譯出版社，2010年6月第1版），頁3。

9　朱萍：《明清之際小說作家研究》（北京市：中國傳媒大學出版社，2009年4月第1版），頁16-19。

的考察，從明末清初到晚清近二百四十年的創作跨限，大致呈現此一發展趨勢，在中國小說史上，明末清初是一個承先啟後的關鍵時期。

　　考察四大奇書之續書創作認知的生成，必須顧及作家群體意識中的審美心理結構，從發揮《春秋》以降「史學經世」的敘事傳統，進而在「亂世」做為故事主體的時空背景中，重整天地間的政治秩序與道德邏輯，藉由「演義」形式進行特殊的歷史詮釋，在經世致用思想所呈現的政治圖景中，隱含了烏托邦或意識形態的雙重性質，在天命思想做為人們安頓生命意識的一種精神需要，其作用在表現先天稟賦的賦予，以及後天遭際的變化上，常具有不可搖撼的權威特質。在考察人物在「亂世」中的「機遇」問題時，卻可看見續書作者對天命移轉的意圖，往往透過小說人物之「德」的自我修養、謫凡神話、讖語等，在敘事中暗示通過重寫機制可能扭轉天命對自我主宰的事實。

　　承上所言，舉例證之，我們可以從《金瓶梅》續書《三續金瓶梅》努力扭轉前文本人物後天遭際的變化上，在重寫《續金瓶梅》的結局基礎上，如何從挖眼、下油鍋、三世之報的殘酷報應獲得「重生」的契機？作者訥音居士提出的解決之道，就是在敘事編排中讓普靜禪師點化西門慶，意欲透過道教經典《參同契》、《悟真篇》的自我修煉，擺脫前文本加諸在西門慶身上的道德桎梏，因而移轉天命權威的主宰而獲得超拔飛升的歸宿。《後西遊記》在重寫《西遊記》取經故事的基礎上，提出求取經解的必要性，塑造後天石猴經由定心、養氣的心學修煉，獲得七十二般變化的神通，而唐半偈超凡入聖的敘事流程，與「清靜無為，佛教之正也；莊嚴奢侈，佛教之魔也」（第十回）求解初衷具有暗合之處。《蕩寇志》在重寫《水滸傳》的忠義敘事上，接續金聖嘆評點的七十回本，《蕩寇志》從七十一回續起便可知其思想立場，如何從「官逼民反」到「招安」的宿命中翻轉？作者俞萬春提出「清流權作綠林豪客」（第八十三回）的折衷策略，並

透過道教謫凡神話，解構罡煞降凡敘事的「合法性」，在蕩寇滅妖、天下太平之後，兼顧出世修道與政治倫常的意識形態下，修正「英雄沒世」的悲劇性結局。《續編三國志後傳》企圖在世變的歷史時空中，塑造英雄出世弭平戰亂，重建清平盛世的政治理想，接收三國以來「尊劉」民意的思想傾向，以「代漢之興，有兆堪徵」的讖語，扭轉天命意志之歸趨，全書以亂起，以平亂結，在晉漢興亡中寄寓作者特殊的歷史意識。

關於四大奇書之續書的個人創作形式，與《三國演義》、《水滸傳》、《西遊記》、《金瓶梅》長期在民間集體創作的基礎上的發展有所不同，續書作者在敘事中，除了營造出與前文本對話的文化語境，也融入自身回應歷史或現實的情感信念、意識形態和價值觀念，續書創作的出現，使得所謂市場意義的「讀者」具有參與閱讀與批評的位置，可視為讀者「文本化」的具體表現，深植在文本中的「批評意識」與「讀者意識」，以及續書透過分化「評論者」、「讀者／觀眾」與「創作者」，四大奇書之續書的敘事話語整體，呈現出一種「批評語境」的詩學企圖。

張春榮：《一把文學的梯子》（臺北市：爾雅出版社，1993年7月初版）。

第五輯

優游於簡單

林景隆*

　　那一年，意氣風發的我們自臺北畢業，星散到全國各地，開始誨人不倦的教學生涯，每個人有自己的人生際遇，在歲月的淘洗下，各自煥發出光澤殊異的人生釉彩，直到現在，我還依稀記得某年的校慶運動會場邊，同學們和老師閒聊盛況，那是一種對未來命運的扣問，當時記得問考研究所的機會如何云云，其他都如煙飄散，不復記憶了。

　　大一國文的文學記憶破壞整個學習脾胃，甚至更糟，但也為日後學習提供一個絕佳的參照點。

　　我們這群從南部上來的放山雞，大一玩遍臺北景點，吃遍通化街、師大、饒河街、公館等夜市，三年高中的苦悶似乎在吃喝玩樂中得到救贖，直到大二修了張老師讀書指導課程，眼界一開，驚覺文學是一扇繁花似錦的窗戶，之後又繼續修習文法與修辭、新文藝及習作、作文指導等課程，歲月倏忽，轉眼越過而立，真真確確的站在不惑之間，逝去的青春只能追憶，就像老師〈青鳥蓮花〉所說：「站在歲月的光影裡，偶爾行經年少的兩岸，竟覺往昔籠罩心頭的愁雲慘霧，響於耳際的淒風苦雨，今日觀之，終屬雲淡風清下的江上峰清，漸遠漸渺的絲絲水紋。」同樣的歲月慨嘆，同樣的人生體悟，此刻，

---

* 現任高雄市蔡文國小教師。

正走在同一條路上，有著同樣的心情寫照。

　　大學時期老師寫《青鳥蓮花》、《一把文學的梯子》、《一扇文學的新窗》等書，在創作與教學之間聯手出擊，在我們大學畢業之後，又寫出《英美名詩欣賞》、《修辭萬花筒》、《英語修辭學》、《英美文學名著選讀》、《英美文學作品導讀》等，在修辭領域之外，與藹珠師母在英美文學方面再下一城，在我負笈西子灣攻讀研究所期間，更寫出國內極短篇理論研究的扛鼎之作──《極短篇的理論與創作》，並升教授，面對二十世紀現代主義與藝術的新興研究領域，採擷前賢高言，折衷雅言，配合教學與研究，交出亮眼的成績。

　　在我二○○○年研究所畢業後，隔年老師又寫出《現代散文廣角鏡》，從清代姚鼐文學研究的博士論文，彼時在文學創作方面筆耕不輟，從修辭、文法，到英美文學、極短篇、散文領域，近年來更跨足語文教學，《創意造句的火花》、《創思教學與童詩》、《作文新饗宴》、《看圖作文新智能》、《國中國文修辭教學》、《作文教學風向球》等著作，則充分體現語教系轉型思維下，因應創思理論、多元智能、寫作新題型的教育思潮，進而衍生創發的教學著作。

　　前一陣子，老師在電話中說，他指導研究生的論文範圍還包括電影的口語藝術，這方面則有《電影智慧語》問世，老師研究觸角可謂多元，每隔一兩年都會拿到老師新書，也常常是我們這些學生津津樂道之事，老師藉由著作搭起師生的書緣，未來還會持續下去，今年（2014）一月，我甫獲高師大國文系博士學位，電話中邀請老師、師母聚餐，又收到老師去年在萬卷樓的新作《現代修辭學》，搭高鐵南下的旅程中，思及近二十年的師生緣，彷若昨日的記憶，猶記得畢業後上臺北與老師或在研究室、或國北教大對面某家忘了名字的簡餐店聊天，五點一到，老師便騎著鐵馬急急返家的背影。而印象深刻的是，老師跟我分享他的時間規劃，早上寫書，下午教書，晚上時間留

給家裡的生活哲學。

　　研究所畢業後，換了個學校重新出發，在歷經人生幾次重大的挫折後，重新回到校園讀博士班，課業雖然忙碌，卻也充實許多，約莫半年左右打電話老師，話筒那一端多是鼓勵、打氣，有時老師舉自己上臺北求學過程為例，那充滿南部草根性格的「氣口」數十年未變，直到我通過博士班口試，拿到學位那一刻，興奮的告訴老師消息，可以感受到電話那頭老師引以為傲的心情。而這一年，原本用電話答錄機過濾訪客的老師（我猜老師應該也沒有使用手機吧？）竟也開始玩起臉書，成立「張家班」社團，與師母分享社會時事、英美文學名家、佛學訊息，與時俱進。

　　早在我國中時代，就立志當老師，當了師範學院四年的公費生，畢業後在國小擔任教職，也就是師院生既定宿命，但張老師給了我創作的翅膀，更一窺現代文學的堂奧，大學畢業後選擇中文研究所，最後卻成為研究明清小說的博士，但文本細讀的學術訓練，卻是張老師在大學課堂所傳授的「心法」，學術論文之撰作，在遣詞用字中亦隱隱體現個人從中認識自我與世界之間的基本思路與情感，與文學創作並無二致。近二十年搭起的師生情誼，細節漸漸遺忘，那溫暖卻漸漸清晰，正如老師〈師生緣〉所說：「師生一場，應是光與熱的交流，情與意的溫暖，前賢攜後進的共同成長。無疑，卡片上清新文字道出師生間理想的良性循環。動容之餘，也期盼自己能熱忱不減，在往後粉筆歲月亦締造出如此豐美的師生緣。」

　　從國北教大畢業將近二十年，當年一篇散文得了佳作，點燃學生對創作的熱情，雖然後來轉向學術研究，但創作的根柢仍在，這都要感謝張老師當年啟發，而老師在漫長的歲月中，孜孜不倦的埋首研究，結合教學實務與學術創發，樹立極佳的典範，其實老師都把我們視為親友，從老師身上，可以看出嚴肅與輕鬆的一面，在學術研究上

注重理論與實務的結合，在生活態度上馭繁為簡的處世哲學。

　　最後，謹以此文，慶賀春榮老師六十大壽，歡欣誌念那些年我們在國北師課堂的日子。

一樣的生命，不一樣的光輝

鄭如真[*]

　　剛認識張老師時他約莫是我現在的年紀（應該更年輕幾年吧！），這意味著我們師徒二人已認識二十三年！

　　在班上能把張老師的課都修完一輪的，我應是唯一。大一我念特教系。民國八十年，老師大一國文只上特教系和音教系，當時國北師宿舍安排六個學生全是不同系，室友中音教系室友彥欣，她「大一國文」課比我早上，每回上完，總興高采烈跟我分享張老師上課情形，也讓我很期待當週國文課的到來。

　　翻開這本大一開始的上課筆記，課堂情景歷歷在目……

　　第一張講義標題〈讓陽光，回到陽光不到的國度〉，說真的我被這題目吸引了。剛上大學的我，剛脫離聯考制度的我，看的文章都是教化人心的嚴肅題目，怎會有如此簡單又不凡，能觸動心底深處幽微苦楚的文字？是的！從這一刻起，我重新認識語言的魅力，一頭栽進了張老師安排的文學奇幻之旅！

　　雖是大一國文，老師把大部分的時間用來上現代文學，大一那硬梆梆的國文選，他只挑重點或佳句帶過，所以〈秋聲賦〉我們聽的是陶晶瑩參加語文競賽的錄音帶，感受到她對文章的掌握，理解〈秋聲賦〉的音樂性。很多時候只覺得老師很用心，用電影、音樂等媒

_____

[*] 現任台南市北區文元國小教師。

體來上文學（若當時有SUPER TEACHER選拔，老師應也是當仁不讓吧！）。剎時這樣的教學方式彷彿打通任督二脈，在自己當了老師快二十年時有了新的體悟。

　　大一生活充實而忙碌，老師幫我們用字跡解析人格，而我也從中學會觀察。雖然老師上課幽默風趣，與我認知所謂大學教授的形象有極大差異，但總有一股不足為外人道的糾結流露眉宇間。就在信義路金石堂書店逛逛時，發現《狂鞋》極短篇，愚蠢的以為「作家怎麼會是教授？教授又為何會是作家」想藉著閱讀作品拼湊張老師的人生經驗（後來師母說有些故事是她提供的，我當時以為從中可窺視張老師課堂上不想告訴大家的事）。陸續又看了《鴿子飛來》、《青鳥蓮花》也理解了張老師成長到成熟後的心境轉折。不過，老師生命中最大的暖流，應該是認識顏藹珠師母。老師的研究室擺著一張照片，是老師和師母及母親的合照，相片中是未曾謀面的師母，但覺得是漂亮又開朗樂觀的女子，老師常碎唸著：「她跟我很大的不一樣……」、「沒看過那麼愛看電影的……」。「夫者，扶也；妻者，齊也。」當課堂上老師這麼一說時，腦中所浮出的就是這張相片的畫面。

　　在大一快結束之際，我起了轉系念頭，一來是聯考未能如願就讀外文系（說來有趣，當年國文未達高標，加重計分後落入下一個志願）。二來語教系有兒童英語組，我想這是唯一能再修習英語相關課程的機會。雖然轉系過程驚險，但能夠轉入語教系，就走一條不一樣的路。其實後來想想，我應該是被張老師冥冥中牽進語教系！老師聽我們說困惑、迷惘的事情，話語裡卻很理性的指引我們道路，在心裡關心，卻不多言。明明心中有很多計畫，但做了再說，卻是他一貫的態度。轉入語教系後的寒暑假開始，我每年都有寒、暑假作業，看完張曉風散文集、寫一篇散文、看王鼎鈞散文、極短篇、比較文學、新詩、小說……連轉系後的不適應，他也只是拿了林貴真《第二名的

生活藝術》要我讀。讀完後，我心裡釋懷；他再趁勝加碼，就寫一篇《第二名的生活藝術》的書評吧！（自己有感的寫出來應該會不一樣吧？原來老師是這用意，我二十三年後才明白）

當時我納悶，大學生不是university（由我玩四年），為何我的大學生涯卻是這樣忙碌？（大二、大三要補修因轉系而產生的不同學分數）但也奇怪，張老師說什麼，我就做什麼，不多問，總是盡力達成。等到後來才明白這一切循序漸進的安排，訓練我透過書寫找到生命的出口，用他的經驗來帶領我，步入成熟清明的視野。當然，轉系後我沒有進入兒童英語組，生命已轉了一個大彎……

以為的作業直到書評刊在〈爾雅人〉，老師拿稿費給我才知道。原來他偷偷幫我們投稿。這樣做，若退稿，學生不知，也不會產生失落感；若刊登，可增進的學生的信心和成就感。之後讀書指導作家研究，〈繁華落盡見真淳──論簡媜的散文世界〉一文，我獲得「趙廷箴文教基金會」獎學金六萬元，已是感激不盡，更在畢業已分發進入臺南市長安國小服務後的某天，突然收到二本《書評》雜誌和支票大概四千元吧！驚喜發現：原來，老師又幫我偷偷投稿。做的比說得多……

在學時老師鼓勵我們往研究所進修，那時師院沒有在職專班，他也不希望我們待在師院，而是到一般大學擴展視野。所以我們讀書指導這幾個，出國的出國、念中山、師大，沒人就讀師院研究所，所以都沒在他名下，但老師著力卻很深，尤其景隆和我。景隆博士班考試推薦信及論文討論老師都大力幫忙，而我碩士論文無頭緒很想放棄時，老師約我暑期北上討論，功力傳授。在老師不厭其煩的指導、鞭策、叮嚀「先求有再求好」的鼓舞下，我也完成對簡媜懷抱的夢想。老師無私的奉獻不啻為經師亦是人師，他總能抓住我們軟弱一刻，給予支持，然後看著我們茁壯。即使離開校園，不管學業、教學或心靈

上遇到問題，我們雖忐忐忑忑但還是習慣找老師。面對學術，老師既嚴肅又認真的；面對學生，老師是理性又關懷的。今年一月景隆博士班畢業了，看得出他心裡的喜悅，但他的話還是不多……

不要我們念師院研究所侷限視野，自己卻捨棄一流大學的招手，固守培育小學師資的臺北教育大學？出門騎腳踏車，勤儉生活，卻在母親服務小學及系上設置獎學金，捐款給學校，是對母親的由衷懷念，及對弱勢學生的長期挹注吧。

「生命是充滿弔詭的」不管在學或進入職場後，老師一貫的基調便是要我們用此態度來看待人間事，如此便能撫慰心靈。情緒或許無法立即宣洩，但求不走偏鋒，淡然處之，有良好的修復力。老師的生活智慧語，是我們人生路上兩旁的青青草原，無限生機，無限契機。

沈潛的高傲，低調的華麗
——第二名生活哲學

黃書偉*

　　這一場緣分，從民國八十年將學籍寄放在國北師開始……

　　第一次親密接觸，有著淡淡哀傷。那一年國北運動會，老師一時興起幫大家看手相，心想著：學中文的人，都會《易經》，而小弟在下本人我也算過不少命，就聽聽看老師有何見解？「你不算聰明……」張老師看著我的手淡淡的說。（天啊！今天風和日麗，適合晴天霹靂嗎？）不過，念頭突然一轉，卻覺得張老師宅心仁厚，因為本人的手相，不僅智慧線短淺、斷裂，最神奇的是，沒有事業線（所以到了三十五歲還沒有像樣的工作），「你不算聰明」應該是最不傷人的說法。然而這句卻不時提醒著我，讓我未來在做任何事時，能夠更深思熟慮，更認真務實。因為不夠聰明，所以做任何事情要考量到更多環節；因為不夠聰明，所以需要花更多的時間努力工作，要不停的充實自我內涵。

　　這個不聰明之所以被我奉為圭臬，並不單只是被洩漏的天機，在和老師相處後，慢慢發現，這是一種生活的哲學。那年，如真在看《第二名的生活藝術》，是老師給的功課，卻啟發我為人處事的一些想法，在成大的學習環境中，競爭相當激烈，大部份的人都在「評

＊　現任新竹教育大學環境與文化資源系助理教授。

價」下過活，往往在積極自我表現的情況之下，卻忘了應該要紮實學習，而這樣的生活哲學讓我能夠定下心來，按部就班的朝自己目標邁進。幾年後，逐漸體會這似乎也是老師的生活哲學，而當年，老師正用心良苦的將這種生活哲學傳授給學生，幾年下來，我心法相傳，受益無窮。

此後，我不再在意掌聲，只在意是否認真完成每一件事，這也是從老師身上看到的人生哲學。世風日下，許多大學老師汲汲營營追求名利，而老師低調行事作風，用力教書寫書，也深深影響著學生們的價值觀。雖然叮噹響的不一定是半瓶醋，然而曖曖內含光才是老師喜歡的格調（寫到這裡，突然看到令狐沖從眼前飄過）。「師者，所以傳道、授業、解惑也。」如今我也當上老師，老師用一輩子教的，我也正兢兢業業交給學生，期待樸質認真，能夠感染人心，永續傳承。

十五年前老師升教授，大家都非常開心。我認為，有才華的人不會被埋沒，蹲得越低才能跳得越高，沈潛中保持著高傲，低調中蘊含著華麗，持之苟有恆，久久自芬芳！

星星與大海

戴聖宗*

　　筆者的求學生涯和風箏放飛頗有異曲同工之妙，小學畢業後從國境之南的屏東遷移至中學時代的臺南，最後，大學落腳在溼熱的臺北盆地，可說是愈飛愈遠──而那是個中華商場和光華商場都還未拆除的年代。當時拎著簡單行囊入住宿舍，對陌生室友、大學生活混雜既戒慎恐懼又滿心期待。異地遊子一如班雅明筆下的都市漫遊者，敏感的嗅探著屬於這城市的神聖與世俗、華麗與髒汙，注意力也就很快從無聊的大一通識課程轉向圍牆外的花花世界。及至大二，系上開設了特別的「讀書指導」課，才讓我目光重新投向學院內。在不知真偽的流言蜚語中，我和幾位好友從不為所惑，毅然選擇張春榮為「讀書指導」的老師。（當時真相是：張老師的熱門程度可不是「毅然」就有機會成為門下弟子）而在接下來的大學生活中，就在親炙（痛苦煎熬）下，開啟了文學賞析及創作的一段因緣。

　　張老師的選修課素來有「痛快」這樣的評語，所謂的「痛快」是指「痛苦」加「快樂」。因為常在老師談笑風生的「快樂」課程中，渾然不知學期報告（或文藝創作）的「痛苦」截稿期正步步進逼，其後又會在作品刊登出來時，被一時的快感所蒙蔽以致於忘卻當初搜索枯腸的痛苦，因而再次的選修老師的課程……，俗話說：「一試成主

---

* 現任新北市新店區北新國小教師。

顧」也許正足以說明這種狀況。大學時期修習老師的課，除讀書指導外，另有新文藝及習作、作文指導、文法與修辭等，在老師的帶領薰陶下，慢慢品味文學作品的細膩之處，進而冷靜分析寫評論；老師除了是學有專精的評論外，也勤於筆耕，因此在新文藝創作上亦鼓勵同學能多多發表。猶記得當初捧著第一篇刊登於《爾雅人》的評論時心中的那份悸動，看著自己學期報告化成鉛字，還是有如真似幻的感覺。心懷對創作的敬謹，實踐老師提點的close reading，一字一句寫下對作品的看法，也因為這樣的精細閱讀，更對未來的創作提供養分。

之後在張老師的鼓勵下，陸續又創作〈城困〉、〈我們都愛Happy Ending〉。〈城困〉是散文課的習作，原刊登於國立臺北師院語文教育學系系刊《文原》第四期，名次雖不頂尖，或許是寫法特殊，竟蒙聯合報編輯的青睞，脫穎而出，而成了「這一代的文學第十輯──台北師院創作展」的散文代表；而〈我們都愛Happy Ending〉則是小說的處女作，刊登於國立臺北師院校刊《北師青年》第六十三期，為當年采風文學大賞「小說組」銅賞作品；當時年少氣盛，本以為〈我們都愛Happy Ending〉汲取後設小說技巧，實驗性的筆法定受評審青睞，然而，雖然名次並不差但心中多少有些衝擊，張老師看出了我的失落，特意溫言相勸情義相挺，少作於今看來其實斧鑿甚深，以當今眼光觀之實感羞赧，我想老師當時應也看出些缺點，但就如老師的作品〈師生緣〉所說：「師生一場，應是光與熱的交流，情與意的溫暖，前賢攜後進的共同成長。」老師寧願忽略作品的不成熟，深知給予鼓勵產生的正面能量後進方能「愈戰愈勇，來年冒芽增綠，欣欣向榮」（〈師生緣〉）。大學時期在張老師鼓勵下所產出的這些創作，除了讓我在其後申請研究所時倍增信心，更見證也記錄了這不羈的輕狂年少。

當時師院的專責是培育國小師資，受業於張老師門下三年，老師

對理論、創作、實務三者皆十分看重，也因此提供我們教授國語課程堅實的知識基礎。讀書指導、文法與修辭讓我們嫻熟語文背後的知識系統；鼓勵新文藝創作讓我們在語言表達、分析文本時能深中肯綮；作文指導則讓我們以深入淺出、趣味的方式教導小朋友作文。偶爾翻閱「讀書指導」課時的教本《一把文學的梯子》，猛然驚覺，原來在國小任教常自以為頗有巧思的教學策略，其實早有師承，譬如在動態描寫的文句中，每每要小朋友細思動詞置換的可能，以及置換後文字美感是否有所殊異，而這些策略原來就是習仿自《一把文學的梯子・頑碩的陰影壓歪了大半個月臺——動詞》，該篇文末老師擷取了余光中、張曉風等大家的段落文章，挖去動詞的空格，並要求當場練習填空，文末並附作者答案，為求貼近原作藝術高度，同學無不絞盡腦汁。也因為老師的課堂上總是逸趣橫生，練就了快速筆記的功力，譬如在《一把文學的梯子》「頂真」一章，篇末搞笑的筆記寫著：姜子牙科、王安石頭火鍋、葉蒨文具行、金城武館、李清照相館、高勝美語、楊傳廣東小吃……於今回想仍可想見當時全班哄堂大笑的情景，分組的讀書指導課各有導師，別組同學常覺得張老師望之儼然，但我們卻認為即之也溫。

當我在梳理大學時期為何如此熱衷創作，其後更號召同好組織讀書會，更在教學之餘毅然決然的報考中文研究所，隱伏其中的草蛇灰線應就是老師的召喚；張老師用功不輟從他洋洋灑灑的著作便可看出專長領域：文法與修辭、作文理論與教學、語文領域的創思教學、文學作品改編、現當代文學，可以看出老師在我們畢業後更體大思精，譬如我們以為知之甚詳的修辭研究，老師已不再視辨析修辭格為何而滿足，而將修辭研究提升到美學層面；在師大攻讀研究所時，有幸聆聽老師的論文宣讀，才知老師旁涉電影研究也有數年；也因老師在師大兼課，偶因學期報告需要而一再叨擾，但老師都不以為忤，甚至我

和室友拜訪老師之時，總能收到老師的贈書，畢業已近廿年，與師為友，與書為友，是另類的天長地久。

師生緣

劉貞君*

　　進入北教大語碩班，不僅讓我獲得學識，還讓我認識許多好同學，更讓我尋獲一位好老師——張春榮教授。在他的諄諄教誨以及嚴厲督導下，如期完成學業，圓了人生一個大夢。

　　說起我與老師緣分，真該感謝老天爺對我的眷顧，才讓我有幸成為張家班一份子。剛入學時，對於選課，我想當然的認為一定可以選上，想不到同學對熱門課程——創意思考教學研究——早就先下手為強，助教告訴我那門課早就秒殺額滿了，得等有人退選。第一天上課，我在系辦一再央求助教幫忙，此時老師正好走進系辦拿資料，助教指點迷津的說：「你請問教授可以加名額嗎？教授答應就可以了。」我轉頭才開口說：「老師……」，老師二話不說，馬上回答說：「沒關係，讓他選。」就這樣，開啟了我和張老師的師生緣。

　　老師上課總是準備許多補充資料，文本加上影音，絕無冷場。我們常在中外的影片中，不論是戲劇或是影片裡，學到各式各樣的創意及修辭技巧的應用。最佩服老師總是能隨時在生活中收集資料並轉化為上課內容，讓我們瞭解理論，更明白該如何將所學用於日常生活中。在課堂上，老師雖擔任第一屆語碩班導師，但對於第二屆的我們亦照顧有加，對於論文題目，源源不絕的建議大方向與提供資料，要

---

* 現任新北市板橋區沙崙國小教師。

大家早日擬定方向，使我們對論文有點概念，總認為再怎麼困難都有老師可依靠，也就不再那麼畏懼。

記得一年級修完課後，向老師借的許多資料要歸還，因此與老師約好時間見面，但因我搭火車誤點，當時通訊器材又沒今天這麼發達，已超過約定時間，讓老師久等了，我急得像熱鍋上的螞蟻，衝進校門，正好看到老師走向鐘樓，大喊：「老師！」正要說明遲到原因時，老師和顏悅色的說：「我想時間太晚了，你可能不來了，我交代助教，如果你來了，就把資料放我信箱即可。」當時的我羞紅了臉，直向老師說抱歉。老師不但沒生氣還撥空和我聊一會兒，討論我的作業內容，原本老師未將我列入規劃指導的學生名單中，經這次會面與討論，老師正式答應指導，將我歸為張家班的一員。我何其有幸！不僅遲到能得到老師諒解，還獲得老師首肯指導論文。誰說這不是老天對我的眷顧，冥冥中延續我與老師的師生緣呢？

我是班上較年長的學生，因此，對於學業，尤其是論文，總懷著忐忑的心，努力學習。幸好老師願意對我們這些先天不足，後天失調而且有點年紀的學生伸出溫暖的手，助我們一臂之力。老師常開玩笑的說：「我們就像是NG的水果，雖然外表有點損傷，不怎麼好看，但還是有它可取之處。而且態度重於程度，所以，只要我們有心學習，老師一定盡心指導」。趁著僅有的週三空檔回校與日間部的學生共同修習「論文寫作方法」。上課期間，老師不斷的灌輸寫作論文的技巧以及蒐集與整理資料的方法。老師上起課來生動有勁，有一次還唱作俱佳的整個人貼到牆壁上，老師即興表演天分，留下深刻印象。

寫作論文期間，老師要求非常嚴謹，扮演著幕後推手，依著既定時程，催促進度，當我們遇到瓶頸時，除了個別指導，也會要我們「七仙女」打團體戰，共同討論，相互支援，彼此打氣，解決難題。就這樣一步一步順利的完成論文。老師不只是學術的指導者，更是心

靈的輔導者。在我交第二章作業時，老師看出端倪，留我個別指導。直接問我：「貞君啊，你寫的第二章怎麼啦？和第一章的寫作怎麼判若兩人？」此時的我，只好據實以告：「老師，因為這個月家中兩位老人家接連身體不舒服，分別住院開刀，需多花點時間照顧他們，所以論文就較分心了。」老師一聽，馬上說：「我知道了，你先處理家裡的事，論文的事別擔心，慢慢再改就好。」當下的我感到好溫暖喔！謝謝老師願意給我修正的時間，讓我能放心修改增補。

寫論文是一段漫長的歲月，有時碰上文思枯竭，有時莫名寫不出來，可是又不敢真的放下，去做別的事，結果時間匆匆，論文沒進展，落得兩頭空。此時老師會建議我們：「暫時停手，跟家人出去走走，換換心情，輕鬆一下，或者再充充電，閱讀相關資料與文獻，讓頭腦再整理一下，畢竟，休息是為了走更長遠的路。」真是一語驚醒夢中人，接受老師建議，果然能在壓力釋放下寫得更順暢。

人生，總是充滿奧妙的機緣。我這顆種子，在老師的引領下，生根發芽，茁壯成長，突破瓶頸，春華秋實，永銘在心。

生命中的貴人

黃淑靜*

　　一生中，能遇見生命中的貴人，那是可遇而不可求的。慶幸的是，就讀研究所時，拜入張春榮教授門下，成為人人稱羨的「張家班」。

　　張老師是學術界受人尊敬的學者，更是我們心目中敬愛的班導師。猶記得課堂上張老師上起課來幽默風趣，笑聲爽朗，妙語如珠，總讓我們如沐春風。

　　求學那些年，我跨修特教學分，忙得焦頭爛額，常在夜深人靜時，還埋首書堆，直至清晨六、七點才就寢，不一會兒又直奔國北。老師見到我的第一句話，總要我保重身體，老師的叮嚀與關心彷彿一陣暖流，常使我不禁鼻頭一酸。

　　記得好幾次寫論文遇到瓶頸，張老師彷若一盞明燈，為我指引著論文新的思路，提點著何處不足。我常暗自慶幸著自己的幸運，在求學的路上，能受到張老師的指導與教誨，讓我站在他強健的肩上，看得更高、望得更遠，進而在老師的勉勵下考取了正式教師，至今感念在心。

　　讀碩班時，也曾協助老師整理國科會、出書與課堂上的資料，每回看到老師的手稿，或驚世醒語，或詼諧智語，或散文小品，都讓我

＊　現任新北市興化國小教師。

先睹為快,受益良多。張老師對學生們的付出,從不求回報,每逢老師出書或生日,學長姐們都會特地回到北教大為老師慶賀。而在張老師的指導與奔走下,我與同門學長姐,還有幸出了書,完成了不可能的夢想。猶記得,第一次握住爾雅出版社印的《走盡天涯·歌盡桃花》,手心那股炙燙的熱流,和淌下的淚水,仍是如此鮮明深刻。

畢了業,離開校園,能見到張老師的機會變少了,師生情誼卻彌足珍貴。每每回到北教大,看到老師的笑容和指導學弟妹的模樣,時序彷彿回到求學的那幾年,靜靜的看著那些焦頭爛額的研究生,總想拍著他們的背膀說:「不用擔心,跟著張老師的步伐就對了!」因為,當時的我也曾被學姐們如此鼓舞著呢!相信如此珍貴的畫面,會繼續在北教大的系辦裡上演著,而「張家班」也將在老師的指引下愈發茁壯,更為亮眼!

美麗的彩虹

陳秀虹[*]

　　雖已是九月中旬，但仍艷陽高照，天氣炎熱難耐，走在北教大的校園，抬頭仰望餐廳前幾棵挺拔的棲樹，枝椏間一片碧綠流蘇，陽光透過葉面，散發著金色的光芒，葉子像一顆顆晶瑩的綠寶石，閃閃發亮；風一吹，又像一只只芊芊欲飛的蝴蝶，輕盈的舞起她們的翅膀。而那些透過樹葉縫隙落在地面的陽光，如同星星一般，「畫」在我的身上，一股旺盛能量從我身上溢散，整個人亮了起來，這一切彷彿是在為我的大學生涯作預告：另一個「全新」的旅程即將開始，未來生活充滿無限的可能與希望。

　　然而這驚喜之情卻掩蓋不住我內心的不安，第一次離開父母的懷抱；第一次到陌生的北部求學；第一次居住繁華熱鬧的都市；第一次接觸大學的課程……許多的第一次讓我無所適從，惶惶不安。尤其，每一堂課教授總是一本正經地告訴我們，大學與高中如何不同，要我們以更嚴謹的態度來做學問，壓力瞬間襲來，讓人不知所措。噹…噹…又上課了，這門課是文學概論，真不知老師又要如何要求？只見穿著樸素襯衫，理著平頭，板著一張臉的老師走了進來，我心臟噗通噗通跳著，屏息以待，但老師一開口，有著濃厚的南部口音，談吐幽默風趣，使我不知不覺卸下心防，忽然覺得老師好平易近人，備感親

---

[*] 現任新北市中和區積穗國民小學教師。

切。接下來老師的上課方式更大大吸引我的注意,聲光影音的結合,使課程內容生動有趣,顛覆我對大學課程的刻板印象。大三時,還從團體晉升到個人,成為老師讀書指導的學生呢!

畢業之後,投入校園執起教鞭,教育起莘莘學子,回北教大的時間微乎其微,但每隔一段時間總會夢到老師,心裡就有一股聲音提醒著我,該回去看看張老師了。「緣」真是一個奇妙的東西,在天時地利人和之下,系上的語創所剛好有甄試,於是老師鼓勵我試試看,彷彿一切是命中注定般,我又成為老師的學生。一開始我即抱定老師是我論文指導老師,但天不從人願,老師太熱門,許多同學也搶著要請老師指導,逼得老師只好設下門檻——小論文先發表過者,優先錄取。唉~這可不是件容易之事,當時的我是學生,是老師,是妻子,身肩數職,但為了擠進張家班,只好硬著頭皮全力以赴。皇天不負苦心人,我終於有機會到亞洲大學發表小論文,順利取得張家班的門票,這可比重大樂透還要叫人興奮呢!

在老師用心的指導下,兩年半後我順利拿到碩士學位,得以將所學運用在職場上。此次進修大大提升我的教學功力,老師的教學模式新穎,融入我的教學中,不僅吸引學生的興趣,更增加上課的效率,真的很感謝老師無私相授,讓我不再原地踏步,而能與時俱進。雖已畢業,但「夢」仍會提醒我,該回去看看老師,看到老師身體健朗,笑聲依舊,心裡真是高興。尤其能與老師閒話家常,聊聊學生,聊聊最新的教學,真是一大收穫,如同挖寶般,使人驚呼連連。當老師問候我的家人時,老師還會分享與師母的相處之道藉此期勉我們,讓我知道如何成為更好的人師人妻。

「緣」就像佛珠上的穿珠線,串起我和老師生命中的點點滴滴,也為我的生命畫下一道美麗的彩虹,閃耀天空;也彷彿一座拱橋,搭起我和老師今生的師生之緣。

長春樹的召喚

王玟晴[*]

「生命像一盒巧克力，沒有人知道會嚐到何種滋味。」（《阿甘正傳》）人生有太多的可能，如果沒有親自品嘗，怎麼知道是什麼滋味？如果沒有親身經歷，怎麼體會沿途的美好？

有幸進入北教大語創所進修，遇見許多良師益友，讓我的人生旅途有不同的旅伴，走出不同的風貌。其中影響我最深的，莫過於張老師！

文心萬彩──課堂驚豔

初入張老師課堂，帶著點因陌生而衍生出的緊張與不安，老師輕鬆幽默的講解，化解不少課業壓力；深入淺出的實例示範，詮釋語文的趣味與奧妙；而老師對撰寫論文的精闢建議，則安定我們焦慮的心情。每每走進老師課堂，總是帶著欣喜與期待；走出室外，則是餘音繚繞，腦袋裡、筆記簿上總有些值得好好思考或玩味的想法。回想當時的我，剛進入這學術大殿堂，亟待學習，常常覺得跟不上老師跳躍性的思考，總感覺老師的課如同一杯濃縮果汁，裡頭承載許許多多的精華，若不能以適當的方法調水稀釋，不但白白浪費這杯果汁，更

---

* 現任新北市集美國小教師。

失去吸收養份的機會！所幸，老師課後總願意悉心解惑，而拜讀老師的著作也是「稀釋果汁」的良方。今日的我，仍覺得老師想得很深、看得很遠，堅守理想，付諸實踐，在老師談論的話語裡、書寫的文字中，語文有光有熱，能大放異彩。

老師講授課時，妙語如珠，時而一語雙關，讓人再三品味；時而詼諧幽默，發人省思。大凡擲地有聲的名言佳句、有情有味的影片精華、豐實底蘊的文章小品，都成老師課堂上信手拈來佐證理論的最佳詮釋。而我也才體會到，原來文學與生活可以這麼貼近，原來文學可以如此多樣化，細細品讀便能感受「文心萬彩」。張老師的課，我總在「期待」、「驚嘆」、「原來如此」中充實度過。

春風送暖──長者風範

伴隨精實的課程，老師用意極深。有些是論文的前導暖身，讓我們先行思考，研擬可行的題目與架構；有些是琢磨文筆，讓我們小試身手；有些又能激發創意，讓我們栽進文學藝術的巧妙中。為了完成老師的作業，無形中讀了許多書，想來這是張老師的別具用心，要我們在浩瀚書海中遨遊體悟，進而內化反芻。然而，無論成果如何，張老師總給學生正面回饋與肯定，讓人信心倍增。

對於一個研究生而言，論文無疑是最終的目標。在撰寫論文期間，張老師化身為最佳教練，當我們士氣低落時，適時鼓舞人心；當我們慌亂不安時，總能穩定軍心；當我們腸枯思竭時，提供多方思考；當我們遇上瓶頸時，提出真知灼見。一次又一次的討論，除了給予我們實質上的建議，減少我們如無頭蒼蠅般的摸索；更給予我們溫暖的支持，緩和我們如熱鍋螞蟻般的焦躁。最令我感動的是，繁忙的張老師卻能每每悉心聆聽困境與問題，細心審閱字字句句，再耐心給

予指導與建議，讓我們的思考能更深、更廣。老師的全力支持，不吝賜教，用心陪伴，春風風人，夏雨雨人。

耕耘教育 —— 歷久彌堅

畢業之後，每當有機會與張老師相約，聊聊生活、聊聊文學，總是讓我再次感受到張老師耕耘教育的熱情始終如一。一直以來，張老師始終投入課堂教學、論文指導、學術研究。為了教學多元化，廣泛蒐集媒材，以驗證理論；指導學生論文，授業解惑，以釐清脈絡架構；研究成果，則不斷有專書出版，以嘉惠更多學子，數十年如一日。老師的至誠至性讓我想起自己在師資班修習學分時，教授的叮囑：「為人師表，莫忘初衷。」因而時時以張老師為典範，自我勉勵，切莫忘了初為人師時的熱忱。張老師帶給我的，不只是打開眼界，讓我在專業領域更上層樓，在文學世界裡更多體悟，以及那份「為人師表該要給學生正面影響」的使命感。

「人生就像一盒巧克力」，生命中遇見的人就是那一顆顆造型、口味不同的巧克力，我們或許可以說，有的甜膩卻能安撫情緒，有的精緻還能補充熱量，有的嗆辣卻能醍醐灌頂。而張老師是一顆樸實卻飽藏內涵的巧克力，能充實生命的能量，還能提升心靈層次，愈是了解，猶如一棵長青樹，帶領我們向上向善，開拓一片真善美的天空。

有老師真好

何貞慧[*]

　　印象中，老師將歷來五個版本的《射鵰英雄傳》剪輯，透過古今比較，分析全真劍法加玉女劍法「雙劍合璧」的修辭奧妙，獲得學生如雷的掌聲。

　　印象中，老師是灰王子，下午六點鐘響，他就會拋下所有徒子徒孫，直奔家中亮起的燈。催促老師的，不是時間，是承諾。因為他要帶著家裡的寶貝狗兒，遛到學校，等師母下課，一起回家。老師很愛師母，「你們師母……」是老師最常舉用的句型，心心念念。

　　印象中，老師強調認真，老師說態度重於程度，認真勝於天真。老師要我們認真做學問，認真寫論文，不怕慢，只怕懶，認真到最後必能急起直追，健步如飛。

　　有一次，在臉書上看到貼文：「如果說女人是男人的肋骨，那麼這根肋骨又會變成精神的拐杖，回過頭來，支持男人，走過今生。」才知道師母是「哈佛」的，雖主修外文，不崇洋媚外，反而與老師潛心佛學。

　　老師和師母臉書上大頭貼，都是兩人合照，有時候分不清楚是誰的臉書，夫妻同心傳達，兩人變四人，透過網路，化千萬億身。而臉書上的分享，淨空法語的揭示，中西智慧語的圖文並茂，勉勵我們的

---

* 　現任基隆市七堵國小教師。

溫馨叮嚀，都是涓滴成河的精神召喚。

「嫁給誰，決定女人一輩子的生活狀態；娶到誰，決定男人一生的層次和高度。」老師、師母一中一西，一起在報上發表佳作，師兄師姐，一起精進。兩人一定上輩子有約好，而且沒有人賴皮。

老師春風向榮，從不孤單。在中西文學上，老師和師母攜手合作，出版《世界名人智慧語》、《電影智慧語》、《英語修辭學》等十冊，讓我們坐擁文學的真與美，宗教文化的愛與善，慢慢開拓生命的視野，心嚮往之。

畢業後回北教大，為老師慶生。總覺得有老師真好，好像有家可歸。老師很高興早早準備他每年一本的新書，等著眾鳥歸巢。老師會在新書題字，並附贈師母細心準備的「回禮」，我們像過年領紅包的小孩，雀躍不已。

老師要我們用字精準，如稍有成績，不可說「張家班的驕傲」，要說「張家班的榮耀」，不卑不亢。尤其「自誇者不長」，務實最真，踏實最勇，平實最大。

還記得碩一，旁聽老師上課，驚見老師對文字有精準的敏銳度。雖然我來不及選到課，但旁聽了一學期，甘之如飴。

老師常說「師生本是緣，無緣不來」，希望和老師結緣，能結善緣，觀摩老師的創思教學，取法老師的活水泉源，熟讀老師與師母的智慧結晶，繼續在語文教學上綻放曖曖光輝。

三「心」牌老師

余宛蒨*

滿溢笑聲的課堂

與張老師的師生緣從大學開始，第一次上老師的課，那張嚴肅、不苟言笑的面容，令人敬畏三分。但隨著課程的進行，同學間的心情彷彿「開低走高」，課堂總是滿溢著輕盈的笑聲，躍動的學子心，被老師創意無限的「六頂思考帽」收伏，隨著白色、紅色、黃色、黑色、綠色，展開寫作的創意之旅。

三「心」牌老師

進入研究所，更認識張老師，發現老師是標準的三「心」牌老師。所謂的三「心」是：

一、同理心。張老師曾經分享，過去自己求學路途的坎坷。很感恩我的指導教授是張老師，不崇尚「天將降大任於斯人也，必先挫其信心，送其黑臉，不予指導」的理論。老師不再讓學生，親身體會他曾經受過的閉門羹與迷惘，在老師的身上看到學術長者的風範，了解學術這條路不是「媳婦熬成婆，繼續苦毒媳婦」。

---

* 現任慈濟基金會文教推展組職員。

二、耐心。張老師總是不厭其煩地與學生研討論文的方向，當論文寫
　　作遇到問題時，張老師總會直指問題核心，如同杜牧詩中的牧
　　童，遙指杏花村，點出一條明路，讓學生在寫論文的黑暗期，能
　　「柳暗花明又一村」。
三、關心。在論文寫作的其間，有時因為半工半讀，而有身心俱疲的
　　時候。張老師與師母總會捎來關心的言語，讓人覺得研究的這條
　　路其實並不孤單。而老師的關心如同星星一般，恆存於天空，但
　　黑夜中會特別的閃耀。

沃土樹人

　　張老師對於有心向學的學子，總是毫不藏私，將自身深厚的古典
文學底蘊，與歷年對於語文創作的研究經驗，毫無保留地傳授予學
生。老師厚積而薄發，逐步引導學生，讓語文開出一朵朵藝術之花，
芬芳學子的文學之路。

張春榮寫作年表

1954年　十月生於臺南縣新化鎮。

1961年　就讀新化國小。

1970年　就讀臺南一中。

1973年　就讀師大國文系。

1977年　四月，獲中外文學散文獎。

　　　　八月，任教新豐高中。

1980年　就讀師大國研所碩班。

1982年　出版《公無渡河》（樂府詩賞析）。

1983年　四月，完成碩論《楚辭二招析論》，王更生教授指導。

　　　　九月，就讀師大國研所博班。

1986年　三月，與顏藹珠小姐結婚。

　　　　十二月，出版《詩學析論》。

1987年　三月，出版《含羞草的歲月》短篇小說集。

1988年　四月，出版《鴿子飛來》散文集。

　　　　六月，完成博論《姚惜抱及其文學研究》，王更生教授指導。

　　　　九月，任教中央警官學校。

1989年　八月，獲臺灣新聞報散文獎。

1990年　三月，出版《狂鞋》極短篇集。

　　　　九月，任教臺北師範學院語文系（今臺北教育大學語創系）。

1992年　四月，獲中央日報「千字短文」文學獎。

十一月，出版《青鳥蓮花》散文集。

十二月，與顏藹珠編著《英語修辭學》（一）。

1993年　七月，出版《一把文學的梯子》。

1995年　三月，出版《一扇文學的新窗》。

1996年　一月，出版《修辭行旅》。

三月，與顏藹珠編著《英美名詩欣賞》。

九月，出版《修辭萬花筒》。

1997年　三月，與顏藹珠編著《英語修辭學》（二）。

1998年　九月，與顏藹珠編著《英美文學名著選讀》。

1999年　八月，升教授。

九月，與顏藹珠編著《英美文學作品導讀》。

2000年　與顏藹珠、蔡宗陽、陳清浚、潘麗珠共同設立「臺師大師鐸文學獎學金」。

十一月，出版《極短篇的理論與創作》。

與顏藹珠募款，設立「臺師大英語系文學獎學金」。

2001年　五月，出版《現代散文廣角鏡》。

五月，獲中國文藝協會第四十二屆文藝獎章。

九月，出版《修辭新思維》。

2002年　八月，出版《作文新饗宴》。

九月，於北教大語創系設立「沈阿鄉老師紀念獎學金」。

2003年　二月，出版《創意造句的火花》。

六月，出版《創思教學與童詩》。

七月，出版《文學創作的途徑》。

八月，獲臺北教育大學教學優良獎。

2004年　七月，與顏藹珠編著《名家極短篇悅讀與引導》。

十一月，獲臺北教育大學優良導師獎。

2005年　一月，出版《看圖作文新智能》。

三月，出版《國中國文修辭教學》。

九月，與顏藹珠編著《電影智慧語》。

十月，臺灣兒童暨家庭扶助基金會「永久認養人」。

2006年　八月，與顏藹珠於北教大語創系設立「張春榮、顏藹珠教授文學獎學金」。

九月，出版《修辭散步》增訂二版。

2007年　三月，出版《極短篇欣賞與教學》。

四月，於臺師大英語系設立「張春榮教授獎學金」。

2008年　三月，出版《作文教學風向球》。

四月，與顏藹珠、陳清俊、鄭敏華、顏國明、曹淑娟、林于弘，共同於北教大設立「佛學獎學金」。

十月，與顏藹珠編著《世界名人智慧語》。

2009年　九月，出版《實用修辭寫作學》。

2010年　四月，於臺師大設立「宗教研究獎學金」。

2011年　六月，出版《文心萬彩：王鼎鈞的書寫藝術》，並獲北教大教學著作獎。

六月，獲國科會大專院校特殊優秀人才獎勵。

七月，「正德慈善癌症中西醫院」建院榮譽委員。

2012年　六月，獲國科會大專院校特殊優秀人才獎勵。

九月，與顏藹珠合錄臺師大開放課堂：世界名人智慧語的表達藝術。

http://ocw.lib.ntnu.edu.tw/course/view.php?id=296

2013年　三月，錄臺師大開放學程：修辭學。

http://ocw.lib.ntnu.edu.tw/course/view.php?id=380

九月，出版《現代修辭學》。

十月，與顏藹珠合錄臺師大開放課程：中西名詩賞析。

http://ocw.lib.ntnu.edu.tw/course/view.php?id=459

十二月，編選《臺灣現當代作家研究資料彙編：王鼎鈞》。

2014年　三月，與顏藹珠合錄臺師大開放課程：中外名人智慧語。

四月，錄臺師大開放課程：佛學大師智慧語。

六月，《現代修辭教學設計》獲北教大教材教法研發補助獎。

九月，出版張春榮、顏藹珠主編《文心交響：語文教學與文學論集》。

十二月，出版《現代修辭教學設計》。

十二月，慈濟基金會榮譽董事。

碩士論文指導一覽表

2001年　陳宇詮（北教大課研所）《引導兒童作文教學之探究——自修辭的角度切入》

2002年　盧金漳（北教大課研所）《創造性童詩寫作教學之探究——以國小五年級一班為例》

2004年　劉紹廷（北教大課研所）《一個小學教師實施合作學習歷程之研究——以修辭、句型為例》

2005年　鍾文宏（北教大語創所）《國小五年級比喻寫作教學研究》

黃淑貞（北教大語創所）《標點符號的理論與應用》

林君鴻（北教大語創所）《九年一貫國小高年級國語教科書修辭教學之探究——以南一、康軒、翰林版為例》

程秀芬（北教大語創所）《台灣童詩圖象技巧之研究》

吳嬿婉（北教大語創所）《台灣國語流行歌曲的修辭藝術（1949-2000）》

文麗芳（北教大語創所）《國小童詩寫作教學研究——以六年級體育班為例》

陳麗櫻（北教大語創所）《創意造句教學研究——以國小四年級為例》

顏春英（北教大語創所）《童詩常用辭格研究》

張玉香（北教大語創所）《多元智能理論融入國小三年級童詩教學研究》

林永仁（北教大語創所）《台灣閩南諺語辭格研究》

2006年　陳麗雲（北教大語創所）《國小高年級修辭格創思教學之研究》

劉貞君（北教大語創所）《國小高年級辭格仿寫教學之研究》

賴麗雯（北教大語創所）《寓言寫作創思教學研究——以國小五年級為例》

楊芳琪（北教大語創所）《國小中年級看圖寫故事教學研究》

陳惠美（北教大語創所）《國小四年級「童詩仿寫」教學研究》

莊淑娥（北教大語創所）《五年級讀寫結合之教學研究》

朱貞慧（北教大語創所）《國小中年級「看圖寫童詩」教學研究》

江素卿（北教大語創所）《國小低年級看圖教學與充實文句之研究》

紀怡如（北教大語創所）《國中國文教科書範文修辭之研究》

陳志瑋（北教大台文所）《戰後初期臺灣的語文政策與意識形構（1945.8.15-1949.12.7）——以跨時代臺灣文化人的作品為考察對象》

涂文芳（北教大台文所）《蔣勳散文研究》

翁繪棻（北教大台文所）《台灣當代女作家鄉土書寫研究》

2007年　葉素吟（北教大語創所）《國小五年級成語寫作教學研究》

陳秀娟（北教大語創所）《曼陀羅思考法在國小六年級國語文修辭教學之應用》

黃心怡（北教大語創所）《國小高年級安徒生童話續寫教學

研究》

徐麗玲（北教大語創所）《國小二年級感官作文教學研究》

林秀娥（北教大語創所）《心智繪圖在國小五年級記敘文寫作教學之研究》

田玉真（北教大語創所）《國小五年級看圖作文教學研究》

戴昌龍（北教大語創所）《國小高年級記敘文「仿寫」教學研究》

黃雅炘（北教大語創所）《林良散文研究》

羅英財（北教大台文所）《東方白《浪淘沙》的小說藝術》

2008年　陳秀虹（北教大語創所）《國小高年級添圖寫童詩教學研究》

楊淑娟（北教大語創所）《文學圈模式下的閱讀教學——以陳致元作品為例》

謝玉祺（北教大語創所）《大陸地區小學語文教科書看圖寫作研究》

2009年　黃淑靜（北教大語創所）《王鼎鈞散文藝術研究》

張齡之（北教大語創所）《類比法在國小五年級童詩寫作創思教學研究》

陳雅菁（北教大語創所）《笑話在寫作教學應用之研究——以國小四年級為例》

陳俐安（北教大語創所）《王鼎鈞的文學創作觀及其實踐》

2010年　何貞慧（北教大語創所）《六頂思考帽在國小五年級寫作教學之應用》

王玟晴（北教大語創所）《國小六年級情境作文教學研究》

邱薇玉（北教大語創所）《強迫組合法在國小五年級童詩寫作教學之應用》

陳崑榮（北教大語創所）《臺灣童詩的聲情研究》

游婷媜（北教大語創所）《國小四年級記敘文續寫教學研究》

余宛蒨（北教大語創所）《簡媜的散文創作觀及其實踐》

黎輔寧（北教大語創所）《聯想系列在國小五年級寫作教學之應用》

黃宏輝（北教大語創所）《極短篇的小說藝術——以爾雅「作家極短篇」為例》

2012年　林雪香（北教大語創所）《隱地的散文創作觀及其實踐》

呂汶玲（北教大語創所）《顏崑陽的散文創作觀及其實踐》

易元章（北教大語創所）《張曉風的散文創作觀及其實踐》

何佳玲（北教大語創所）《張讓的散文創作觀及其實踐》

張文霜（臺師大國研所）《李安電影的反諷藝術》

2013年　劉家名（北教大語創所）《杏林子散文藝術研究》

林玟君（北教大語創所）《周芬伶的散文創作觀及其實踐》

2014年　吳艷鴻（北教大語創所）《類比法在國小五年級議論文寫作教學之應用》

林廷芬（指導中）《馮小剛電影的敘事藝術》

柯玫珊（指導中）《黃永武的散文創作觀及其實踐》

鄭雅芬（指導中）《國小五年級記敘文擴寫教學研究》

陳秀青（指導中）《慈濟《靜思語》的語言藝術》

楊嘉文（指導中）《國中極短篇教學》

語文教學叢書 1100007

文心交響：語文教學與文學論集

主　　編　張春榮　顏藹珠

責任編輯　吳家嘉

發 行 人　陳滿銘

總 經 理　梁錦興

總 編 輯　陳滿銘

副總編輯　張晏瑞

編 輯 所　萬卷樓圖書股份有限公司

排　　版　浩瀚電腦排版股份有限公司

印　　刷　百通科技股份有限公司

封面設計　斐類設計工作室

發　　行　萬卷樓圖書股份有限公司

　　　　　臺北市羅斯福路二段 41 號 6 樓之 3

　　　　　電話 (02)23216565

　　　　　傳真 (02)23218698

　　　　　電郵 SERVICE@WANJUAN.COM.TW

大陸經銷　廈門外圖臺灣書店有限公司

　　　　　電郵 JKB188@188.COM

ISBN 978-957-739-881-9

2014 年 9 月初版

定價：新臺幣 420 元

如何購買本書：

1. 劃撥購書，請透過以下郵政劃撥帳號：

　 帳號：15624015

　 戶名：萬卷樓圖書股份有限公司

2. 轉帳購書，請透過以下帳戶

　 合作金庫銀行　古亭分行

　 戶名：萬卷樓圖書股份有限公司

　 帳號：0877717092596

3. 網路購書，請透過萬卷樓網站

　 網址 WWW.WANJUAN.COM.TW

大量購書，請直接聯繫我們，將有專人為

您服務。客服：(02)23216565 分機 10

如有缺頁、破損或裝訂錯誤，請寄回更換

版權所有·翻印必究

Copyright©2014 by WanJuanLou Books CO., Ltd.

All Right Reserved　　　　**Printed in Taiwan**

國家圖書館出版品預行編目資料

文心交響：語文教學與文學論集 / 張春榮,
顏藹珠主編.

　-- 初版. -- 臺北市：萬卷樓, 2014.09

　　面；　公分. -- (語文教學叢書)

ISBN 978-957-739-881-9(平裝)

1.漢語教學　2.文學　3.文集

802.03　　　　　　　　　　103016633